Thomas Klupp
Wie ich fälschte, log und Gutes tat

PIPER

Zu diesem Buch

Weiden ist eine Vorzeigekleinstadt: Die Wirtschaft brummt, von den Lady-Lions gibt es Charity-Barbecues für Flüchtlinge, die Tennisjugend gewinnt das Landesfinale, und mit dem neuen Schuljahr prangt von jeder Wand ein Antidrogenplakat der Champions mit dem Slogan: »Geh ans Limit! Ohne Speed!«. Benedikt Jäger und seine Kumpel Vince und Prechtl sind nicht nur mittendrauf zu sehen, sie stecken auch mittendrin in dieser schönen Welt, die alle Abgründe vertuscht: Die Nächte feiern sie exzessiv im »Butterhof«, wie sie ihre Schulleistungen am neuen Evaluierungssystem vorbei vor den erfolgsgierigen Eltern verbergen, steht in den Sternen.
Anarchisch und pointensatt im Hochgeschwindigkeitsrausch erzählt, getragen von bitterbösem Humor – ganz großes Tennis!
»In der ungezügelten Bosheit des Romans liegt ein Furor, der auch durch die Komik nichts von seiner Drastik verspielt. Was sich hier versammelt ist eine aus Selbstsucht, Ehrgeiz und Arroganz getriebene Gesellschaft, die alles verrät, was sie tagaus, tagein vorgibt zu leben.« *FAZ*

Thomas Klupp, 1977 in Erlangen geboren, lehrt als Dozent am Literaturinstitut der Universität Hildesheim. Sein von der Kritik gefeiertes Romandebüt »Paradiso« wurde mit dem Nicolas-Born-Förderpreis und dem Rauriser Literaturpreis ausgezeichnet. Er war Stipendiat beim 10. Klagenfurter Literaturkurs und erhielt 2011 den Publikumspreis beim Bachmann-Wettbewerb. Thomas Klupp lebt und arbeitet in Walshausen und Berlin.

Thomas Klupp

Wie ich fälschte, log und Gutes tat

Roman

PIPER

Mehr über unsere Autoren und Bücher:
www.piper.de

Von Thomas Klupp liegen im Piper Verlag vor:
Paradiso
Wie ich fälschte, log und Gutes tat

MIX
Papier aus verantwor-
tungsvollen Quellen
FSC® C083411

Ungekürzte Taschenbuchausgabe
ISBN 978-3-492-31507-4
November 2019
© Berlin Verlag in der Piper Verlag GmbH, München 2018
Umschlaggestaltung: zero-media.net, München
Umschlagabbildung: Getty Images/Johner Images
und FinePic®, München
Satz: Satz für Satz, Wangen im Allgäu
Gesetzt aus der Sabon
Druck und Bindung: CPI books GmbH, Leck
Printed in the EU

Kapitel 1

Heute war der beste erste Schultag ever. Weil ich nämlich nicht in der Schule war. Statt im Unterricht zu sitzen, bin ich Ballon gefahren. Hundert Prozent legal sogar. Ich hätte nie gedacht, mal was Gutes über Heckmann zu sagen, weil er als Coach ja ein Totalausfall ist, aber auf sein Wort ist Verlass. Vor dem Landesfinale im Sommer hat er zu uns gesagt: »Jungs, wenn ihr den Titel holt, dann hebt ihr zum Schulstart ab« – und heute war Schulstart, und wir hoben ab. Vince meint, dass Heckmann die Ballonfahrt aus eigener Tasche bezahlt, weil er wegen uns bald befördert wird, aber das glaube ich nicht. So eine Fahrt kostet locker 500 Euro, und so viel Geld wirft nicht mal der dümmste Lehrer zum Fenster raus. Das Geld stammt bestimmt aus dieser Champions- oder Performancekasse oder wie auch immer die Kasse heißt, die die Fürstenberg letztes Jahr eingeführt hat, um öffentliche Spitzenleistungen für die Schule zu belohnen. Und ein 4:2 gegen die Oberhachinger Internatsficker, die auf ihrer Tennisbase täglich zwölf Stunden trainieren … definitiv Spitzenleistung. Öffentliche Spitzenleistung im Quadrat.

Jedenfalls: die Ballonfahrt. Die war top. Umso mehr, weil sie um ein Haar ohne uns stattgefunden hätte. Erst konnten wir nämlich den Startplatz nicht finden. Der Ballon sollte auf einer Wiese bei Auerbach starten, aber kaum waren wir aus Weiden raus und fuhren auf die B 470, zog Nebel auf. Frühnebel oder Bodennebel – so viel und so dichter Nebel jedenfalls, dass Heckmann den Schulvan auf 40 km/h runterbremsen musste. In den Kurven sogar auf 20. Und selbst das war noch flott. Trotz der Nebelscheinwerfer, die so aggressiv ins Weiß reinblendeten, konnte man kaum die Mittelstreifen erkennen, und obwohl wir durch den Manteler Forst fuhren und ringsherum Millionen von Tannen wuchsen, habe ich die ganze Fahrt über keinen einzigen Baum gesehen.

Bartels, der vor mir auf der Mittelbank saß und ziemlich Höhenangst hat, maulte dauernd rum, dass in der Suppe da draußen eh kein Ballon starten würde und wir besser gleich umkehren und zur Schule zurückfahren sollten. Prechtl verpasste ihm daraufhin ein paar Kopfnüsse der Marke Schädelbasisbruch, und Vince starrte wie hypnotisiert aus dem Fenster und murmelte in einer Tour: »Leben im Nebel, Life is evil, aha.« Für die Uhrzeit, es war höchstens Viertel nach sieben, gar kein so schlechter Spruch.

Ohne Jiří, der wie üblich vorn auf dem Streberplatz neben Heckmann saß, hätten wir die Ballonwiese vermutlich nie entdeckt. Aber Jiří hat Adleraugen. Als wir zum dritten Mal am Auerbacher Ortsschild vorbeikommen, streckt er plötzlich den Arm aus und ruft: »Herr Heckmann, da drüben, ich sehe was.« Keiner von uns anderen konnte auch nur das Geringste erkennen, Heckmann reißt trotzdem das Steuer rum und fährt Jiřís ausgestrecktem Arm hinterher. Wir rumpeln durch den Straßengraben, dann querfeldein über eine Wiese, und während unten die Gräser am Bodenblech kratzen, wird es tatsächlich heller. Erst sind nur Schemen zu erkennen, doch dann taucht ein Ballonkorb aus dem Nebel auf.

Der Korb steht im feuchten Gras und wird von den Scheinwerfern eines Pick-ups angestrahlt, der am Rand eines Feldwegs parkt. Um den Korb herum patrouillieren zwei von Kopf bis Fuß in Camouflagemontur gekleidete Typen und zerren an Seilen, die sich nach oben im Dunst verlieren. Ein dritter Camouflagetyp steht im Korb und befingert ein kanonenrohrdickes Metallteil über seinem Kopf. Mit jedem Meter, den wir näher kommen, sieht das Ganze verbotener aus. Eher nach Schleuserbande oder Waffenschmuggel, aber ganz bestimmt nicht nach Schulausflug. Umso mehr, weil die Typen schwarze Gesichter haben. Also, die sind nicht angemalt, sondern naturschwarz sozusagen. Was an sich völlig in Ordnung ist. Ich bin null Prozent ausländerfeindlich, aber in dem lichtzerfressenen Dunst leuchten die Gesichter irgendwie extradunkel und wirken extrem bedrohlich auf mich.

Ich stoße Vince an und will ihm was sagen, aber plötzlich bricht draußen ein Fauchen los. Als würden tausend Katzen im Chor um die Wette fauchen, so ein Fauchen ist das, und dazu schießt eine Stichflamme aus dem Metallteil raus. Jedes Lagerfeuer ein Witz dagegen. Die Flamme schießt baumhoch in die Luft, wird auf halber Strecke von der Ballonhülle geschluckt, die im Nebel jetzt blutrot aufglimmt und wie ein riesiges, todbringendes Alienherz über uns wabert, und obwohl wir im Van sitzen, angeschnallt und alles, reißen wir instinktiv die Arme vors Gesicht.

»Alter Schwede«, flüstert Prechtl, als der Brenner wieder erlischt, »ist ja voll Irak da draußen«, und Vince sagt: »Und wir haben auch noch die Pussy-Anzüge vom Fehr an.« Womit er leider ins Schwarze trifft. Wir alle, sogar Heckmann, tragen wegen des Fototermins nachher die Trainingsanzüge von Sport Fehr. Und die sind rosa. Schweinsrosa, auf dem Rücken steht in goldener Schnörkelschrift *Kepler-Gymnasium Weiden – Tennis-Landeschampions*, und was die Armeetypen darüber denken werden, weiß ich genau: nämlich, dass wir ein Haufen verweichlichter Tennispinkel sind, denen man am besten jeden Knochen im Leib einzeln bricht, bevor man sie nach Guantanamo verschifft.

Wir starren wie gelähmt zur Scheibe raus, und keiner rührt sich vom Fleck. Auch Heckmann, der sonst immer einen auf großer Antreiber macht, tut keinen Mucks. Erst als der Typ im Korb über die Brüstung klettert und mit seinen Kampfstiefeln auf uns zumarschiert, zieht er den Zündschlüssel ab.

»Ja, also«, sagt er, »dann mal auf in den Spaß.«

Er sagt das mit einer Stimme, als würde er seine eigene Hinrichtung verkünden, stößt aber trotzdem die Fahrertür auf. Wir tun es ihm nach, und in dem Moment, in dem ich raus auf die Wiese trete, das feuchte Gras an den Knöcheln spüre und die kühle Luft einatme, ändert sich meine Laune. Und zwar komplett. Ich bekomme schlagartig Lust, in den Korb zu klettern und wie Rauch in die Luft zu steigen, und daran kann nicht mal der Kampftyp was ändern, der sich jetzt vor uns aufbaut. Der will aber auch gar nix daran ändern, im Gegenteil. Statt uns anzupflaumen, dass wir zu spät sind, schlägt er die Hacken zusammen und salutiert vor uns.

»Master Sergeant Jack Conley«, ruft er mit strahlendem Perlweiß-Grinsen, »Second Stryker Cavalry Regiment, aba sagt's Käpt'n Jack zu mia.«

Wir glotzen ihn an wie den Heiligen Geist persönlich, weil mit einem Schwarzen, der Käpt'n Jack heißt und Oberpfälzer Dialekt spricht wie höchstens noch meine Oma, hat keiner gerechnet. Selbst Vince, den so gut wie nichts aus der Fassung bringt, glotzt mit offenem Mund. Käpt'n Jack merkt das auch, oder vielleicht kassiert er öfter solche Blicke, jedenfalls erzählt er uns, dass er auf dem Truppenübungsplatz in Grafenwöhr stationiert war, als Kampfhubschrauberpilot, und seit seiner Pensionierung Ballonfahrten organisiert. Die beiden Typen, die auf der Ladefläche des Pick-ups jetzt Sachen verstauen, sind offenbar seine Söhne und heißen Jim und Troy. Käpt'n Jack sagt noch, dass sie mit dem Aufrüsten des Ballons leider nicht auf uns warten konnten, wir aber optimales Wetter haben. In den höheren Luftschichten, sagt er, weht eine Brise aus West, sodass wir mit ein bisschen Glück genau über Weiden fahren. Dann klatscht er in die Hände und ruft: »Pack mers, Boys, rein in den Korb.«

Heckmann öffnet die Heckklappe des Vans, wir schultern unsere Tennisbags und laufen zum Korb. Als Erstes klettern Vince und ich rein, und dann ist Prechtl an der Reihe. Er will gerade sein Bein über die Brüstung schwingen, da sehe ich es: Es tropft aus seiner Bag. Wobei tropfen die Untertreibung des Tages ist: Unten, wo die Bag zugezippt ist, genau zwischen den silbernen Reißverschluss-Schiebern, leckt ein richtiges Rinnsal raus. Fuck, denke ich, hoffentlich sieht Käpt'n Jack das nicht. Prechtl hat nämlich geladen. Ein halbes Dutzend Wasserbomben. Präserbomben, um genau zu sein. Mit Wasser und Tomatensaft zum Bersten gefüllte Präservative, die er, wenn wir erstmal tausend Meter über der Erde sind, über allen möglichen Dörfern und Straßen und Marktplätzen runterfeuern will. Mindestens eine von den Bomben muss bei dem Geholper über die Wiese geplatzt sein, und das ist natürlich suboptimal.

Noch suboptimaler ist aber, dass auch der Käpt'n das Rinnsal bemerkt.

»He, du«, sagt er, »wart mal, du tropfst.«

Prechtl schaltet auf taub und klettert weiter, aber so leicht lässt sich der Käpt'n nicht ignorieren. Er drückt Prechtl eine Hand auf den Oberschenkel, sodass er, ein Bein im Korb, das andere draußen, rittlings auf der Brüstung zu sitzen kommt. Wie ein aufgebocktes Galionsschwein hockt er da mit in der Luft baumelnden Beinen und quetscht sich auf den Baststreben die Eier ab, aber das ist jetzt sein geringstes Problem. Der Käpt'n will nämlich, dass er die Bag aufmacht. Aus einer seiner hundert Uniformtaschen zieht er sogar einen Lappen und hält ihn Prechtl hin, zum Trockenmachen, und Prechtl sagt: »Wird erledigt. Da drüben beim Van.«

Er springt wie eine Ziege vom Korbrand, und in dem Moment macht es Klick beim Käpt'n. Man kann regelrecht sehen, wie hinter seiner Stirn die Warnlichter angehen. Das Grinsen bröckelt aus seinem Gesicht, er zieht die Brauen zusammen und sagt: »Was is'n da ausglaufen?«

Prechtl: »Bestimmt bloß meine Capri-Sonne.«

Käpt'n Jack: »Schau nach.«

Prechtl: »Mach ich ja. Drüben beim Van.«

Käpt'n Jack: »Hier machst die Bag auf. Aber dalli.«

Vince und mir krampft schon halb der Kiefer vor Lachen, nur Heckmann steht wie immer voll auf dem Schlauch.

»Wenn Käpt'n Jack«, sagt er, »also wenn Herr Conley dir schon seinen Lappen gibt, Timo, dann öffne doch bitte die Bag.«

Und Prechtl, dem wirklich nix mehr einfällt, um die Lage zu retten, zippt im Zeitlupentempo den Reißverschluss auf. Bild für die Götter, ehrlich wahr. Am Boden der Bag schwimmt eine hellrote Suppe, am Racketrahmen kleben Gummifetzen, und in der Rundung unten, von den Scheinwerfern bestens ausgeleuchtet, glänzen vier heil gebliebene Präserbomben in ihrem schleimigen Nest. Der Käpt'n guckt Minimum zwanzig Sekunden in die Süffe rein. Er guckt, als würde da eine Horde Flugsaurier schlüpfen, dann drückt er sein Kreuz durch und schaut Prechtl hart ins Gesicht.

»Bürscherl«, sagt er, »ham sie dir ins Hirn gschissn.«

Prechtl darauf sofort: »Häh, wieso?«, und dass er die Teile nur dabeihabe, weil er später, also nach der Landung, noch zu einer Wasserbombenschlacht ins Stadtbad wolle. Den Bullshit hört sich der Käpt'n aber gar nicht an. Er lässt eine irre Standpauke los und erzählt was von Fallbeschleunigung und Aufprallkräften, er kennt sogar die physikalischen Formeln dafür, und zum Schluss packt er die Moralkeule aus.

»Was meinstn«, ruft er, »was passiert, wenn einer Omi so a Teil in Hut reinkracht? Oder wennst a Auto in voller Fahrt erwischst … Denk nach, Bursch, denk nach!«

Prechtl gibt sein Bestes, betroffen zu gucken, doch dazu fehlen ihm die passenden Muskeln. Betroffenheit: mimisch glasklar nicht sein Ding. Vor allem die Lippen spielen ihm einen Streich. Die ziehen sich so verkniffen nach innen und erzählen die wahre Geschichte: nämlich, dass ihm die Predigt vom Käpt'n schwer auf den Sack geht.

Was ich, ehrlich gesagt, verstehen kann. Mal abgesehen davon, dass so ein Volltreffer ja völlig utopisch ist, will Prechtl weiß Gott keinem die Lichter auspusten. Der will einfach nur ein bisschen Spektakel veranstalten. Stichwort: Action & Fun. Und überhaupt: dass ausgerechnet der Käpt'n einen auf Gandhi macht, ist schon eine harte Nummer. Steht da in aller Herrgottsfrühe mit seiner Kampfuniform in der Gegend rum und hat sein Leben damit verbracht, im Hubschrauber durch die Welt zu fliegen und komplette Dörfer in Staub zu verwandeln. Und dafür hatte er garantiert mehr als Präserbomben am Start.

Klar ist aber auch, dass Prechtl sich nicht zu beschweren braucht. Als er Vince und mich gestern per Whatsapp vollspammte, dass wir mitmachen sollen, haben wir ihm gleich den Kopf gewaschen. Von wegen, dass ein Blick von Heckmann genügt. Ein Blick abwärts nämlich, weil so eine Bombe ja eine halbe Ewigkeit durch den Himmel stürzt und oben auch keine Ballonparade stattfindet, sodass man es dem Nachbarn in die Schuhe schieben kann. Beste Argumente gegen die ganze Aktion. Wollte er aber nicht hören. Und deshalb muss er jetzt fühlen.

»Weißt was«, sagt Käpt'n Jack, »drauf gschissn. Du bleibst da.«

»Was …«

»Bodenarrest! Dableiben tust!«

Dann beugt er sich über die Korbbrüstung und sagt zu Vince und mir: »Und ihr zwei, ihr zeigt's mir jetzt auch eure Bags.«

Ich zippe blitzschnell den Reißverschluss auf, und während mir ein Schwall Sockenschweiß in die Nase schießt, steigt mein Respekt vor dem Käpt'n ins Unermessliche. Der hat weder Jiří noch Bartels gefragt – tatsächlich hat er die auch später nicht kontrolliert –, sondern sich sofort Vince und mich ausgeguckt. Keine Ahnung, ob das sein Armeetraining ist oder was immer ihn auf die Spur gebracht hat, jedenfalls ist der Mann kein Fake. Während er unsere Bags durchwühlt, gucke ich über seinen rasierten Schädel hinweg zu seinen Söhnen rüber. Die verfolgen die Szene von der Ladefläche des Pick-ups aus, und obwohl beide bis zu den Ohrläppchen hoch grinsen, tun sie mir aufrichtig leid. Weil, wenn du so einen Bluthund zum Vater hast, dann gute Nacht. Dann fängt dein Leben mit frühestens achtzehn an. Und bis dahin ist Zuchthaus angesagt.

»Mister Conley.«

Vinces Stimme streift mein Ohr.

»Mister Conley, Entschuldigung. Aber wir sind ja wegen der Schulmeisterschaft da. Weil wir die als Team gewonnen haben. Und der Timo gehört zum Team. Wär komisch, ohne ihn zu fliegen. Wär wirklich komisch. Lassen Sie ihn doch bitte mit.«

Sagt Vince in aller Ruhe, während er seine Bag zuzippt, und er schaut dem Käpt'n dabei sogar in die Augen. Und der schaut zurück, lasert einen Blick in Vince hinein, dass mir allein vom Zugucken die Pupillen schmerzen. Aber Vince hält ihm stand. Er blinzelt nicht und schaut nicht zu Boden, und kein Lügendetektor der Welt könnte sagen, ob er den Spruch ernst meint oder den Käpt'n verarschen will. Ich glaube, Vince selbst weiß es nicht. Wie so oft sagt er einfach, was ihm gerade einfällt, und klar geht das auch nur mit seinem Gesicht. Würde Prechtl so was sagen oder Bartels mit seiner Nase, die kämen nicht über die erste Silbe hinaus. Aber sie sehen halt auch nicht aus wie Vince. Und Vince eben schon. Der sieht aus wie ein

Prinz aus *Tausendundeiner Nacht*. Olivfarbene Haut und schwarze Locken und Wimpern wie Seide. Ein Gesicht, um die ganze Welt zu erobern. Und Käpt'n Jack obendrein.

Der stellt irgendwann seinen Laserblick ab und schüttelt den Kopf. »Saubande«, murmelt er in den Nebel, »ihr Saubande vor dem Herrn.« Dann greift er sich Prechtls Bag und pflückt die Bomben raus. Eine nach der andern wirft er sie vor sich ins Gras und trampelt drauf rum. Unter seinen Tritten platzen die Präser wie nix, links und rechts spritzen Fontänen, und eine saut Heckmann die Hose voll. XXL-Tomatensaftdusche, das komplette linke Bein, aber Heckmann gibt keinen Laut. Immerhin. Weil, als Coach wäre das definitiv sein Part gewesen. Für Prechtl einzustehen. Obwohl Prechtl ja nur Ersatzspieler ist. Was der Käpt'n zum Glück nicht weiß. Was ihn vielleicht aber auch einen Dreck interessiert. Jedenfalls treibt er die anderen jetzt an, in den Korb zu steigen, und als Prechtl als Letzter über die Brüstung klettert, sagt er: »Wenn ich dich oben auch nur spucken seh. Ich schwör dir, Kamerad, du fliegst hinterher.«

Und egal, was man sonst über Prechtl sagen kann: Er hat nicht gespuckt. Hat nicht mal ans Spucken gedacht. Keiner von uns hat das. Nicht nur wegen des Käpt'ns und weil er wie der Leibhaftige zwischen uns stand. Sondern wegen der Fahrt an sich. Als nämlich der Brenner erneut in die Hülle fauchte und der Korb mit uns in die Höhe glitt: Schönheit pur. Zum Niederknien. Eine Schönheit, dass selbst Bartels vergaß, sein Handy zu zücken und wie verzweifelt Fotos zu knipsen. Die feuchte Wiese, der Van, der Pick-up, die Söhne des Käpt'ns auf der Ladefläche, die ganze trübgraue Nebelwelt: Alles löste sich in einem Leuchten auf. Verschwand darin. Über uns öffnete sich eine Kuppel aus gleißendem Blau, unter uns glomm ein Wattemeer. Am Horizont schwamm eine blassgelbe Sonne im Dunst und beschien das Ganze. Beschien die aus dem Weiß emportauchenden Hügelketten, die bewaldeten Höhenzüge, den Vulkankegel des Rauhen Kulm. Und dann, als plötzlich der Brenner aussetzte: Stille. Vollkommene Stille. Als hätte jemand die Zeit abgestellt. Als stiege nicht der Ballon ins Blau, sondern als stünden wir auf der Stelle, und irgendwelche Special-FX-Ingenieure manipulierten an den Kulissen herum. Unter uns, das war nicht die Oberpfalz. Das war Mittelerde. Lichtgerendert. Pixel für Pixel auf Hochglanz getuned. Keine Ahnung wieso, aber während ich Schulter an Schulter mit Vince über das Nebelmeer blickte, die Lungen voll Sauerstoff, die Augen vom Licht ringsum zu Schlitzen verengt, bekam ich einen Ständer. Einen Naturständer. Hart wie Kristall und bis in die letzte Kammer mit Helium statt mit Blut gefüllt. Irres Feeling dort in den Lüften. Besser als alle Drogen der Welt.

Und das Feeling hielt an. Fast die gesamte Ballonfahrt lang. Bis die Sonne so hoch in den Himmel stieg, dass sie zu einem weißglühenden Punkt zusammenschrumpfte, ihre Strahlen den Dunst zersetzten und die Landschaft darunter zum Vorschein kam. Ein buntes Gesprenkel aus Feldern und Dörfern und Seen und Wäldern. Und noch mehr Wäldern. Zu allen Seiten dehnten sich dunkle Nadelwälder aus, nur hier und da von Straßen zerschnitten, von denen uns Miniaturautos entgegenblitzten. Sollte ich in Deutsch je wieder einen Aufsatz zum Thema Heimat abliefern müssen, ich schwöre, er handelt vom Wald. Themenverfehlung ausgeschlossen. Bestnote garantiert. Und dann, als wir schon langsam wieder an Höhe verloren, rief der Käpt'n: »Achtung, Burschen, Weiden voraus!«

Ich drängte an Bartels vorbei zum vorderen Korbrand und sah auf ein Mosaik aus flachen, rechteckigen Hallen und schwarzgeteerten Flächen hinunter, musste irgendein neues Gewerbegebiet sein, aber bald schon gerieten Häuser, Straßen und Gärten ins Bild und schoben sich zu einer Stadt zusammen. Einer Stadt, so spektakulär wie ein Taubenschiss. Schon klar, dass Weiden nicht gerade Tokio ist, aber von oben sah das Ganze wirklich mickrig aus. Und auch ziemlich fremd. Zumindest im ersten Moment. Bis wir über die Altstadt mit ihren spitzen Dächern fuhren, ich die Fußgängerzone und das Alte Rathaus erkannte und Vince mir seine Hand auf die Schulter legte.

»Da«, sagte er, »das Kepler da vorne. Die Enterprise.«

Ich sah sofort, was er meinte. Jenseits der Altstadt, auf der anderen Seite des Flutkanals, lag unsere Schule. Ein massiver, grauer Waschbetonquader, in der Mitte quadratisch ausgestanzt, an dessen Stirnseite sich links und rechts die Turnhallen anschlossen. Die beiden Hallen bildeten die Warp-Antriebe, und das Flachdach der Schule mit seinen im Sonnenlicht funkelnden Solarmodulen, die uns, O-Ton Fürstenberg, zur »ersten Energieeffizienzschule Ostbayerns« machten, war das Deck des Raumschiffs.

Ich sah hinunter und wünschte mir Prechtls Bomben herbei. Tatsächlich wünschte ich mir ein MG herbei. Nichts, was ich im Pausenhof je laut verkünden würde, aber ein paar kräftige Salven in den Betonklotz da unten, in seine Mauern und Fenster und Türen, hätten mir Erleichterung verschafft. Hätten – Jiří mal ausgenommen – jedem von uns Erleichterung verschafft. Einfach, weil es die Schule war. Weil sie uns ab sofort wieder in die Klauen bekam. Der bloße Gedanke, mich morgen Früh wieder durch ihre Flure zu schleppen, wie erlegt in den stickigen Räumen zu sitzen, saugte mir den letzten Tropfen Blut aus dem Schwanz.

Und dann … dann wurde mir richtig klamm.

Wir sanken nämlich über Weiden-Ost hinweg. Der Ballonschatten glitt über die rote Asche der Postkeller-Courts, auf denen ich gestern noch Bälle geschlagen hatte, verfehlte haarscharf den Butterhof, wo Prechtls Halbbruder seine kriminellen Feste abhielt, und kreuzte Sekunden später den Hopfenweg. Und im Hopfenweg, ganz oben, dort wo die Wiesen beginnen, dort wohne ich. Ich konnte unser Haus erkennen, den Garten, das hellblaue Rechteck des Swimmingpools. Meine ganze Welt, all die Orte, an denen ich meine Zeit verbrachte, schrumpften auf die Größe einer Ansichtskarte zusammen. Und die Ansicht darauf sah beschissen aus. Also nicht die Ansicht selbst. Die war okay. Sondern das, was darunter lag. Oder dahinter. Oder wo auch immer. Diese aus der Tiefe emporwuchernde Fälschung, dieses Trugbild, das mein Leben war.

»Alter, bitte, wie geil!«

Prechtls Stimme plärrte in meine Gedanken.

»Da unten schwimmt deine Mutter.«

»Und deine säuft Schnaps«, sagte ich.

»Im Ernst«, rief er, »schau hin.«

Er drückte meinen Kopf über den Korbrand, sodass ich steil nach unten sah, und das Erstaunliche war: Er hatte recht. Jedenfalls zum Teil. Jemand glitt in unseren Pool hinein, stieß sich vom Beckenrand ab und zog Bahnen im

Blau. Definitiv nicht meine Mutter, weil die mit ihren Lions-Freundinnen gerade auf einem Achtsamkeitskurs im Allgäu ist. Konnte also nur Abdul sein. Abdul mit seinen achteinhalb Fingern, der, falls er keine Märchen erzählte, bis vor Kurzem noch in einem schwankenden Schlauchboot im Mittelmeer gesessen hatte. Ringsherum Wellen hoch wie Wanderdünen, über Bord gespülte Mütter und Kinder, und jetzt wohnte er bei uns im Anbau über der Garage, 40 qm samt Küchenzeile, und kraulte durch unseren beheizten Pool. Hätte er sich in seinem Boot bestimmt nie träumen lassen. Diese Reise ins totale Glück. Ich starrte auf Abduls Körper hinunter, und der Anblick entspannte mich. Nachhaltig. Vor allem auch erinnerte er mich, wie rasch die Dinge sich ändern konnten. Zumal Glück in meinem Fall überhaupt keine Rolle spielte. Gerade jetzt, zu Beginn des Schuljahrs, nicht. Jetzt fing ja alles wieder von vorne an, war alles wieder auf null gestellt.

Jäger, sagte ich mir in dieser tausendfach eingedrillten Match-Perspektive, mit der ich die Big Points holte und reihenweise Tiebreaks gewann, Jäger, du Sieger, du hast alles selbst in der Hand.

»Sorry«, sagte ich laut zu Prechtl, »sorry für den billigen Diss.«

»Sherry«, erwiderte Prechtl, »zurzeit kippt sie Sherry, vom Schnaps ist sie weg.«

Ich stieß ihm aufmunternd in die Rippen und sog Luft in die Lungen, Luft, die schwach nach Jauche stank. Unten zerspurte ein Traktor die Felder, Tröglersricht zog vorüber, Höfe und Scheunen und Biogas-Kuppeln, und während der Käpt'n Kommandos in sein Funkgerät bellte, nahm ich mir ein Versprechen ab. Und zwar würde ich dieses Jahr büffeln. Drei Stunden täglich, kein Problem. Mich Lerngruppen anschließen. Und falls das nicht genügte, um Nachhilfe betteln. Bei Frank Gruber oder der dicken Margarete sogar. Ich würde, koste es, was es wolle, dieses Trugbild in Stücke sprengen und zu genau der Person werden, die ich im Glauben meiner Eltern längst war.

»Benedikt, alles klar?«

Vince sah mich an.

»Siehst aus, als hättest du Gülle gefressen.«

Ich winkte ab.

»Alles top«, sagte ich und zeigte nach unten, und gemeinsam verfolgten wir die Staubspur des Pick-ups, der da im Affenzahn über den Feldweg heizte, geradewegs auf die Wiese zu, der unser Korb entgegensank.

»Alle Mann festhalten«, rief der Käpt'n, »Touchdown in t minus zwanzig«, und während ich meine Finger um die Korbbrüstung krallte, schloss ich die Augen und streckte mein Gesicht der Sonne entgegen. Wärme auf der Haut, ein goldenes Flimmern hinter den Lidern, und dann setzten wir weich, wirklich butterweich, auf der Erde auf.

PS

Und zum Schluss noch Bartels, der Held. Kaum hatten wir festen Boden unter den Füßen, hing er überm Korbrand und reiherte los wie ein Vulkan. Schwall auf Schwall klatschte ins Gras, Rührei und Speck und Vollkornbrotbröckchen und etwas, das nach halbverdautem Hackfleisch aussah. Endloses Röcheln und Würgen. Und dann kam giftgrün die Galle. Und noch mehr Galle. Olympische Mengen, mit denen er da die Pflanzen düngte, aber nicht ein Tröpfchen ging in den Korb. Wahnsinnsdisziplin, das so lange drinzubehalten. Trug ihm auch den Respekt vom Käpt'n ein. Der klopfte ihm auf den Rücken und sagte was von Anstand und Timing und dass er der wahre Bezwinger der Lüfte sei. Und auch von uns lachte keiner laut. Obwohl es ziemlich lustig war. Umso mehr, weil plötzlich die Fotografin vom *Neuen Tag* auf der Wiese stand. Zwei Fotografinnen sogar. Die Zeitungsknipse in ihrem Lederröckchen und dazu die Tante von der Need-no-Speed-Initiative. Oder Need-no-Crystal-Initiative. Weiß ich jetzt nicht mehr genau, wie die heißt. Motto jedenfalls: *Geh ans Limit! Ohne Speed!* Und weil wir ans Limit gegangen waren im Sommer, wurden wir fotografiert. Deal von der Fürstenberg. Wir, das siegreiche Kepler-Tennisteam, die neuen Need-no-Speed-Botschafter der nördlichen Oberpfalz. Leuchtende Vorbilder für die drogengefährdete Jugend ringsum. Bloß sahen wir nicht so aus. Vor allem Bartels nicht. Der sah aus, als hätte er drei Nächte auf Crystal durchgefeiert. Der legte sich erstmal ins Gras und hielt sich den Bauch. Dazu Prechtl mit seinen Augenringen. Von Jiřís Draculablässe jetzt gar kein Wort. Die drei hätten problemlos Statistenrollen in *Breaking Bad* gekriegt. Als Cousins von Skinny Pete oder so.

Die Frauen packten trotzdem ihre Kameras aus und kommandierten wie wild drauflos.

»Ihr zwei«, Ansage von der Speedtante an Vince und mich, »vordere Reihe. Die anderen dahinter. Und alle mal grimmig schauen.«

»Und jetzt«, die sexy Lederknipse, »gaaanz breit lächeln. Damit sich eure Eltern morgen früh freuen. Drei, zwei, Cheeese.«

Danach mussten wir die Rackets rausholen und brüllend zum Volley ausholen. Zur Vorhand. Zum Schmetterball. Uns um die Schultern fassen. Uns in einem V aufstellen, Schläger vors Gesicht, »ja, weiter, ran an die Nasenspitze«, und durch die Bespannung hindurch in die Linse grinsen. Dann grimmig, »viel grimmiger, aber, hallo, nicht schielen«, durch die Saiten starren. Mit den Schlägern mal bitte Luftgitarre spielen. »Ne, haha, sieht wie Zirkus aus. Bildets wieder ein V.«

Und in unserem Rücken plagten sich der Käpt'n und seine Söhne mit dem Ballonabbau ab. Südstaaten, Baumwollplantage, circa 1800, so fühlte sich das Shooting zunehmend an. Nahm aber trotzdem ein gutes Ende. Und das war hundert Prozent Heckmanns Verdienst. Als den Frauen nämlich die Puste ausging, rief er: »Was meint ihr, Jungs, ein Bild mit dem Käpt'n?«

Wir sofort: »Aber klar!«

Der Käpt'n zögerte auch keine Sekunde. Der sprang sofort vom Pick-up runter, stellte sich zwischen uns, und als die Kameras klickten, knipste er sein Grinsen an. Und Prechtl, der Clown, fasste ihn um die Schulter und brüllte: »HEYO Käpt'n Jack«, und wir alle im Chor: »HEYO Käpt'n Jack! Bring me back to the railroad track!« Und der Käpt'n, lässig wie nie zuvor, schob sich seine Pilotenbrille vor die Augen und grölte aus vollem Hals mit.

Kapitel 2

4. Oktober

Total seltsamer Schultag heute. Top und Terror zugleich. Die gute Nachricht: Ich sitze jetzt neben Margarete. Erste Reihe, direkt vorm Lehrerpult, aber was soll's. Klar hat es seine Nachteile, dem Arm des Henkers so nah zu sein. Andererseits sind die meisten Lehrer ja ADHSler. Die hält es nie lange auf ihrem Stuhl. Lieber hampeln sie vorm Smartboard rum und scannen die hinteren Reihen. Weil hinten die Unruhestifter hocken, das lernfaule Pack. Prechtl und Sauer und so weiter. Zum Glück bin ich da weg. Sehr wacher Moment von mir, als die Tyralla am Ende der ersten Stunde verkündete, dass Gruber jetzt doch in die Hochbegabtenklasse gewechselt ist. Grubers Eltern sei Dank. Die haben ihn da reingepusht. Gruber selbst wollte gar nicht. Weil er Stotterer ist. Und sein Stottern unter Druck explodiert. Der hat schon bei uns kaum mehr einen geraden Satz rausgekriegt, wenn er mal eine 1– bekam. Und jetzt also Hochbegabtenklasse. Wo eine 1– quasi Hiroshima ist. Gruber, godspeed.

Aber, wie gesagt, mein Glück. Während die anderen noch »Strebersau« und »ho-ho-ho-hochbehindert« durchs Klassenzimmer schrien, war ich schon auf dem Weg nach vorn. Schaute der Tyralla seriös ins Gesicht und sagte, dass ich ganz unfreiwillig in der letzten Reihe saß, weil ich am ersten Schultag Ballonfahren musste und die Sitzordnung danach schon festgelegt war. Dass ich mich hinten aber nicht gut konzentrieren könne und deshalb gern auf Franks Platz wechseln würde.

»Also, wenn das für Sie und natürlich für Margarete in Ordnung ist«, schob ich hinterher.

»Quelle belle surprise«, sagte die Tyralla noch voll im Unterrichtsmodus, »fragen wir Margarete doch gleich.«

Ich drehte mich um und fragte.

Und Margarete sagte Ja.

Das heißt, eigentlich sagte sie nichts. Sie saß einfach nur da in ihrem XXL-Faserpelzpanzer und nickte. Durchs Mikroskop bestimmt gut zu sehen. Ihre Augen klebten am Pult, aber ihr Kinn ruckte Millimeter nach unten. Und rastete plötzlich ein. Als sei sie ein monströser Wackelbuddha, dem mitten in der Bewegung der Saft ausging. Hätte nicht die Tyralla vor uns gestanden, ich hätte sie in den Arm genommen. Weil diese Verkorkstheit, die kannte ich ja. Da litt ich voll mit. Wenn ich mit Vince und Prechtl auf den Butterhofpartys war und die Mädchen aus der FOS und der Berufsschule und vor allem die Tschechinnen, die alle schon achtzehn waren, wenn deren Blicke mich streiften, dann gefror ich genauso zu Eis. Zu einem Klumpen gefrorener Scheiße. Unfähig, auch nur einen Muskel zu rühren.

»Danke«, sagte ich, »wirklich spitze von dir.«

Ich holte meine Sachen von hinten, und dabei schwor ich mir, nett zu Margarete zu sein. Sie maximal menschlich zu behandeln. Auch hintenrum keine Sprüche zu drücken. Nicht nur, weil ich bei ihr abschreiben wollte. Sondern weil sie trotz ihrer hundert Kilo und allem ja ein absolut menschliches Wesen war.

Und dann, mitten in meine humanitären Gedanken hinein, schlug der Gong. Es gongte zur zweiten Stunde, Mathe bei Frau Krause, ich kramte mein Heft aus dem Jutebeutel und sah zur Tür. Die Tür stand offen, sodass ein Stück Gang zu sehen war: grauer Steinfußboden, die graue Waschbetonwand, die vergitterten Fenster zum Innenhof. Gefängnisoptik vom Feinsten, und passend dazu trat ein Wärter ins Bild. Schwarzes Hemd, schwarze Hose, schwarzer Aktenkoffer. An die eins neunzig lang und dürr wie ein Stecken. Ein Gesicht in der Farbe von Löschpapier. Das war nicht Frau Krause. Das war Sargnagel. Obwohl er hier nichts verloren hatte, marschierte er ins Klassenzimmer und warf die Tür ins Schloss. Durchquerte den Raum, schmiss seinen Koffer aufs Pult, machte kehrt und blieb vor dem Smartboard stehen.

Wir glotzten ihn an wie eine Herde Lämmer den Schlachter und warteten, was jetzt kommen würde. Es kam aber erstmal nix. Sargnagel stand einfach nur da in seiner Beerdigungskluft und presste den Zeigefinger gegen die Lippen. Stecknadelstille. Ich hörte Margarete neben mir schlucken. Eine Fliege surrte am Fenster entlang. Meyers Mähtraktor tuckerte über den Sportplatz. Hunde bellten in Paralleluniversen. Sargnagel hob den Arm. Ganz langsam, als wolle er mit Effekt einen Pop-Act ankündigen, beschrieb er einen Bogen in Richtung Tür. Ich dachte erst, er zeige auf das Kreuz, das bis vor Kurzem noch über dem Türrahmen hing und von dem noch ein Abdruck zu sehen ist. Ein Phantomabdruck. Der Putz ist an der Stelle ein ganzes Stück heller, aber in dem Moment knackte schon der in die Wand eingelassene Lautsprecher, und in die Stille hinein, in diese perfekt getimte Sargnagel-Pose, schallte die Stimme von der Fürstenberg:

»Guten Morgen, liebe Schülerinnen und Schüler. Ich hoffe, ihr hattet ein schönes, langes Einheitswochenende und startet voller Energie in die neue Woche. Im Namen des gesamten Kollegiums verspreche ich euch eine aufregende Woche, in der wir gemeinsam weitere Schritte in Richtung *Schule der Zukunft* gehen.«

Blablabla. Der übliche Fürstenberg-Montagmorgenappell. Bloß, dass wegen des Feiertags heute schon Dienstag war. Und noch etwas war anders. Zwei Dinge sogar. Das eine hatte mit Sargnagel zu tun. Während die anderen Lehrer sich das Gelaber im Sitzen anhörten, stand Sargnagel stramm. Mit durchgestrecktem Arm. Sah fast wie der Hitlergruß aus, was er da zeigte. Nur, dass er den Arm nicht nach vorn ausstreckte, sondern seitlich zum Lautsprecher hin. Hitler-No-Look oder so. Zum anderen sagte die Fürstenberg diesmal seltsame Sachen. Sie sagte was von Bushaltestellen. Dass wir ab sofort auf die Bushaltestellen achten sollten, weil wir dann alle sehr stolz auf uns wären: »Kleine Überraschung, ihr werdet schon sehen.«

Dann kündigte sie noch eine Maßnahme zur Exzellenzsicherung des Unterrichts an. Und zwar sollten wir, die Schüler, dieses Jahr unsere Lehrer bewerten. Ihren Unterrichtsstil und so weiter. Performance Evaluation nannte sie das. Unsere Klassenleiter würden uns im Januar eine Kennung zuteilen, mit der wir uns auf der Schulhomepage einloggen könnten, um dort Evaluationsbögen auszufüllen. Das Kollegium, sagte die Fürstenberg, also fast das gesamte Kollegium stehe geschlossen dahinter und freue sich auf die Ergebnisse. Unsere Daten würden anonym behandelt, nur unsere Eltern, die müssten die Bögen natürlich absegnen. Ab da schaltete ich ab. Weil diese Elternsache: typisch Fürstenberg. Als würde auch nur einer von uns ernsthaft vom Leder ziehen, wenn ihm die Eltern im Nacken sitzen. Ein Fake das Ganze. Verlogen hoch zehn.

Ich konzentrierte mich lieber auf Sargnagel und fragte mich, was er von der Sache hielt. Bei den meisten Lehrern konnte man das sofort sehen. Die Tyralla und auch Heckmann zum Beispiel, die nickten immer wie blöde, wenn die Fürstenberg mit neuen Ideen kam. Kron dagegen fing unter Garantie superübertrieben zu gähnen an. Aber Sargnagel. Keine Chance. Der stand wie versteinert vorm Smartboard und starrte über unsere Köpfe hinweg an die hintere Wand, wo die gesiebdruckten Sprüche aus dem Talentunterricht hängen: *Auch im Alphabet kommt Anstrengung vor Erfolg* und *Be the best YOU YOU can be* und so weiter. Er verzog dabei keine Miene. Als gehe ihn das alles nichts an. Und vermutlich ging ihm die Sache tatsächlich am Arsch vorbei. Hätte ich Bauchspeicheldrüsenkrebs im Endstadium, mich juckten meine Noten auch nicht mehr.

Umso erstaunlicher, dass Sargnagel hier vor uns stand. Dass er überhaupt noch das Schulhaus betrat. Sich durch die Flure schleppte, stickigen Klassenräumen entgegen, in denen Halbstarke saßen, die ihn hassten. Ich spürte das Blut in meinen Adern rauschen, es pulste im Ohr. Was mir nämlich erst jetzt klar wurde, so richtig körperlich klar, war, dass ich eine Leiche auf Raten sah. Unter seiner schwarzen Kluft, irgendwo tief drinnen, wucherten unkontrolliert die Zellen. Genau in diesem Moment. Was an sich schon gruselig war. Aber das wirklich Gruselige war: Sargnagel machte eine Show daraus. Klar, dass er für seinen Spitznamen nichts konnte. Der kam von uns. Und an seiner Blässe war bestimmt die Bestrahlung schuld. Aber seine Gevatter-Tod-Gedächtnis-Klamotten, in die war er am Morgen selbst geschlüpft. Und der Hitlerarm und das Schweigen und alles: hundert Prozent selbst ausgedacht. Als wollte er ein Statement abliefern, wollte Gott und der Welt verkünden: Seht her, ich sterbe, mir scheißegal! Krasse Nummer. Aber erfolgreich bis jetzt. Er starb nämlich schon seit Jahren. Schon vorletztes Schuljahr, als er zum ersten Mal von der Bildfläche verschwand, hieß es: Der beißt bald ins Gras. Und letztes Frühjahr dann wieder. Aber er war immer noch da. Lebte alle Prognosen in Schutt und Asche und stand seinen Mann.

Jäger, sagte ich mir, mit dem Typ ist nicht zu spaßen, Jäger, gib acht! Kein sehr frischer Gedanke, schon wahr. Aber leider korrekt. Nachdem die Fürstenberg sich mit ihrem üblichen »Viel Freude im Unterricht«-Singsang in den Äther verabschiedet hatte, krallte sich Sargnagel den Sensorstift und schmierte seinen Namen aufs Board. Er bearbeitete das Board wie mit einem Eispickel, es knirschte und quietschte, und dann stand da *StD Dr. H. Scharnagl* in leuchtendem Rot. Mit dem Stift im Anschlag drehte er sich zu uns um.

»Ad eins«, schnarrte er mit einer Stimme wie knarrende Dielen, einer Stimme ganz tief aus dem Rachen: »Aus für euch belanglosen Gründen hat Referendarin Krause die letzten Wochen hier Mathematik und Physik unterrichtet. Von heute an unterrichte ich diese Fächer. Ad zwei: Wie auch immer Referendarin Krause zu unangekündigten Leistungsabfragen stand. Unangekündigte Leistungsabfragen finden statt. In mündlicher und in schriftlicher Form. Ad drei: Wer führt das Absentenheft?«

Stieglers Arm schoss in die Luft.

»Nach der Stunde zu mir. Ad vier: Handys sind aus. Ad fünf: Konfiszierte Handys können am Ende des Schultags im Sekretariat abgeholt werden. Ad sechs: Das Recht des Schülers, gesiezt zu werden, besteht ab Vollendung des sechzehnten Lebensjahrs. All jenen, die sich bereits mit dem Thema beschäftigt haben, versichere ich, dass die Anrede kein Mü an unserem Verhältnis rührt. Ich unterrichte, ihr eignet euch den Unterrichtsstoff an oder nicht, ich zensiere die Leistungen. So weit in Summe unser Verhältnis. Du, Sie, es kratzt mich nicht.«

Sargnagel räusperte sich.

»Ich zähle nach dem folgenden Satz bis fünf. Sehe ich in dieser Zeit einen Arm in der Luft, begegnen wir uns ab sofort alle per Sie. Eins, zwei … aah, Sauer, wir hatten bereits das Vergnügen. Und, wenn ich mich nicht täusche, Prechtl. Prechtl, kommen Sie doch gleich zur Tafel vor.«

»War keine Meldung«, rief Prechtl, »hab mich nur am Kopf gekratzt.«

»Zur Tafel, Prechtl.«

»Aber …«

»Durch den Mittelgang.«

Ruckzuck ging das, und schon stand Prechtl vorn. Er griff nach dem Stift, den Sargnagel ihm entgegenhielt, und das sah ziemlich merkwürdig aus. Definitiv nicht nach Tafelabfrage, sondern eher, als reiche ein Fixer dem anderen die Spritze, und als wünschten beide einander Aids dabei. Prechtl trug nämlich ebenfalls Schwarz. Schwarze Chucks, schwarze Jeans, schwarzer Kapuzenpulli, hinten mit Aufdruck *GET HIGH*. Er war ebenso dürr wie Sargnagel, und auch blässemäßig konnte er ihm fast das Wasser reichen. Das lange Wochenende, die Einheitsparty auf dem Butterhof, die hatte ihre Spuren hinterlassen. Als ich heute früh in den Spiegel guckte, war mir auch nicht ganz wohl. Aber ich war mit Vince nur bis Sonntagmittag da gewesen, Prechtl bis gestern Nachmittag. Ein Wunder, dass er es überhaupt aus dem Bett geschafft hatte. Wäre er mal besser liegen geblieben. Jetzt stand er nämlich mutterseelenallein vorm Smartboard, und Sargnagel legte los.

»Sphärische Geometrie«, schnarrte er Prechtl entgegen, »ist die Lehre von …«

»Von …«, gatzte Prechtl, »also … von Sphären.«

»Zeichnen Sie mal eine Sphäre ans Board.«

»Ja, also … was denn für eine?«

»Ihre Entscheidung.«

Prechtl starrte Hilfe suchend in den Klassenraum. Da tat sich kein Mucks. Er setzte den Stift an und krakelte etwas ans Board, das wie eine Kartoffel mit drei Ecken aussah.

Sargnagel griff nach dem Sensorschwamm und wischte es weg: »Nächster Versuch.«

Prechtl setzte erneut den Stift an, hinter mir hustete jemand. Eindeutig Vince. Was er hustend von sich gab, war »Iznhantmkrs«. Keine Ahnung, wieso er jetzt mit *Mission: Impossible* kam, aber dann kapierte ich es doch. Und Prechtl kapierte es auch. Er setzte den Stift ab und rief: »Es ist unmöglich.«

»Was?«

»Die Sphäre zeichnen.«

»Weshalb?«

»Wegen … wegen der Geometrie.«

Sargnagel blickte in die Klasse: »Etwas Unterstützung für Herrn Prechtl.«

Ein Dutzend Arme schoss in die Luft, mein Arm schoss

mit. Weil, wenn eins mal sicher war: Sargnagel würde nie und nimmer jemanden aufrufen, der vorgab, die Antwort zu kennen.

»Jäger, nicht wahr?«

Ich blickte in ein Paar schmale, eisblaue Augen und verfluchte mich. Vor allem aber wunderte ich mich. Ich hatte Sargnagel noch nie als Lehrer gehabt. Auch Prechtl nicht. Trotzdem kannte er unsere Namen. Das war nicht gut. Das war schlecht sogar.

»Jäger!«

»Tritjmänsn«, hustete Vince, und ich erinnerte mich an die todessternartigen Kugelgebilde, die Frau Krause letzte Stunde per Beamer ans Board projiziert hatte.

»Sphären«, sagte ich, »das sind … praktisch Kugeln. Quasi dreidimensional. Die kann man nicht ans Board zeichnen. Weil das Board ja nur zwei Dimensionen hat.«

»Friedland«, sagte Sargnagel, »nach vorn.«

Vince ging nach vorne und stellte sich neben Prechtl.

»Die kürzeste Verbindung zweier Punkte auf einer Kugeloberfläche«, sagte Sargnagel und knipste den Beamer an, »nennt sich …?«

»Eine Orthodrome«, sagte Vince.

»Gegeben sei der Kurswinkel Alpha …«, es klopfte an der Tür.

Ein kurzes Tocktock, und noch ehe Sargnagel »Herein« rufen konnte, rauschte die Fürstenberg ins Klassenzimmer.

»Horst«, rief sie in das Surren des startenden Beamers hinein, »mein lieber Horst. Entschuldige die Störung, aber ich muss dir drei Schüler entführen.«

Sie strahlte Sargnagel an, dann strahlte sie Vince und Prechtl an und sagte: »Vincent und Timo, wie bestellt. Und, wo ist …?«

»Einen Moment«, sagte Sargnagel, »Prechtl und Friedland werden ...«

»Ein andermal.«

»Ich ...«

»Die Plakatkleber warten. *Radio Ramasuri* ist auch
schon da.«

»Drei Minuten«, rief Sargnagel, »ich insistiere.«

»Benedikt?«

Ich drückte mich aus dem Stuhl und trat ebenfalls vor.
Im Flur draußen standen Jiří und Bartels und grinsten mir
entgegen, aber ich konzentrierte mich ganz auf die Fürstenberg. Sie strahlte Sargnagel immer noch an, aber mit
ihrer Mimik war etwas passiert. Vor allem mit ihren Augen. Die waren plötzlich starr und hart wie Kristalle. Hätte
sie ihren Blick nicht auf Sargnagels Gesicht, sondern auf
seinen Bauch gerichtet, wer weiß, womöglich hätte sie
ihn vom Tumor geheilt. Glasklar nicht meine Sache, aber
während mir Fürstenbergs Parfüm in die Nase schlug,
eine hauchfeine Zitrusnote, sagte ich mir, dass die Zukunft den Frauen gehört. Den Businessfrauen, um genau
zu sein. In ihrem hellblauen Hosenanzug und mit der
blonden Kurzhaarfrisur sah sie nullkommanix nach Leh-
rerin aus. Eher nach Bankerin. Nach einer Top-Bankerin
sogar. Ultraerfolgreich und attraktiv und alles. Und sie war
höchstens vierzig. Sargnagel dagegen mindestens Mitte
fünfzig. Trotzdem beherrschte sie ihn total. Drillte ihm
ihren Blick in den Schädel, bis das Unglaubliche geschah
und Sargnagel wie ein geprügelter Hund zu Boden sah.

»Nächste Stunde hast du sie wieder«, sagte sie und stöckelte in den Flur hinaus. Wir glotzten ihr auf den Hintern und watschelten hinterher. Vorneweg Prechtl mit
entgleistem Grinsen, nachfolgend Vince und ich. Wir

grinsten nicht. Weil, eins war klar: Sargnagel würde das nicht vergessen. Selbst wenn ihm sein Tumor über Nacht ins Hirn wanderte, die Aktion zahlte er uns heim. Ich hoffte nur, dass er sich dann vor allem an Vince und Prechtl erinnern würde. Daran, dass die zwei vorne gestanden hatten, als es klopfte – und nicht ich.

»Mein lieber Scholli«, flüsterte ich, als die Fürstenberg vor uns um die Ecke bog, »eiskalter Auftritt.«

Vince nickte: »Total die Stute die Frau.«

Wir liefen am Lehrerzimmer vorbei Richtung Treppenhaus, die Treppen runter in die Eingangshalle, vorbei an den Vitrinen mit den Schulpokalen, umkurvten Hempels auf ein Podest montiertes Fotovoltaikmodell, für das er bei *Jugend forscht* den Sonderpreis des bayerischen Elitenetzwerks gewonnen hatte, die Glastüren glitten beiseite, und wir traten ins Freie. Eine frische Brise wehte uns ins Gesicht, die Sonne blitzte zwischen den Wolken durch, die Fürstenberg drehte sich um.

»Spontan ist gut«, sagte sie, »aber gut vorbereitet ist besser.«

Sie drückte jedem von uns einen Zettel in die Hand.

Auf meinem stand: *Crystal verspricht dir den schnellen Kick, aber der Absturz ist lang und gnadenlos.* Vince hielt mir seinen unter die Nase: *Ich brauche keine Amphetamine, ich habe eine starke Persönlichkeit.*

»Ihr sollt das natürlich nicht ablesen«, sagte die Fürstenberg, »sagt es ganz frei in euren eigenen Worten.«

»Wem denn?«, fragte Vince.

»Herrn Hofbauer von *Ramasuri* und Frau Blüm vom *Neuen Tag.* Und Timo«, sie schenkte Prechtl ein extrabreites Lächeln, »zieh doch bitte den Sweater aus!«

»Aber klar doch«, sagte Prechtl und tat es.

»Hier«, sagte die Fürstenberg und warf den Sweater

über den gen Himmel gerichteten Teleskoparm der Kepler-Skulptur, sodass der *High*-Aufdruck hinten zu lesen
war: »Und jetzt los.«

Wir liefen über den gepflasterten Vorhof an den Rä-
dern vorbei zur Straße. Auf der anderen Straßenseite,
direkt vor der Bushaltestelle, stand eine Handvoll Leute
herum. Ich konnte die Speedtante aus Tröglersricht erkennen, daneben die sexy Lederknipse, die heute aber
leider nur Hosen trug. Außerdem stand da ein Mann mit
Vollbart, der gerade einen Puschel über sein Mikrofon
stülpte, Hofbauer vermutlich, und dazu noch zwei arabisch aussehende Typen in Jogginghosen und mit Schrubbern und Eimern in den Händen.

»Et voilà«, rief die Fürstenberg, als wir den Zebrastrei-
fen überquerten, »hier sind unsere Champions.«

Wir schüttelten allen reihum die Hände, nur den Ara-
bertypen nicht. Die wurden plötzlich aktiv. Sie tunkten
ihre Schrubber in die Eimer und klatschten Leim an die
Bushaltestellenwand. Spermaartige Schlieren liefen an
den Körpern zweier Blondinen herunter, die auf Steppern
ihre Bauchmuskeln stählten, irgendeine Werbung für
McFit oder so. Dann rollten sie Papierbahn um Papierbahn auf der schleimigen Pampe ab, klebten die Bahnen
akkurat aneinander, fuhren noch ein paarmal mit den
Schrubbern drüber – und wir blickten uns selbst ins Gesicht.

Die Fürstenberg klatschte in die Hände und strahlte die
Speedtante an.

»Brigitte«, rief sie, »fantastischer Job!«

Und das war es wirklich. Weil, das Plakat, das da vor uns
an der Haltestellenwand klebte, hatte mit der Wirklichkeit nichts zu tun. Wir hatten beim Shooting ja auf einer

Wiese gestanden, im Hintergrund Scheunen und Biogastanks, aber jetzt umgab uns sattes Blau. Und wir standen auch nicht, wir sprangen. Wir sprangen aus der Tiefe des Blaus heraus. Im Vordergrund, fast spiegelsymmetrisch, holten Vince und ich zum Volley aus. Bloß, dass Vince kein Linkshänder war. Die Speedtante hatte am PC seine Arme vertauscht, und zwar picobello perfekt. Zwischen uns, quasi Mittelachse, setzte Jiří brüllend zum Schmetterball an. Zu den Seiten hin und zugleich optisch im Rückraum: Prechtl und Bartels, die eine Rückhand schlugen. Eins a Bildaufbau. Und das waren nur die groben Effekte. Die Schönheit lag in den Details. Nicht nur, dass wir alle dieselbe, gesunde Hautfarbe hatten. Wir sahen auch insgesamt spitze aus. Jeder von uns. Selbst Bartels. Man konnte ihn fast für Vinces Bruder halten. Seine Augen standen nicht mehr so eng beisammen, die farblosen Streifen darüber hatten sich in dichte, dunkle Brauen verwandelt, und eine ordentliche Frisur hatte er auch. Ehrlich, während ich das Plakat anstarrte, unsere fitten Gesichter und den schwarzen Schriftzug unten – *GEH ANS LIMIT! OHNE SPEED!* –, verneigte ich mich. Vor der Speedtante und ihren Photoshop-Skills. Und mir wurde auch warm. Ich musste nämlich an das letzte Zeugnis denken, das ich meinen Eltern vorgelegt hatte, und was für eine elende Stümperei das war. Erbärmlich geradezu. Da war noch Luft nach oben. Gewaltig Luft sogar.

»Na, Jungs«, Hofbauer hielt uns sein Mikro entgegen, »was sagt ihr? Zufrieden?«

»Geile Optik«, rief Prechtl, und Bartels nickte und nickte und nickte, und dann, als er sein Handy aus der Tasche zog, fragte er die Fürstenberg: »Ist das … ist das hier die einzige Plakathaltestelle?«

Die Fürstenberg sah ihn an wie einen Minderbegabten, der sie mit einem Messer bedroht.

»Kindchen«, sagte sie, »fünfzig Plakate in Weiden. Weitere fünfzig im Umland. Dazu die Social-Media-Kampagne.«

Sie blickte die Speedtante an: »Hab ich was vergessen?«

»Die Nachtspots auf *OTV*.«

»Richtig«, sagte die Fürstenberg, »die Nachtspots auf *OTV*.«

»Heftig«, sagte Bartels mit brechender Stimme, »wirklich, danke.«

Er richtete sein Handy auf das Plakat und knipste wie wild drauflos. Prechtl knipste mit. In das Geknipse hinein hörte ich die Fürstenberg zu den Arabern sagen: »Please make it all happen, today«, sah, wie sie dem Älteren von ihnen einen braunen Schein zusteckte, und während die beiden mit ihren Schrubbern das Weite suchten und die Lederknipse Vince und Jiří beiseitezog, baute sich Hofbauer vor mir auf.

»Crystal Speed«, sagte er mit gezücktem Mikro, »eine moderne Seuche, oder?«

»Aber hallo«, sagte ich, »voll die Pest.«

»Bitte ganze Sätze. Fürs Radio.«

Ich sah über seine Schulter hinweg in azurblau leuchtende Augen, meine Augen, und sagte: »Das Zeug, Crystal, du kriegst zwar den Ultraflash und alles, aber das Runterkommen, also der Kieferfasching am Morgen … Ich meine, was man so hört, ist der Absturz gnadenlos.«

PS

Ja, und abschließend noch ein Knicks vor der Fürstenberg. Ganz große Klasse, die Frau. So optimal das da an der Haltestelle nämlich auch lief, die Show war ruckzuck zu Ende. Keine zehn Sätze später schraubte Hofbauer sein Mikro schon wieder auseinander, die Frauen düsten in ihren Autos davon, und uns blühte noch eine Viertelstunde Unterricht. Eine Viertelstunde Sargnagel. Keine Frage, wie der uns empfangen würde. Der würde uns vorm Board zerpflücken, uns nach allen Regeln der Kunst massakrieren, und kein Mensch konnte was dagegen tun. Keiner, außer der Fürstenberg. Aber die trauten wir uns nicht zu fragen. Mussten wir aber auch nicht. Als wir zurück zur Schule liefen, warf sie einen Blick auf ihre Armbanduhr.

»Habt ihr fein gemacht«, sagte sie, »genießt noch ein bisschen die Sonne. Aber zur Dritten sitzt ihr wieder im Unterricht.«

Sprach's und eilte auf die Glastüren zu, ohne sich nochmal umzudrehen.

»Heilige Jungfrau«, sagte Prechtl, als sie außer Hörweite war, »wenn das meine Mutter wär ...«

»Dann hättest du ausgeschissen«, sagte Vince.

»Definitiv«, sagte ich.

Jiří boxte mir gegen die Schulter.

»Halb fünf auf der Anlage«, sagte er, »aber heute pünktlich«, und lief mit Bartels zusammen ins Schulhaus rein. Prechtl schnappte sich seinen Sweater vom Arm der Kepler-Skulptur, wir setzten uns auf den Waschbetonsockel und blinzelten in die Sonne.

»Schon seltsam«, sagte ich nach einer Weile, »dass der unsere Namen weiß.«

Vince nickte. »Entweder das Geripppe hasst Sportler ...«

»Oder was?«, sagte ich.

»Oder«, sagte Prechtl, »ihm hat einer was gesteckt.«

Ich sah ihn verständnislos an.

»Hallo, jemand daheim?«

Prechtl schnipste mir vorm Gesicht herum.

Vince schüttelte den Kopf. »Er war nicht dabei in der Nacht.«

»Wir waren hundertpro zu dritt.«

»Heinrich«, sagte Vince zu Prechtl, »Heinrich, du und ich.«

»Nicht euer Ernst«, sagte ich.

Und dann sagte ich eine ganze Weile lang nix.

Weil, die Information musste ich erstmal verdauen. Schlimm genug, dass sie Sargnagel überhaupt einen Besuch abgestattet hatten. Aber dass Heinrich dabei gewesen sein sollte: schlimm im Quadrat. Gegen Heinrich waren wir nämlich Musterknaben. Selbst Prechtl ein Engel vorm Herrn. Während uns damals schon ein paar Böller genügt hatten, um Spaß zu haben, verfolgte Heinrich ganz andere Ziele. Wummernde Gullydeckel, explodierende Abfalleimer, aus der Hauswand gesprengte Briefkästen … das war für ihn alles Kinderkram. Er hatte diesen Tick mit Autos gehabt. Da war er ein richtiger Crack. Die Finger fest um den Lenker geklammert, Topspeed in die Pedale getreten, sodass die Reifen auf dem Asphalt nur so sirrten, und dann mit durchgestrecktem Bein an den geparkten Autos vorbei und die Spiegel rasiert. Dazu halbvolle Lambrusco-Flaschen und sonst was in die Heckscheiben rein. In unserer aktiven Phase, Sommerferien Achte auf Neunte, hatte er es in Spitzennächten auf bis zu 10 000 Euro Schaden gebracht. Jedenfalls stand es so im *Neuen Tag.* Was man, ohne erwischt zu werden, erstmal schaffen muss. Bloß, das Uncoole war: Heinrich war persönlich geworden. Während wir ziellos durchs Viertel streiften, zog er bald mit Plan durch die Nacht. Mitschüler, Lehrer, seine Judotrainer, er suchte sich vorab die Adressen raus. Lotste uns dahin. Und legte dann los. Zielte mit den Böllern auf die gekippten Schlafzimmerfenster, zerschlitzte Reifen, pisste in die zertrümmerten Heckscheiben rein. Heinrich, der Terrorist. Zum Glück war er in der Neunten geflogen und auf irgendein Internat verschwunden. Wer weiß, wozu er uns sonst noch angestiftet hätte. Total mieser Einfluss. Der hatte uns übel im Griff.

»Und was habt ihr bei … nein«, sagte ich und hob die Hände, »will ich nicht wissen.« Und das wollte ich wirklich nicht. Weil, diese ganze Kaputtmachphase, die war Lichtjahre her. Da war ich noch nicht mal vierzehn gewesen. Keine Ahnung, was mich damals geritten hatte. Irgendwelche Hormone bestimmt. Was mich hingegen interessierte, brennend sogar, das war etwas anderes.

»Mal im Ernst«, sagte ich, »woher sollte der Zombie was wissen? Hat uns doch keiner erwischt.«

Wir sahen uns an.

Prechtl nickte, aber Vince wiegte den Kopf hin und her.

»Kann man auch anders sehen«, sagte er.

Und das leider mit Grund. Offiziell hatte uns niemand erwischt. Also nicht die Polizei oder so. Aber Weingartner, unser Tennistrainer, der war uns auf die Schliche gekommen. Als wir auf der Anlage den Getränkeautomaten sprengten – nicht den kompletten Automaten, wir sprengten bloß das Schutzblech im Getränkeausgabeschacht, sodass man unten reingreifen konnte – und er am nächsten Tag die leer gesoffenen Erdinger-Flaschen auf den Courts einsammeln musste, die Scherben und alles, da nahm er uns zur Brust. Unsere Unschuldsschwüre kümmerten ihn einen Dreck. Wie der uns danach im Training verheizte: brutal. Aber vor allem: Weingartner kannte Heckmann. Gab ihm sogar Einzelstunden. Und Heckmann ... Holy shit. Andererseits: Weshalb gleich den Teufel ans Board projizieren? Heckmann und Sargnagel, die waren wie Feuer und Wasser. Bevor die miteinander sprachen, mussten schon Aliens auf dem Schuldach landen. Mindestens.

»Niemals«, sagte ich schließlich, »ihr schiebt Paranoia. Sargnagel, bestimmt hitlert der immer so los. Damit für den Rest des Schuljahrs auch ja keiner muckt.«

»Schon möglich«, sagte Vince, »bringt er jedenfalls gut.«

»Spitzenmäßig«, sagte ich.

»Jaja«, sagte Prechtl, »Applaus, Applaus. Bloß schade, dass sein Tumor so langsam wächst.«

»Asso«, sagten Vince und ich wie aus einem Mund, aber ich sagte es mehr aus Gewohnheit. Weil, wenn ich zwischen Sargnagel und Frau Krause wählen dürfte ... da steht meine Wahl mal glasklar fest.

»Gongt jeden Augenblick«, sagte Vince und stand auf. Er streckte uns seine Arme entgegen, ich fasste den rechten, Prechtl den linken, und er zog uns hoch.

»Hat jemand die Hausaufgaben für Kron?«, fragte Prechtl, und während wir blöde zu grinsen anfingen, schlug der Gong zur Dritten, und wir liefen Schulter an Schulter ins Schulhaus hinein.

Kapitel 3

12. Oktober

Was ich unterschätzt habe: die Plakate. Die sind die Wucht. Also vom Effekt her sind sie die Wucht. Seit nicht mal acht Tagen kleben wir an den Haltestellen … und sind berühmt. Kleinstadtberühmt, schon wahr, aber wir wohnen ja auch in der Kleinstadt und nirgends sonst. Und diese Berühmtheit ist spitze. Weil Berühmtsein, klar, einfach spitze ist. Seit wir so aufpoliert von den Plakatwänden glotzen, habe ich 56 neue Freundschaftsanfragen auf Facebook gekriegt. Zwar neun weniger als Vince, aber trotzdem nicht schlecht. Prechtl: 39. Bartels: angeblich 42. (Ja, sicher!) Jiří: hat keinen FB-Account. Das Beste daran: Die Anfragen kommen fast alle von Mädchen. 51, um genau zu sein. Sprich: Da draußen laufen scharenweise Mädels herum, die ich nicht kenne, die mich aber kennen, die sogar meinen Namen ergoogelt haben und tendenziell heiß auf mich sind. Zugegeben sind das nicht alles Raketen. Da sind sogar ordentlich Nieten dabei. Und leider auch Kinder. Von den zwei Dutzend Vierzehnjährigen, die mich befreunden wollen, sind die Hälfte höchstens zwölf. Da helfen auch laszive Eyeliner-Blicke, topfweise Schminke und falsche Geburtsdaten nichts. Wenn bei *Interessen* dann *Lesen, Klavier spielen* und *Pferde* steht, ist das frisierte Profilbild total für die Katz.

Trotzdem: super Sache das Ganze. Umso mehr, da die 51 nur die Spitze des Eisbergs sind. Unter der Oberfläche verbirgt sich ja noch eine riesige Dunkelziffer, und die macht es erst richtig interessant. Nichts gegen die ganzen Facebook-Mädels, aber wer so verzweifelt Freundschaftsanfragen verschickt, hat es nötig. Topgirls wie die Nina oder die Zoe würden das niemals tun. Die fragen nicht, die werden gefragt. Und lehnen dann ab. Und auch die Mädels, die mich anheizen, stalken ihre Typen nicht vorab im Netz. Die gehen spontan zu Werke. So wie A) diese Helene oder Helena. Die stand am Wochenende mit uns an der Butterhofbar, kippte im Minutentakt Jäger-Shots und hasste dabei über die Plakate ab. Wie unfassbar peinlich und hässlich wir wären, einen optischen Super-GAU nannte sie uns und rief dann plötzlich: »Gruppenknutschen mit den Tennisjocks!« Rief's und steckte Vince ihre Zunge in den Hals. Danach mir. Danach wieder Vince. Und selbst Prechtl hätte vermutlich gescort. Er kam bloß zu spät. Helene/a wurde nämlich schlecht. Musste mal schnell an die frische Luft. Und ward danach nicht mehr gesehen. Obwohl ich sie später noch suchen ging. Ausgiebig sogar. Ich suchte nicht nur den Butterhof nach ihr ab, ich schwankte auch den Feldweg vor bis zur Ostmarkstraße und leuchtete mit dem Handy in jedes Gebüsch, in jeden Graben und jeden Tümpel. Ich hatte aber kein Glück. Schade. Wirklich jammerschade. Wer weiß, was da noch gelaufen wär.

Plus B): die Marietta. Die ist seit heute Mittag offiziell meine, ich sage mal, Freundin. Sie fing mich direkt nach der Schule ab, schob mich zwischen die Fahrradständer und fragte, ob ich mit ihr gehen will. O-Ton: »Hi, ich bin Marietta, willst du mit mir gehen?« Einfach so, Pistole direkt auf die Brust. Weil sie mindestens eine 7 ist, Tendenz zur 8, war ich schon drauf und dran, Ja zu sagen, aber dann sagte ich doch erstmal Nein. Ich musste an Jasmin und Leonie denken, an die tödlichen Nachmittage in ihren Kinderzimmern, das endlose Lieblingsmusikhören und das scheinverliebte Geblinzle, das Händchenhalten im Pausenhof und sinnlose Whatsappen und die irre Verpflichtung, sich nach der Schule am Alten Rathaus zu treffen oder, schlimmer noch, bei Regen in der Beanery. Danke, Jasmin und Leonie, danke, dass ich euch küssen durfte. Aber danke nein! So asozial Prechtls Halbbruder auch immer ist, in dem Punkt hat er recht: feste Freundin ab frühestens vierzig, und vorher ist Party angesagt. Und Party mit Freundin ist keine Party, so viel steht fest. Und, klar, gäbe es nicht das Bürgerfest und Silvester und Fasching und den Abschlussball und die Bockbier-Anstiche auf den Dörfern und vor allem die Partys auf dem Butterhof, wo man überall scoren konnte, nur halt ohne Kinderzimmer, würde ich das vermutlich auch anders sehen. Aber das gibt es ja alles zum Glück. Musste man sich nicht so krankhaft auf ein Mädchen versteifen, was mit fünfzehn, sechzehn bestimmt auch ungesund ist. Psychologisch gesehen, meine ich.

Wie auch immer. Jedenfalls hatte ich Marietta falsch eingeschätzt. Komplett falsch sogar. Als ich ihr gerade was vorwinseln wollte, von wegen Beziehung gerade vorbei und brauche erstmal Zeit für mich und so weiter, fiel sie mir ins Wort.

»Ich meine, nicht *richtig* miteinander gehen, hab ich grad auch keinen Nerv dafür. Sondern, du weißt schon ...«

»...«

»Mehr so offiziell.«

»Offiziell?«

»Dass man uns ab und zu sieht zusammen. Bisschen rummachen. Und nach drei, vier Wochen mach ich Schluss.«

Ich sah mir Marietta genauer an. Blonde Haare, volle Lippen, sehr reine Haut. Dazu ihr Körper. An die eins achtzig groß und kein Gramm Fett. Definitiv eine 8, eigentlich.

»Klingt ... nicht unspannend«, sagte ich.

»Yes«, rief sie, »yes«, und strahlte mir hart ins Gesicht. So als hätte sie mich gerade im dritten Satz im Tiebreak besiegt oder ein Reitturnier gewonnen. Eher ein Reitturnier, sie war null verschwitzt.

»Also ...«, sagte sie dann mit kontrollierter Stimme, und zwei Minuten später strahlte ich auch. Nicht so stahlhart wie sie, weil ich ja eher ein softer Typ bin, dafür von innen heraus. Sie hatte unsere Beziehung nämlich schon genau geplant, und ihr Plan war ein Hit. Ein, zwei Mal die Woche sollten wir uns in der Altstadt treffen, Fußgängerzone, Beanery und so weiter, wo sie mit ihren Freundinnen verabredet war, und dort sollten wir uns dann küssen und alles, und danach konnte ich meiner Wege ziehen. Einzige Bedingung: Sie machte Schluss, und ich hielt den Mund.

»Musst dir wegen hinterher keine Sorgen machen«, sagte sie, »ich läster nicht.«

Und wennschon, war mir doch egal.

»Perfekt«, sagte ich, »Deal.«

Sie zückte ihr Handy: »Nummer?«

Ich diktierte sie ihr.

Sie ließ es kurz klingeln, es vibrierte in meiner Hose, sehr angenehm.

»Und«, sagte ich, »wann, also, wann soll's denn losgehen?«

Sie sah aufs Display: »In fünf Minuten treff ich Anna und Juliana am Brunnen …«

»Sperr nur schnell mein Rad auf«, sagte ich.

Heiliger Jesus, entsperrte ich fix.

Dann radelten wir auch schon Richtung Altstadt, und Marietta gab mir die nötigsten Infos. Dass sie in die Zehnte aufs Elly Heuss ging und Lateinamerikanisch tanzte, wo genau wir uns kennengelernt und welche CD ich ihr beim zweiten Date geschenkt hatte, *A Head Full of Dreams* von Coldplay, obwohl sie Coldplay hasste, was aber total witzig war, weil wir dann zusammen umtauschen gingen, und dort, zwischen den CD-Regalen bei Saturn, haben wir uns das erste Mal geküsst. Vor dem S-Stapel, S wie Shakira. Die *El Dorado* habe ich ihr geschenkt.

Während sie mir unser Date erzählte, wuchs mein Respekt vor ihr sekündlich. Total überzeugende Story, hätte selbst meine Mutter nicht besser hingekriegt, und die hat wirklich ein Händchen dafür. Zugleich wurde mir leicht mulmig. Weil, einerseits hatte Marietta ihren Freundinnen bereits von dem Saturn-Kuss erzählt, und das war ziemlich abgebrüht. Sie konnte ja nicht wissen, wie ich so tickte und dass das mit mir wie mit einem Escort-Boy lief. Wobei, bei dem Angebot und mit ihrem Körper … Mir fiel weit und breit niemand ein, der abgelehnt hätte. Höchstens Jiří, aber der war asexuell. Andererseits, dachte ich, war das Ganze vielleicht ein Trick. Irgendeine neue Taktik aus der *Neon* oder der *Bravo Girl* oder so. Um mich hinterrücks in eine Beziehung zu locken, in der ich dann zappelte wie ein Fisch im Netz. Konnte Marietta zwar nicht wissen, aber Schlussmachen ist das Schlimmste für mich. Hölle pur. Bring ich nicht übers Herz. Hab ich noch jedes Mal die Mädchen erledigen lassen, bin ich einfach zu soft dafür.

Störte mich aber alles nicht wirklich. War mehr so ein Hintergrundrauschen, wie der Wind, der mir durch die Haare fuhr. Ganz milder, weicher Oktoberwind. Wir radelten am Flutkanal entlang, bogen beim Schlörplatz in die Fußgängerzone, ich wich ein paar schimpfenden Rentnern aus, schielte zum Bräuwirt rüber, wo Prechtl und Sauer vor ihrem Weizen saßen, risky, weil sie ja heute nicht in der Schule waren, und als wir das Alte Rathaus passierten, drückte Marietta zwei Wrigley's Strong Mint aus ihrer Packung.

»Für frischen Atem«, sagte sie und reichte mir eins rüber.

Wir kauten drauflos wie Maschinen, und dann kam schon der Brunnen in Sicht. Obwohl dort ein Dutzend Leute rumstanden, entdeckte ich Anna und Juliana sofort. Die posierten mit ihren Zweimeterbeinen am Brunnenrand, im Schlepptau zwei aalglatte Typen der Marke Brechanfall. Sahen in der Kombi aus wie einem Modeplakat entsprungen, Motiv Skinny-Stretch-Jeans oder so. Trotz ihrer bösen Geschmacksverirrung – die Typen, meine ich, nicht die Hosen – waren beide glasklare 9en. Vor allem Juliana mit ihrer dunklen Haut und den schwarzen Kringellocken, die war beinah eine 10. Kein Wunder, dass Marietta da ein wenig unter Druck geriet und in die Trickkiste griff. Ging mir mit Vince ganz ähnlich, bloß, dass mir solche Tricks nicht zur Verfügung standen. Leider mal wieder falsches Geschlecht.

Wir hielten dicht vor dem Brunnen an und stellten die Räder ab. Marietta winkte mit drei Fingern, so wie es nur Mädchen können, ich grinste dumm rüber … Und im nächsten Moment fing unsere Beziehung an. Aber wie. Marietta legte mir die Hand in den Nacken, ihr Becken drängte hart gegen meins, ich schloss die Augen, und dann zeigte sie mir, wie Küssen geht. Ihre Zunge schlüpfte in meinen Mund, sie ließ sie kreisen, langsam, schneller, Schmetterlingsflügel, fuhr mit der Spitze meine Zähne entlang, wechselte plötzlich den Rhythmus, ein langsames, tastendes Knutschen, so wie ich es am liebsten mag, Gott, waren das weiche Lippen, Lippen wie feuchte Seide, sie schob mir hinten die Hand in die Hose und zerkratzte mir den Po.

»Halbe Minute noch«, flüsterte sie mir ins Ohr.

»Ja«, hauchte ich zurück.

Wir machten noch ein bisschen, dann schob sie mich sanft von sich fort. Wow. Wirklich. Paradies auf Erden. Ich öffnete langsam die Augen und blinzelte in den Tag. Hier Marietta, die schöne, schöne Marietta, da unsere Räder, dort der Brunnen mit unserem Publikum, Wassergeplätscher, Stimmengewirr und in den Himmel flatternde Tauben: Wir waren tatsächlich noch immer in Weiden und nicht in Hollywood.

»Wow«, sagte ich leise, »Kuss des Jahres«, und guckte sie an wie Lana Del Rey. Also so, als ob Lana Del Rey plötzlich vor mir stünde, und Lana Del Rey ist die Größte. Lana Del Rey ist Gott für mich.

»Bist süß«, sagte Marietta genauso leise. Und dann lauter und halb zu ihren Freundinnen hin: »Morgen hab ich keine Zeit.«

»Vielleicht … übermorgen?«

»Mal sehen, ruf an!«

Ihre Augen huschten von rechts nach links, klares Signal, die Kurve zu kratzen.

Ich lächelte zu Juliana und Anna hin: »Muss jetzt leider … zum Training. Hoffe, wir lernen uns alle bald kennen.«

Ich drückte Marietta noch einen Kuss auf die Lippen und wankte davon. Paar Meter. Kichern. Ich drehte um. Hatte mein albernes Rad vergessen. Stieg auf. Und pedalte irgendwohin. Im Gleitflug zwischen den Leuten durch, mit einem Gerät in der Hose, um Tunnel zu sprengen, Tunnel mitten durch den Himalaja. Sechs Wochen, dachte ich, BITTE sechs Wochen. Drei ist eine hässliche Zahl.

Ich grinste und grinste und grinste … und grinste Sargnagel ins Gesicht. Der trat gerade aus der Apotheke am Oberen Tor.

»Grüß Gott, Herr Doktor Scharnagl«, rief ich.

Ein knappes Nicken: »Jäger.« Im Grunde war das ein okayer Typ. Oldschool und autoritär ohne Ende, aber dafür ein Original. Und gegen mich hatte er ja auch nichts. Hatte mich jedenfalls in Ruhe gelassen, mich ebenso wie Vince. Einzig Prechtl hatte leiden müssen, und der wusste inzwischen, wieso. Wegen seines Vaters nämlich. Weil sein Vater Scheidungsanwalt ist. Der gnadenloseste in ganz Weiden. Sagt der Herr Prechtl selbst von sich. Und letztes Jahr hat er offenbar Sargnagels Frau vertreten und Sargnagel fertiggemacht. »Ausgequetscht bis aufs Blut hab ich ihn«, hatte er Prechtl beim Essen erzählt, während der vor Entsetzen seine Gabel zerkaute. Armer Prechtl. Keine Frage. Und armer Sargnagel auch. Erst der Krebs, und dann läuft ihm auch noch die Frau davon. Nicht gerade Horst im Glück.

Ich zückte mein Handy und warnte Prechtl: *Sargnagel fuzo Richtung bräuwirt.*

Einen Wimpernschlag später vibrierte es: *Thx!!!*

Gernstens, simste ich zurück, bog in die Dr.-Pfleger-Straße und radelte pfeifend auf den Busbahnhof zu. Wollte schon links in den Park einschwenken, aber dann blieb ich doch kurz stehen. Drüben, auf der anderen Straßenseite bei den Haltestellen, wo es von Schülern jetzt nur so wimmelte, hingen wir nämlich gleich doppelt. Komplett verschandelt zwar – zerkratzte Augen und Hitlerbärtchen mit Edding und hunderterlei Schmähungen in schwarz auf pink, was für *Schwule Fotzen* und *Naziwichser* und *verhurte Fickfressen* und so weiter wir seien –, aber das war mir so was von gleich. Ich lächelte zu den verschmierten Plakaten rüber, und auch wenn es ziemlich albern war, murmelte ich dreimal »Danke schön«. Das kam wirklich von Herzen. Weil, so eine geniale Fakebeziehung und so ein echtes Gefühl von Verliebtheit habe ich eigentlich noch nie gehabt.

Kapitel 4

22. Oktober

Meine Erkenntnis des Tages heute: Kriminalität zahlt sich aus. Nicht nur in der Politik und im Bankenwesen und bei der FIFA und, klar, bei so Firmen wie Amazon, Google und VW und so weiter. Da gehört sie ja eh zum Geschäftsplan und wird gefördert auf Teufel komm raus. Muss man nur einmal *Tagesschau* gucken, und wenn man einen IQ über 20 hat, weiß man Bescheid. Ich meine aber gar nicht so Riesenfische, die ernsthaft Kohle beiseitescheffeln, sondern eher so windige Kleinstadtganoven, wie sie heute Mittag bei uns um den Pool rumstanden. Heute Mittag hat meine Mutter nämlich den letzten Lions-Charity-Lunch des Jahres gehostet oder wie auf dem hübschen Einladungskärtchen mit dem goldenen Löwenemblem steht:

Buntes Weiden

Die Weidener Lady Lions laden ein zum
Verkosten landestypischer Köstlichkeiten
unterschiedlichster Nationen und gegenseitigen
Kennenlernen in entspannter Atmosphäre.
Lasst Euch überraschen!
Samstag, 22.10., um 12 Uhr im Hopfenweg 70

Hat meine Mutter selbst getextet und trifft den Nagel genau auf den Kopf: Abdul und seine Flüchtlingskumpane, die Lammspießchen grillen, Couscous verteilen und Minztee servieren, und die Lions, die sich an Stehtischen den Bauch vollschlagen und nachher gelassen das Scheckbuch zücken. Großartig humane Sache bestimmt, aber zugleich lupenrein kriminell. Kann ich mit bestem Gewissen so sagen, denn ich war dabei. Ich habe alles gesehen. Und Vince und Prechtl auch. Die holten mich um halb eins zum Tennis ab, und das Highlight des Ganzen haben wir gemeinsam erlebt. Mein lieber Mann, haben wir geguckt. Käpt'n Jack im Nebel ein Witz dagegen. Uns sind die Augen auf Ballongröße geschwollen.

Aber der Reihe nach. Der Tag hatte so einiges zu bieten, dabei fing er völlig unspektakulär an. Wegen des LK-Turniers heute Nachmittag gegen die TC-am-Schanzl-Ficker war ich gestern Abend zu Hause geblieben und habe mit Abdul Fleisch gehackt. Sechs Kilo Lammfleisch, frisch und blutig vom Bio-Metzger, dazu fast dieselbe Menge an Zwiebeln und Knoblauch, Riesenspaß. Ich war dann tatsächlich vor Mitternacht im Bett, schlief zehn Stunden und wachte topfit auf. Kein Kater, kein Schädel, nix. Seltenes Samstagmorgengefühl, lange nicht mehr gehabt. Ich sprang wie ein Ass aus den Federn, zog die Jalousien hoch, und die Sonne strahlte ins Zimmer. Fühlte sich wie ein Sommertag an, obwohl schon Ende Oktober ist. Ich öffnete die Fenster und überlegte kurz, vom Sims runter in den Pool zu hechten. Was nicht ganz ohne ist. Bis zum Wasser sind es knapp drei Meter, drei nach vorne und drei nach unten, und wenn man zu kurz springt, knallt man auf die Terrakotta-Fliesen und bricht sich das Genick. War aber eh zu viel los am Pool. Kamil, unser polnischer Gärtner, kescherte Laub aus dem Wasser, und Abdul und ein paar andere Flüchtlinge wuselten auf der Terrasse rum und bauten die Buffettafel auf.

Ich guckte ihnen eine Weile zu, dann setzte ich mich an den Schreibtisch und schlug das Mathebuch auf. Seite 38, Aufgaben 6 a–e und 7 b–c. Ein Blick darauf und ich bekam die Krätze, dazu die lauten Stimmen von unten, und überhaupt: gab es ja Margarete. Die bockte zwar jedes Mal wie eine Jungfrau, wenn ich bei ihr abschreiben wollte, aber wenn ich so richtig bettelte, gab sie meistens doch irgendwann nach. Drei Minuten lang versuchte ich trotzdem mein Bestes, was ziemlich erbärmlich war. Schon die Aufgabenstellung las sich wie Altgriechisch für Verhaltensgestörte: euklidische und nichteuklidische Dreiecke, sphärischer Exzess, die Reduktion verebneter Winkel, α und β und γ oder so … Kein Schimmer, was das bedeuten sollte, dann vibrierte zum Glück mein Handy.

Whatsapp von Marietta: *Montag 16 h Beanery?*

Aber klar, schrieb ich zurück.

☺, antwortete Marietta wenig später.

Ich schob happy das Mathebuch beiseite und blätterte stattdessen in *Winning Ugly* herum, einem Tennisratgeber, den mir meine Schwestern aus Amerika geschickt haben. Aus Boston, glaube ich. Sie studieren dort Jura seit dem Sommer, und vorne ins Buch haben sie mir eine Widmung geschrieben: *To improve your tennis & your English skills – efficiently all at once. Yours, Johanna & Elisabeth.*

Wirklich nett von ihnen. Umso netter, da sie in den letzten Jahren kaum zehn Sätze mit mir gesprochen haben. Was aber in Ordnung ist. Ich beklage mich nicht. Hanna und Betti sind fast vier Jahre älter als ich, und außerdem sind sie Zwillinge. Eineiige Zwillinge, weshalb sie auch immer komplett auf sich fixiert waren. Auf sich und die Schule. In der Achten, als wir von München nach Weiden zogen, übersprangen sie eine Klasse am Elly Heuss, und danach ging es nur noch um ein 1,0er-Abi. Das war ihr Ziel. Und obwohl sie vor lauter Stress und Büffeln und Brechen zum Abi kaum noch vierzig Kilo auf die Waage brachten, schafften sie es auch. Einen 0,9er-Schnitt sogar. Beide. Definitiv Respekt.

Und jetzt, obwohl sie kein Mensch dazu zwang, liefen sie durch ihr blendendes Bostoner Lawschool-Leben und dachten an mich. Schickten mir sogar ein Buch. Ein gutes obendrein. Ehrlich. *Winning Ugly* ist top. Es geht zwar mit den üblichen Sprüchen los, die uns auch Weingartner jedes Training einbläut – dass nur totaler Wille und totale Gier an die Spitze führen usw. –, aber nach hinten raus wird es interessant. Der Autor, Brad Gilbert, früher selbst Profi, packt aus. Er sagt, dass Wille und Gier und selbst Hass auf den Gegner oft nicht reichen. Man muss sein Gegenüber mental zerstören. Und dafür, für diese *Mental Warfare in Tennis*, gibt er Tipps. Glasklar mein Lieblingskapitel ist: *The Masters of Rage: Connors and McEnroe*. Weil, den rasenden Zorn, den die beiden auf den Court mitbrachten, den kenne ich auch. Bloß, dass ich laut Gilbert ein Opfer bin. Ich richte den Zorn nämlich gegen mich selbst. Connors und McEnroe dagegen, die stauten ihn auf, und dann, wenn ihre Gegner einen Lauf bekamen und die wichtigen Punkte anstanden, setzten sie ihn strategisch ein. Genau dann schlugen sie ihre Rackets zu Klump, brüllten Beleidigungen übers Netz und peitschten das Publikum an. Alles, um den Rhythmus des Gegners zu zerstören. Und in neun von zehn Fällen gelang ihnen das auch. Totale Siegertypen, die beiden. Da bin ich noch Lichtjahre von entfernt.

Jedenfalls blätterte ich gerade in *Winning Ugly* herum, als es klopfte. Konnte eigentlich nur meine Mutter sein. Mein Vater klopft nicht. Der stürmt wie die Gestapo ins Zimmer, egal, was man gerade tut.

»Bei der Arbeit«, rief ich und zog das Mathebuch näher, die Tür ging auf, und meine Mutter kam rein. Sie sah spitze aus. Gemachte Haare, bemalte Lippen, ein schickes, cremefarbenes Kleid. Und das Beste: Sie balancierte ein Tablett mit einer Müslischale, zwei Vollkorntoasts und einem frisch gepressten Smoothie auf ihren Händen.

»Wow«, sagte ich, »wär doch nicht nötig gewesen.«

Sie winkte ab. »Hat Natascha gemacht.«

»Trotzdem«, sagte ich, »danke«, und das meinte ich so. Weil, auch wenn die Natascha das Frühstück zubereitet hatte, meine Mutter hatte daran gedacht.

Ich nahm ihr das Tablett ab und stellte es auf den Schreibtisch.

»Siehst schick aus, ehrlich wahr.«

»Lieb von dir«, sagte sie und lief zum Fenster. Sie beugte sich gefährlich weit raus, dann fuchtelte sie wild mit den Armen: »Die Rosen, Kamil, die Rosen! Der Pool ist fein.«

Kamil grunzte irgendwas, meine Mutter drehte sich um und zupfte sich nicht vorhandene Fussel vom Kleid. Sie war nervös, und das nicht zu knapp.

»Alles okay, Mami? Wird bestimmt ein Erfolg der Lunch.«

»Von wegen«, schnappte sie, »ich, also, dein Vater, ich könnt' ihn umbringen. Er kennt den Termin seit Ewigkeiten, und jetzt ruft die Klinik an, und er muss operieren.«

Ich schüttelte den Kopf. Schüttelte ihn meiner Mutter

zuliebe, weil ich immer eisern zu ihr hielt. Nur, in dem Fall traf meinen Vater wirklich keine Schuld. Der Lions-Termin stand seit höchstens fünf Wochen fest, aber der Dienstplan im Krankenhaus wurde ein halbes Jahr im Voraus erstellt. Und auch wenn mein Vater Chefarzt ist, so leicht tauschte man seinen Dienst nicht weg. Und er hatte es ja versucht.

»Schon bisschen unsensibel«, sagte ich.

»Unsensibel! Da fallen mir ganz andere Worte ein! Dazu sein Affentheater mit den Fenstern. Als würde der Helmut …«, sie lachte spitz auf, dann sah sie mich an: »Große Bitte, Benni. Nach dem Frühstück kommst du runter und klebst die Kellerfenster ab, okay?«

Ich guckte sie an.

»Die Kellerfenster. Abkleben.«

»Die ganze Reihe zur Terrasse raus.«

»Wieso denn das?«

»Weil dein Vater unter Verfolgungswahn leidet.«

»Stimmt schon«, sagte ich, »aber was hat …«

»Der Mann von Margot kommt mit. Der ist Oberinspektor oder Steuerprüfer oder weiß der Himmel was für ein hohes Tier beim Finanzamt, und von der Terrasse sieht man in den Keller.«

»Aber doch nur, wenn man den Kopf in die Lichtschächte steckt.«

»Erzähl das deinem Vater. Aber der ist ja weg.«

»Verstehe«, sagte ich.

Und das tat ich wirklich.

Unser Keller machte meinem Vater nämlich schon lange zu schaffen. Der raubte ihm ernsthaft den Schlaf, und er brachte ihn oft aufs Tapet. Meistens wenn er mich außer Hörweite wähnte, aber ich hörte es doch. Meine Eltern führten ihre, ich sage mal, Diskussionen darüber

54

nicht gerade im Flüsterton. Ich bekam zwar nicht jedes Detail mit, aber das Wesentliche schon. Als wir das Haus im Hopfenweg bauten, vor fünf Jahren ungefähr, hat mein Vater die vorderen Kellerräume offenbar als Notfallpraxis deklariert und von der Steuer abgesetzt. Hundert Prozent legal. Sagt jedenfalls sein Steuerberater, und anfangs sah der Keller auch halbwegs nach Praxis aus. Zwar war nie ein Patient da, aber einen alten OP-Tisch, ein Waschbecken mit Seifenspender und ein paar Spritzen und Skalpelle gab es durchaus. Theoretisch hätte man da sicher einen groben Eingriff vornehmen können. So Tendenz Feldlazarett-Gedächtnis-OP. Anfangs, wie gesagt. Bis meine Mutter mit den Antiquitäten kam. Urplötzlich fing sie zu sammeln an. Zusammen mit der Evi Petzold, die auch bei den Lions ist. Die hat sie auf den Trip gebracht. Alle paar Monate fuhren die beiden auf Antiquitätenmessen und Schlossauktionen und kamen mit Schränken, Kommoden und Vitrinen zurück. Biedermeier und Rokoko und so weiter, wirklich monströse Teile, die ächzende Spediteure die Stufen runter in den Keller schleppen mussten, weil die Zimmer oben bald vollgestellt waren. Keine Ahnung, wie viel Holz wir inzwischen lagern, es müssen Tonnen sein. Gegenwert: sicher sechsstellig. Was an sich super ist. Antiquitäten werden von Tag zu Tag teurer. Sagt jedenfalls meine Mutter, hat meinen Vater aber null überzeugt. Im Gegenteil. Jeder Schrank und jede Kommode, die seine Notpraxis weiter vermüllten, schlugen ihm auf den Magen. Meiner Mutter zuliebe hätte er das Ganze wahrscheinlich trotzdem weiter geschluckt, bloß erwischten sie im Frühjahr einen Klinikkollegen, der eine ganz ähnliche Praxis hat. Beziehungsweise hatte. Prof. Götz heißt der Kollege und ist Hobbyjäger, und deshalb staubten in seinem Keller keine Möbel, sondern Millionen Tierpräparate vor sich hin. Auch illegale. Antilopen und so weiter aus Afrika. Und der Götz war plötzlich ein verurteilter Steuerbetrüger und dazu *das* Gesprächsthema im Krankenhaus. Was für meinen Vater der blanke Horror ist: als Betrüger im Rampenlicht zu stehen. Ist wirklich gar nicht sein Ding, und deshalb sieht er jetzt an allen Ecken Gespenster, sprich, Fahnder, und zittert bei jedem Brief vom Finanzamt, weil darin eine Steuerprüfung angekündigt sein könnte. Verfolgungswahn eben, genau wie meine Mutter sagt. Und ich war der Depp, der es ausbaden durfte, vielen Dank.

Ich sah meine Mutter an, die jetzt im Türrahmen stand und auf ihrem Handy rumtippte. Ihre Finger flogen nur so über den Touchscreen. Total hektisch. Wie eigentlich meistens, trotz ihrer endlosen MBSR-Workshops.

»Alufolie«, sagte ich, »ich nehm, glaub ich, Alufolie. Und Paketband wär auch nicht schlecht.«

»Leg ich dir auf die Treppe«, sagte sie, ohne vom Display aufzuschauen.

»Gut.«

»Und, Benni …«, plötzlich sah sie doch vom Display hoch, »gleich nach der Begrüßung kommst du raus und stellst dich zu Abdul an den Grill, ja?«

Ich nickte. »Wie besprochen, im Landesmeisteranzug.«

»Bist ein Goldstück«, sagte sie und lief aus dem Zimmer, das Telefon schon am Ohr.

Ich machte mich über das Frühstück her. Lecker Bananen-Ananas-Müsli und Karotten-Ingwer-Smoothie, für den sportlichen Start in den Tag. Ich verputzte alles und warf eine Magnesiumpille nach, dann ging ich in den Keller und fing an zu kleben. Das heißt, erstmal nicht. Erstmal musste ich an die Fenster ran, und das war gar nicht so leicht. Ich war schon lange nicht mehr unten gewesen, ein Heer Spediteure aber eindeutig schon. Der hintere Raum war noch halbwegs okay, den erledigte ich im Handumdrehen. Aber der vordere … Mannomann: als wäre eine Antiquitätenlawine aus Schloss Thurn und Taxis direkt in unseren Keller gerutscht. Da waren große Schränke und kleine Schränke, breite Kommoden und schmale, Sekretäre, Vitrinen und Tische und Stühle und noch anderer Kram, nebeneinander und übereinander und ineinander verkeilt. Sah aus wie Ultimate Möbel-Tetris, und dazu der Geruch: nach Öl oder Lack oder Politur oder was immer Holzoberflächen so geil spiegeln und glänzen lässt. Ein paar tiefe Züge und mir wurde leicht schummrig, dann zog ich die Schuhe aus und kletterte über die Antikbarrikaden in Richtung der Fenster, und dabei fielen mir die Spinnen auf.

Die hatten hier ihre Heimat gefunden, hatten ihren eigenen Staat gegründet, und leider wurde der nicht von Weberknechten regiert. Da waren richtig fette Oschis am Start. Körper dick wie Fingerkuppen und kurze, eckige Beine, und sie saßen nicht nur unter der Decke und in den Wandecken, wo ihre Netze hingen. Sie lauerten auch in den Möbelritzen und Schubladenspalten, und eine krabbelte direkt vor meiner Nase aus dem Schlüsselloch einer Standuhr raus. Möglich, dass mir das Halblicht im Keller Streiche spielte oder vielleicht auch die Möbeldämpfe, jedenfalls war die gelb gestreift. Sah aus wie eine verfluchte Hornisse. Eine Hornissenspinne, falls es das gibt. Gruslig wie Sau. Gruslig waren aber nicht die Spinnen allein. In allen möglichen Ritzen und auf dem rauen Holz der Möbelrücken klebte wattiges Zeugs. Schimmel, dachte ich, als ich das erste Mal reinfasste, Holzschimmel oder so, doch dann sah ich die grauen Pünktchen darin. Spinnen-eier, hundertpro, und das wattige Zeugs waren Kokons, und ich stellte mir vor, wie die Eier alle gleichzeitig platzten, was für irre Armeen dann schlüpften und was da noch alles im Dunkel der Schubladen nisten mochte. Ich bekam Gänsehaut. Und meinen Vater verstand ich auch. Verfolgungswahn hin oder her, der Keller war ein Alb-traum. Der gehörte ausgeräuchert, ein für alle Mal.

Ein paar Sekunden lang kniete ich wie gelähmt vor der Standuhr und nahm mir vor, bald mal *krankhaftes Horten* zu googeln, was das über Menschen verrät und so weiter, aber dann gab ich mir einen Ruck. Ich griff mir die Alu-rolle und wickelte mir den Schädel mit Folie ein. Zwei Lagen, bis runter zum Hals. Pappte ordentlich Paketband darüber, sodass es nirgends Schlitze gab, und stach mit den Fingern drei Löcher rein. Zwei für die Augen und eins für den Mund. Sah bestimmt psycho aus, knisterte auch bei jeder Bewegung unheimlich, steigerte mein Si-cherheitsempfinden aber enorm. So arbeitete ich mich das letzte Stück zu den Fenstern vor und fing an abzukle-ben. Rolle ziehen, reißen, Paketband kleben, erstes Fens-ter, Rolle ziehen, reißen, Paketband kleben, das zweite, und als ich mich eben ans dritte machte, hörte ich was.

Frauengelächter.

Von draußen.

Sehr schrill und sehr nah.

Ich spähte durch den Lichtschacht nach oben, und über mir, ganz dicht am Gitter, standen drei blonde Frauen im Kreis. Die Evi Petzold, die Freifrau zu Teublitz und eine, die ich nicht kannte. Alle drei trugen helle, knapp knielange Kleider und hielten Sektgläser in der

Hand. Und das Beste war: Die Petzold und die Freifrau standen mit gespreizten Beinen da. Mein Blick wanderte ihre glatten Waden hoch, die Innenseiten ihrer Schenkel entlang und weiter, immer weiter, all the way up. Himmlische Optik, zum Weinen schön. Weil, Pornos sind das eine, aber das hier war live und real. Genau jetzt sah ich die realen, sorgfältig enthaarten und von einem dünnen String geteilten Muschis zweier supergepflegter 40-plus-Blondinen, denen ich gleich noch die Hand schütteln würde, und so was sah ich nicht oft. So was sah ich eigentlich nie. Gott, wurde ich geil. Wären da nicht die Spinnen gewesen, ich hätte ein Fest gefeiert. Zwei Minuten hätten mir locker gereicht. Ehrlich gesagt, waren es auch nicht die Spinnen, die meine Absicht durchkreuzten. Es war meine Mutter. Sie trat plötzlich in die Runde und verteilte Wangenküsschen. Mein Puls schnellte hoch, ich riss die Hand aus der Hose und zuckte vom Fenster weg. Weil, meine Mutter wusste ja, dass ich hier unten war. Ein Blick von ihr den Lichtschacht runter, mein lieber Mann: ich in meiner selbst gebastelten Hannibal-Lecter-Maske, wie ich den Ladys durchs Gitter zwischen die Beine spannte und dabei pumpte. Besser nicht. Und außerdem: trug meine Mutter auch ein Kleid. Wie es da drunter aussah … Ich wollte es echt nicht wissen. Ich bin ja nicht Norman Bates.

Ich zählte bis zehn, und als die da oben nicht verschwanden, ließ ich das Fenster Fenster sein und machte mich aus dem Staub. Hörte noch die Sektgläser klirren, dazu die versaute Stimme der Freifrau: »Moni, ein Champagnerwetter hast du uns besorgt«, und schon war ich an der Tür. Rupfte mir die Maske runter und sprintete die Treppen hoch ins Bad. Riss mir die Kleider vom Leib, stopfte sie ins Wäscherohr, das, geniale Erfindung, direkt runter in den Waschkeller führt, und stellte mich unter die Dusche. Zehn Minuten lang duschte ich mindestens. Heiß und mit vollem Strahl. Eier, Kokons und Spinnen, ich duschte sie alle kaputt. Zum Schluss machte ich noch eiskalte Wechselduschen, zur Stärkung der Abwehrkräfte, danach fühlte ich mich wie neugeboren. Kam mir jetzt fast ein bisschen kindisch vor, meine Spinnenpanik, aber ist halt auch was anderes, tatsächlich durch so einen verseuchten Keller zu klettern oder frisch geduscht daran zu denken. Im Grunde selbes Problem wie beim Aufschlag. In meiner Vorstellung prügelte ich reihenweise Asse übers Netz, aber im Match zitterte mir plötzlich der Arm.

Wie auch immer. Jedenfalls hätte ich dann um ein Haar meinen Einsatz verpasst. Als ich zurück ins Zimmer ging und meine Tennisbag packte, sah ich, dass unten schon die Begrüßung lief. Um den Pool herum standen jetzt bestimmt siebzig, achtzig Leute, haufenweise Anzugträger und aufgetakelte Petzold-zu-Teublitz-Klone, die mir alle den Rücken zuwandten und meiner Mutter lauschten. Die stand am Rand der Terrasse und sagte was von »kultureller Vielfalt« und »Integration« und »in diesen schwierigen Zeiten«, halt die üblichen Sprüche, wie man sie aus den Nachrichten kennt. Hinter ihr, auf dem Rasen, war das Buffet aufgebaut, eine lange, mit bunten Tüchern bezogene Tafel mit allerlei Schüsseln und Schälchen darauf, und hinter der Tafel standen die Flüchtlinge. Elf Stück zählte ich, sieben Männer und vier Frauen. Weil sie alle weiße Hemden und schneeweiße Handschuhe trugen, sahen sie wie ein Trupp indischer Butler aus. Oder zumindest so, wie ich mir indische Butler vorstelle. Keine Ahnung, wer sich das ausgedacht hatte, die Handschuhe vor allem, gab dem Ganzen jedenfalls einen unbunten Touch.

Die Terrasse mit den Lions quasi Europa, die Buffetmauer die Grenze, und dahinter, schneeweiß gelabelt, die Dritte Welt.

Ich zippte die Tennisbag zu, meine Mutter wünschte »einen Löwenappetit«, schallendes Gelächter für diesen Riesenjoke, »und natürlich viele spannende Begegnungen«, dann wurde schon geklatscht. Ich lief die Treppe runter und auf die Terrasse raus, schlängelte mich zwischen den Leuten durch und stellte mich zu Abdul hinter den Grill.

»Alright«, sagte ich, »what can I do?«

Abdul drückte mir die Grillzange in die Hand.

»You turn the meat«, sagte er mit konzentrierter Stimme, »I serve. Okay?«

»Okay«, sagte ich und legte los. Ich packte ordentlich Fleisch auf den Rost, fuhrwerkte mit der Zange herum, und jedes Mal, wenn Abdul auf ein Spießchen deutete und »ready« rief, lud ich es ihm auf einen Teller, den er mit frischen Kräutern bestreute und über die Tafel reichte. Gingen weg wie nix, unsere Spießchen, sahen auch richtig knusprig aus. Hätte ich nicht mitten im heißen Fleischrauch gestanden, die Sache hätte mir beinahe Spaß gemacht. Jedenfalls fünf Minuten lang. Dann verbrannte mir das erste Spießchen. Ganz klar meine Schuld, aber irgendwie auch nicht. Ich musste nonstop Hände schütteln und Small Talk machen und mir geistreiche Sprüche zu den Plakaten anhören, was für ein Spitzentyp ich doch sei, der seine Eltern bestimmt unendlich stolz mache und so weiter … – was eher stört, wenn man grillt. Nicht mal den Händedruck der Freifrau konnte ich richtig genießen, und auf den hatte ich mich wirklich gefreut.

Das Problem war aber gar nicht so sehr der Small Talk über das brutzelnde Fleisch hinweg. Das Problem war, dass ich plötzlich Berhane sah. Zumindest glaubte, Berhane zu sehen. Der stand am anderen Ende der Tafel und schöpfte Suppe aus einer Schüssel, und in seinem Butlerdress und mit den zurückgegelten Haaren sah er ganz anders aus als am Butterhof. Da lief er mit Afro durch die Gegend und trug bunte Ragga-Shirts, und statt Suppe zu schöpfen, vertickte er Gras. Zehn Euro das Tütchen Silver Haze, und wenn man fünf auf einmal kaufte, legte er eins umsonst obendrauf. Sehr fairer Preis. Berhane ist wirklich korrekt. Störte mich trotzdem, ihn hier zu sehen. Weil, der Butterhof und das Haus meiner Eltern, das waren getrennte Welten, sollten es jedenfalls unbedingt sein.

Ich tippte Abdul an.

»Listen«, sagte ich, »the guy over there, the one with the soup …«

Abdul stieß einen Schrei aus: »Man, check your meat!«

»Fuck«, rief ich und schnappte mit der Zange hin.

Stunden zu spät.

Das Spießchen ganz rechts war kohlrabenschwarz und qualmte wie eine feuchte Fackel. Rauch biss mir in die Augen, es stank wie in einer Fleischverbrennungsanlage, jemand lachte.

»Die Jugend von heute: Tennis spielen kann sie, aber ein Rohrkrepierer am Grill.«

Ich wischte mir die Tränen aus den Augen und blinzelte Heinrichs Vater ins Gesicht.

»Grüß Gott, Herr Wiesinger.«

»Servus, du Hund«, sagte Heinrichs Vater und glotzte auf Abduls Hand. Auf die mit den dreieinhalb Fingern. Dort, wo die Finger fehlten, hing der Handschuhstoff wie abgeknickte Kaninchenohren runter.

»Ja, da schau her! Was ist denn mit dir passiert? IS, oder hat der Benedikt mal wieder gezündelt?«

Abdul sah ihn hilflos an. Sein Deutsch war noch nicht so toll.

»Wollen Fleisch?«, fragte er.

»Fleisch … Ja, was meinst, wieso ich da steh. Um dem da beim Kokeln zuzuschauen … Zwei Stück. Two pieces, my friend.«

Er streckte Abdul zwei Finger entgegen, dann fragte er mich: »Woher kommt denn dein Spezl?«

»Aus Syrien.«

»Und wie heißt er?«

»Abdul. Abdul Hemidi.«

»Soso«, sagte Heinrichs Vater langsam, als gingen bedeutende Dinge hinter seiner Stirn vor, »der Abdul aus Syrien.«

Er griff nach dem Teller, den Abdul ihm hinhielt, drehte sich um, schlug einem anderen Anzugtypen auf die Schulter, und das Letzte, was ich von ihm hörte, war: »Du, Schorsch, heut lohnt sich das Spenden. Dem Abdullah am Grill da ham sie in Aleppo die halbe Hand abgesägt.«

Sprach's und schob ab durch die Menge, und das, also Heinrichs Vater, war der erste Kriminelle, den ich sah. Das heißt, eigentlich schon der dritte. Aber Berhane und meine Eltern zählten nicht. Weil, Gras verkaufen und am falschen Ort Möbel horten, sind in meinen Augen völlig legale Dinge. Sind jedenfalls was anderes als Zuhälterei. Und Heinrichs Vater ist Zuhälter. Ganz offiziell. Ihm gehören eine Handvoll Saunaclubs dies- und jenseits der tschechischen Grenze, und in denen wird etwas anders gesaunt als bei uns in der Thermenwelt. Die kleine Slideshow, die uns Heinrich damals auf dem PC seines Vaters vorgeführt hatte, als der geschäftlich im Ostblock unterwegs war, Fünfte oder Sechste muss das gewesen sein, werde ich jedenfalls nie vergessen. Mein erstes Mal Porno, und dann gleich tschechischer Gangbang, mit zehn oder elf knallt das noch ziemlich rein.

Aber, was ich eigentlich sagen wollte: die Kriminellen. Die kamen plötzlich aus allen Ecken gekrochen, fast wie die Spinnen im Keller, eine echte Invasion. Kaum war Heinrichs Vater verschwunden, entdeckte ich unseren ehemaligen Bürgermeister und seine Frau. Herrn und Frau Dr. Brunner. Die drängten an einen freigewordenen Stehtisch gleich rechts bei den Rosen und schluckten ordentlich Prosecco. Konnte ich ihnen nicht verdenken. Hatten sie eine Weile drauf verzichten müssen, in U-Haft wird so was ja nicht serviert. Da hatten sie aber bis vor Kurzem gesessen, irgendwas mit veruntreuten Spendengeldern, die man dann auf dem Konto von Frau Dr. Brunners Schwester aufgespürt hat. Die stöckelte bestimmt auch auf Bewährung über die Terrasse, aber ihr Gesicht war mir unbekannt. Wen ich dagegen glasklar erkannte, das war Prof. Götz. Der lud sich am Buffet Falafel auf seinen Teller, tiefengebräunt und entspannt und alles, und neben ihm stand eine gertenschlanke Rothaarige mit aufgespritzten Lippen, der er irgendwas von wegen »operiere jetzt viel in den Emiraten« erzählte. Möglich, dass ich mich täuschte, aber ich glaube, das war die Tatjana Koller, und die hat schon zwei Ehemänner unter die Erde gebracht. Die heiratete im Akkord reiche 80-plus-Typen und strich dann drei Jahre später das Erbe ein. Im Kontrast zu den ganzen hellen Kleidern, die sonst am Pool zu sehen waren, trug sie ein kleines Schwarzes. Schien gerade mal wieder in Trauer zu sein.

»The meat, man, the meat!«

Abduls Stimme klang jetzt ernsthaft verzweifelt, ich riss meinen Blick von der Witwe los und sah ihn bedauernd an.

»Sorry, Abdul, really sorry. So much going on right now.«

»Just five more minutes. Please.«

»Promise! No more bad meat.«

Jemand haute mir die Hand auf die Schulter.

»Dschägga«, rief Prechtl begeistert, »extremst kranke Mercedesparade da draußen vor eurer Hütte. Sind sogar zwei Ferraris dabei.«

Vince schob sich neben mich an den Grill.

»Gib mal die Zange«, sagte er grinsend, »das brennt hier ja lichterloh.«

Mann, war ich froh, die beiden zu sehen.

Ich drückte Vince die Zange in die Hand, exte eine Flasche Wasser weg, dann deutete ich unauffällig die Buffettafel runter.

»Jungs«, sagte ich, »der Typ da, der mit der roten Suppenschüssel, ist das Berhane oder was?«

Prechtl guckte kurz hin: »Niemals. Aber … wieso haben die denn alle so schwule Handschuhe an?«

Ich zuckte mit den Schultern, Vince tat Abdul ein Spießchen auf, dann guckte er auch.

»Fifty-fifty«, sagte er, stockte, »das heißt … krass. Schaut mal, mit wem er jetzt spricht.«

»Noch nie gesehen, den Vogel«, sagte Prechtl, »lass mich mal die Zange …«

»Gib sie ihm nicht«, sagte ich und schaute genauer hin.

Der Typ, der jetzt auf Berhane einquatschte, sah aus wie die Mischung aus einem Operettensänger und jemandem, der sich für eine Statistenrolle bei *Der Pate IV* bewarb. Grauer Nadelstreifenanzug, mindestens ein, zwei Nummern zu groß, grasgrünes Hemd mit schwarz-weiß gepunkteter Fliege und eine Art Panamahut auf dem Kopf. Raspelkurze Haare und sehr dünn und sehr blass.

»Wer soll das …«, setzte ich an, aber dann fielen mir die Bewegungen auf. Das eckige Rucken mit dem Kopf, so wie es pickende Tauben tun, dazu ein nervöses Fingerzucken, als wäre er zwanghaft am Morsen.

»Heilige Scheiße«, zischte ich und packte Prechtl am Arm. »Kannst du mir mal verraten, was dein Bruder hier macht?«

»Haha«, sagte Prechtl.

»Im Ernst«, sagte Vince, »der Kleiderständer da drüben, das ist Crystal-Mäx.«

»Crystal-Fuck ist das höchstens, ihr Bauern«, aber dann schaute er doch nochmal hin. Zwei Sekunden lang, drei, ihm klappte der Kiefer runter.

»Leute«, flüsterte er wie vom Schlag getroffen, »da steht mein Halbbruder.«

»Die Frage lautet: Was macht der hier?«

»Keine Ahnung. Vielleicht … will er bei den Lions mit-machen.«

Trotz Schock und allem mussten wir lachen.

Weil, Crystal-Mäx bei den Lions, das war wie Bin Laden bei der CIA oder so. Einen Moment lang stellte ich mir die Gesellschaft hier am Butterhof vor. Charity-Night am Butterhof. Wie die Ladys ein paar Shots in der Scheunen-bar kippten, wie sie in ihren Kleidern den Erdtunnel run-ter in den Eiskeller stöckelten, wo ihnen die im Gewölbe wummernden Bässe die Schminke aus den Poren bomb-ten, wie sich die eine oder andere ins marode Melkhaus neben der Scheune verirrte, in die White Lodge, wie sie jeder nannte und wo es so richtig zur Sache ging. Mein lieber Scholli, die Fratze der Freifrau in dem Moment, da sie die Tür zur Lodge aufdrückte, die hätte ich gern gesehen.

Stattdessen hörte und sah ich was anderes. Etwas, das noch viel unfassbarer war. Und zwar schlug meine Mutter mit der Gabel gegen ihr Sektglas. Kliiing, ein heller, singender Ton, kliiing kliiing, das Stimmgewirr auf der Terrasse wurde leiser und leiser, und als es ganz verebbt war, trat die Lions-Präsidentin auf. Sibylle Gottwald ihr Name, eine Frau wie aus dem Chanel-Katalog. Sie bedankte sich bei meiner Mutter fürs Hosting, bei Petrus fürs Wetter und bei den Flüchtlingen fürs Essen. Dann sagte sie alle Namen und Länder und Speisen auf, von Berhane Haptemariam, Eritrea, Linsensuppe, über Olena Irgendwas, Ukraine, Soljanka, bis sie schließlich bei Abdul ankam. Sie sah dabei nicht auf ihren Zettel und stockte kein einziges Mal. Starke Leistung. Die hatte ein Gedächtnis wie eine Elefantenkuh. Die Lions klatschten bei jedem Namen, die Flüchtlinge verbeugten sich, und als ich schon dachte, sie sei fertig, fing die Gottwald erst richtig an.

»Wir sind«, sagte sie plötzlich mit ernster Stimme, »von unseren Freunden aus aller Welt verköstigt worden. Delikat verköstigt worden. Heute, an diesem goldenen Oktobertag, hier, in der friedlichen Oberpfalz. Wir wollen dabei aber nicht vergessen, woher unsere Freunde kommen, welches Schicksal hinter ihnen liegt und mit welchen Problemen sie in ihrer neuen Heimat zu kämpfen haben. Wie wir alle wissen, lautet unser Motto: We serve.«

»Serve my dick«, wisperte Prechtl in ihre Kunstpause rein.

Die Gottwald streckte ihren Zettel in die Luft bzw. das, was ich für einen Zettel gehalten hatte: »Ich halte hier einen Scheck über 17000 Euro in der Hand. Eine Summe, die wir, da bin ich sicher, heute verdoppeln werden. Mit diesem Geld wollen wir immerhin einigen unserer neuen Freunde zu einer festen Bleibe verhelfen, raus aus den Notunterkünften, in denen sie momentan noch untergebracht sind.« Sie sah sich um. »Herr Prechtl, kommen Sie doch bitte zu mir.«

Prechtl zuckte zusammen, Vince schnappte mit der Zange nach seinem Arm.

»Nicht du, du Spast.«

Und tatsächlich baute sich jetzt Crystal-Mäx neben der Präsidentin auf, mit Hut und Fliege und allem Drum und Dran.

»Herr Prechtl hat vor vier Jahren den damals maroden Butterhof gepachtet und in Eigenregie das Haupthaus renoviert. Allein durch die Einnahmen, die er durch die Vermietung der alten Ziegelscheune für Festivitäten erwirtschaftet hat. Sage ich das so richtig, Herr Prechtl?«

Crystal-Mäx' Kinn ruckte nach unten: »Private Geburtstagsfeiern und, ähm, Hochzeiten und Kunstvernissagen und so weiter.«

»Alter«, zischte Prechtl, »was labert der da!«

»Jungunternehmertum«, sagte die Gottwald, »wie wir es in unserer strukturschwachen Region so dringend brauchen. Und nun zeigt uns Herr Prechtl seine humanitäre Seite. Er hat auf eine Ausschreibung des Freistaats reagiert, in der der Wohnungsbau für Menschen mit Migrationshintergrund gefördert wird. Geplant sind, einmal mehr in Eigenregie, ja, mit tatkräftiger Unterstützung der zukünftigen Bewohner – Herr Haptemariam, um ein Beispiel zu nennen, war in seiner Heimat Schreiner –, die Renovierung und der Umbau der alten Gesindehäuser zu internationalen Wohngemeinschaften. Neues an alter Stätte. Die

Bewahrung historischer Substanz im Lichte des kulturellen Wandels. Eine wahrhaft bunte Zukunftsvision.«

Sie griff nach Crystal-Mäx' Arm.

»Ein Drittel der veranschlagten Kosten, so sieht die Ausschreibung vor, soll durch private Gelder getragen werden. Zwei Drittel schießt die öffentliche Hand hinzu. Herr Prechtl, mit großer Freude und Dankbarkeit überreiche ich Ihnen im Namen der Weidener Lady Lions diesen ersten Scheck. Möge er den finanziellen Grundstein legen zu Ihrem großartigen, humanitären Projekt. Lions, Ladies and Gentlemen: ein Toast auf Herrn Prechtl!«

Die Terrasse explodierte. Applaus wie bei einem Rockkonzert, als Crystal-Mäx sich den Scheck von der Gottwald krallte. Grinste. Seinen Oberkörper in die Waagrechte knickte und den Panamahut zog. Höchstens eine Sekunde lang, sodass nur die, die es ohnehin schon wussten, den in die Kopfhaut tätowierten Diamanten unter seinen Haaren hindurchschimmern sahen. Im nächsten Moment stand er schon wieder aufrecht, wedelte mit dem Scheck und zeigte den Lions seine gelben Zähne.

Wir sahen uns an.

Mit offenen Mündern.

Mit Ballonaugen, wie gesagt.

Ich flüsterte: »Was. Geht. Ab.«

Prechtl sagte nix. Der stand wie festbetoniert auf der Stelle und rührte sich nicht. Als hätte man ihm ein Betäubungsgift in die Muskeln injiziert. Curare oder so. Vince ließ die letzten Spießchen verbrennen und fuhr sich mit der Zange durchs Haar.

»Was abgeht?«, sagte er, »Mäx hat gerade 100 000 Euro gezockt.«

»Unfassbar.«

»Unfassbar ist kein Wort dafür.«

Hatte er verdammt nochmal recht. Weil, um mal aus Crystal-Mäx' Welt zu berichten, jetzt gar nicht von seinem Kerngeschäft, sondern von dem, was er so glaubte. Das war, zum Beispiel: dass die katholische Kirche hinter allem steckt. Vor allem hinterm Internet. Die katholische Kirche hat das Internet erfunden, um die Jugend zu desorientieren. Damit die Jugend wieder heiraten will. Und wer hat das Monopol aufs Heiraten, wer verdient daran? Die Kirche! Beweis für das Ganze: Niemand vögelt mehr ohne Gummi, und im Vatikan stehen die schnellsten Rechner der Welt. Gewartet vom Cyber-Kommando der Schweizer Garde, deren erzkatholische Hintermänner die Schweizer Banken beherrschen. Und die Schweizer Banken beherrschen die Welt. Das mal als eine der stichhaltigeren Theorien von dem Kerl, der sich da vorne am Pool feiern ließ und für die nächsten paar Jahre ausgesorgt hatte. 100 000 Euro dafür, dass er vermutlich ein paar Eimer Wandfarbe kaufte und zehn Dielen abschleifen ließ, damit so Leute wie Berhane, die eh schon halb am Butterhof hausten, ins Gesindehaus umsiedeln konnten. Gesponsert von Leuten, die selbst alle Dreck am Stecken hatten. Und vom bayerischen Staat. Ganz großes Tennis, wirklich wahr.

Vince fing sich als Erster.

»Scheiße«, sagte er mit Blick auf sein Handy, »wir müssen. Schon längstens. Sonst tut's richtig weh.«

»Nur noch Mäx' Dankesrede«, sagte ich.

Er hielt mir das Display hin: *12:51*. Vor sechs Minuten hätten wir auf der Anlage sein und uns in Weingartners Kombi quetschen müssen. Das LK-Turnier fand im bekackten Amberg statt. Das bedeutete Liegestütze. Zehn für jede Minute zu spät. Weingartners große Disziplinierungsmaßnahme, nachdem er irgendwann begriffen hatte, dass seine Tobsuchtsanfälle nichts nutzten: bei Zuspätkommen Liegestütze oder Spielverbot. Mit gut Tempo konnten wir vielleicht noch die 150 verhindern. 140: Das war bislang unser Rekord.

Ich zupfte Prechtl am Arm: »Lass abhauen!«

Wir machten uns davon. Raus aus dem Garten und rauf auf die Räder, den mercedesgepflasterten Hopfenweg runter und dann im Höllentempo die Leuchtenberger Straße hoch. Die Sonne schien, die Vögel zwitscherten, und während wir wie auf Speed in die Pedale traten, schrien wir Zeugs durch die Luft: »Hunderttausend« und »Krass« und »Butterhof forever«. Wieder und wieder, bis wir mit sirrenden Reifen auf den Postkellerparkplatz einbogen, wo Weingartner und Jiří am Kombi lehnten und uns entgegensahen.

Jiří grinste, Weingartner blickte gähnend auf die Uhr.

»Jungs«, sagte er, als wir scharf vor ihm bremsten, »meine Definition von Dummheit?«

»Die Dummen werden aus Schaden nicht klug«, japsten wir im Chor.

Er nickte zufrieden. »Dreizehn Minuten achtundvierzig. Runden wir mal auf vierzehn auf. Und ich dachte schon, ihr brecht mal wieder euren Rekord.«

PS

Und schließlich, irgendwie passend zum Lunch, noch ein halbkriminelles Dessert. Affekttat oder so. Nämlich: Prechtl. Wie er auf der staubigen Asche der SchanzlCourts den dritten Satz 5:7 verliert, drüben sein jubeln der Gegner, dieser Pesahl-Wichser mit seinen flachsblonden Haaren und der hämisch gen Himmel gereckten Faust, wie Prechtl, statt ans Netz zu gehen und die verhasste Hand zu schütteln, einen Punkt am Himmel fixiert, ausholt und mit irrem Geheul sein Racket abfeuert. Aber wie. Das Teil schnellte in die Luft wie ein Tomahawk, stieg, um die eigene Achse wirbelnd, steil in den kristallblauen Amberger Nachmittagshimmel, pfiff hoch über Pesahls Kopf und auch über den Platzzaun hinweg und senkte sich in atemberaubendem Bogen der Clubhausterrasse entgegen. Dreißig Meter waren das mindestens, und ZOOOIINK, krachte es zwischen die Tische: splitterndes Grafit, aus den Plastikstühlen katapultierte Herren 60, umstürzende Weizengläser, kläffende Hunde und brüllende Kinder, totales Chaos. Eine Horde wutverzerrter Schanzl-Fratzen, die geschlossen auf Prechtl losmarschierte, und er, jetzt ganz locker: »Sorry, is mir aus der Hand geflutscht. Schweiß und so.« Wahnsinn, haben die einen Aufstand gemacht. Waren drauf und dran, die 110 zu wählen und die BTV-Sportaufsicht anzurufen, und einer der Tennisopis fing sogar an zu schubsen. Pesahls Opa, glaube ich. Wir haben ihnen dann Prechtls Doppel geschenkt, als sportliche Geste gewissermaßen. Und trotzdem 4:2 gewonnen. Was haben wir in der Kabine gelacht. Aus lauter Übermut zogen wir sogar ein Pfeifchen durch. Direkt in der Dusche. Sponsored by Prechtl, der noch was stecken hatte. Mann, hat das gut getörnt. Nur Weingartner lachte nicht: Der belegte Prechtl mit drei Spielen Sperre und stockte die 140 auf 200 auf. Wegen, O-Ton, »asozialen Verhaltens«. Ja, klar. Hätte er mal mit den Lions lunchen sollen.

Kapitel 5

28. Oktober

Okay. Durchatmen. Und los. Sollte ich, Benedikt Jäger, von seinen Freunden auch Dschägga genannt, in der Vergangenheit je auch nur einen positiven Satz über Sargnagel, die Fürstenberg und vor allem die verfluchten Plakate verloren haben: Ich nehme alles zurück. Total und uneingeschränkt. Sargnagel: ist ein kranker Sadist. Fürstenberg: die Stasi 2.0. Und die Plakate: sind noch mein Untergang. Weiß ich alles seit heute, diesem beschissensten Tag des Schuljahrs. Anfang der Fünften fing der Terror an, Punkt 11:35 Uhr, und da war ich noch richtig gut drauf. Weil: Freitag, letzte Stunde vor den Herbstferien. Kron hatte sich zur Abwechslung wieder mal krankgemeldet, sodass die Sechste ausfiel. Sprich: noch eine Dreiviertelstunde Mathe, und dann erstmal neun Tage frei. Im Grunde aber schon jetzt frei für mich. Sargnagel hatte mich vorletzte Stunde ans Board geholt und mit einer 4– zurück auf den Platz geschickt. Konnte ich leben damit. Immerhin keine 5 (wie in scheiß Physik). Und heute, glasklar, würde ein anderer armer Teufel dran glauben müssen, während ich mir das Spektakel aus der ersten Reihe ansah. Dachte ich. Dachten wir alle.

Wie wir uns täuschten.

Mit dem Gongschlag marschierte Sargnagel ins Klassenzimmer, knallte den Koffer aufs Pult und sah uns an.

»Große Ereignisse«, schnarrte er in die Stille, »werfen ihre Schatten voraus. Sagt man nicht so?«

Keiner muckste.

»Großes Ereignis in, ah, exakt elf Tagen? Dienstag nach den Ferien. Irgendjemand?«

»Erste Matheklausur«, rief Poschenstreber.

»Erste Matheschulaufgabe, Poschenrieder, korrekt.«

Sargnagel klickte seine Tasche auf und holte einen Packen Blätter raus. Weiße, karierte Blätter. DIN-A4-Format, mittig gefalzt, mit Rand. Wir guckten leicht irritiert auf das Papier, dann auf Sargnagel, der durch die Reihen schritt und es auf die Tische verteilte.

»Hefte und Bücher weg. Zirkel, Dreieck und Stifte raus.«

Vinces Stimme von hinten: »Herr Scharnagl, Entschuldigung, aber was wird das denn hier?«

»Wonach sieht es Ihrer geschätzten Meinung nach aus?«

»Nach einer Stegreifaufgabe.«

»Sehen Sie, Friedland, diesen Dialog hätten wir uns sparen können. Sie kennen die Antwort bereits.«

»Aber …«, rief Prechtl von hinten und verstummte sofort wieder.

Hatte seine Lektion gelernt.

Sauer dagegen tollkühn: »Aber … nächste Stunde ist doch Schulaufgabe. Und gleich sind Ferien.«

»Und?«

»Ich, also, ich find's irgendwie nicht so cool.«

»Bedauerlich, Sauer, dass Sie das finden. Wiederum: Manches im Leben ist bedauerlich. Unter anderem, dass

Ihr Formelheft noch auf dem Tisch liegt. Packen Sie's weg!«

Sargnagel verteilte die letzten Blätter, machte kehrt und knipste den Beamer an. Ein Surren, Lichtbündel, die seine bleiche Haut bestrahlten, den Augenscharten ein Violett beimischten. Milde lächelte der Tod uns an.

»Falsche Perspektiven«, sagte er, »sind nicht allein in der Geometrie ein Problem. Ein Beispiel: Sauers Perspektive auf diese Leistungsabfrage. Sie ist, ich wage die Prognose, von Furcht verzerrt. Nachvollziehbar, in Sauers Fall. Doch falsch. Zu welcher Einsicht Ihnen diese Abfrage verhelfen kann: wie gut oder schlecht Sie auf jenes größere Ereignis vorbereitet sind, dessen Schatten jetzt auf Sie fällt. Ihre, wie unsere Direktorin so trefflich sagt, *Performance* in den nächsten zwanzig Minuten mag Ihnen einen Anhaltspunkt liefern, wie viel Zeit Sie in der kommenden Woche auf das Studium der Kugelgeometrie verwenden sollten. So gesehen ist diese Leistungsabfrage ein … schülerfreundlicher Akt.«

Einen Moment lang, und zwar exakt 0,7 Millisekunden, hatte er mich. Ich empfand eine Art dumpfer Dankbarkeit. Manipuliert wie der letzte Bauer aus Tröglersricht. Dann kehrte die Wut zurück. Wut gepaart mit Hass. Hass, der wuchs, als Sargnagel die Aufgabenstellung ans Board projizierte. Aufgabenstellungen, um genau zu sein.

»Zwei Gruppen«, sagte er und klopfte mit den Fingerknöcheln gegens Board, »A und B. Der jeweils linke Banksitzer bearbeitet Aufgabe A, der rechte Aufgabe B.«

Er räusperte sich.

»Zwei Gruppen erwarten Sie auch Dienstag in einer Woche. Simulation des Ernstfalls durch perspektivische Dopplung. Auch das ein, ah, *Serviceangebot* meinerseits. Beginnen Sie!«

Mann, war das eine Sau! Und was für ein fertiger Typ! Sein Tumor fraß ihm die Organe weg, und wie verbrachte er seine Zeit? Schwurbelte sich zu Hause zwei Gruppen zurecht. Für eine Ex. Die er uns in der letzten Stunde vor der Schulaufgabe auf die Pulte rotzte. Sadistisches Highlight in meiner Laufbahn als Schüler. Habe ich zuvor noch nie erlebt. Verhagelte mir auch massiv die Laune. Während neben mir die komplett nutzlose Margarete ihr Blatt mit einem großen *A* verzierte, glotzte ich stupide ans Board. *Projektive Ebene, Grenzfallregel, elliptische Polarität* stand da unter anderem unter *B*. Allesamt Dinge, die nach meiner Abfrage zum Thema geworden sein mussten. Sagten mir absolut nix. Ich pauste trotzdem die Fragen ab und krakelte ein bisschen rum. Erklärtes Ziel: 5–. Wenigstens keine 6. Probehalber schielte ich dann doch ein paarmal zu Margarete rüber. Vielleicht, wer konnte schon wissen, fiel dort ja doch irgendwas Brauchbares für mich ab. Irgendeine gruppenübergreifende Superformel oder so.

»Ts ts, Jäger«, schnarrte es plötzlich von hinten.

Ich erstarrte.

»Frau Wünsche, stören Sie Jägers schmachtende Blicke?«

Margarete krümmte sich tiefer über ihr Blatt.

»Nein? Nun denn, Jäger, schmachten Sie weiter.«

Ein paar Idioten lachten, Sargnagel drehte ab. Patrouillierte den hinteren Reihen entgegen, und ich … ich gab auf. Malte noch ein paar Kringel aufs Blatt, lauschte dem höhnischen Kratzen der Stifte und saß die Zeit ab, bis eingesammelt wurde. Die 5– in fernster Ferne. So wahrscheinlich wie ein Blitzschlag aus dem weiß-blauen Himmel draußen, durchs geschlossene Fenster, mitten in Sargnagels Schädel rein.

Blitzte natürlich nicht. Beziehungsweise: blitzte dann schon. Nur nicht in Sargnagels Richtung. Sondern in meine. In meine und Prechtls, um genau zu sein. Kurz vor Ende der Stunde zog das Gewitter auf. Als ein statisches Knistern kündigte es sich an, als ein Knacken über der Tür, dann erscholl Fürstenbergs Stimme im Raum, heiter wie eh und je:

»Liebe Schülerinnen und Schüler, schon sieben Wochen ist das Schuljahr alt, und die Herbstferien stehen vor der Tür. Im Namen des gesamten Kollegiums wünsche ich euch erholsame Tage zu Hause. Ihr habt sie euch verdient. Vergesst in der Zeit aber auch die Bücher nicht. Wie ihr wisst, wurde uns im vergangenen Jahr vom Exzellenz-Netzwerk *MINT-EC* die Auszeichnung *MINT-freundliche Schule* verliehen. Ein erster wichtiger Schritt. Nun folgt der zweite. Wir wollen vollwertiges Mitglied des Netzwerks, wollen *MINT-Exzellenz-Schule* werden. Das Auswahlverfahren schließt zum Halbjahr, und eure Leistungen können das Zünglein an der Waage sein. Besonders in den naturwissenschaftlichen Fächern. Bleibt motiviert. Bleibt ehrgeizig.«

Dann schickte sie noch was von hochkarätigen Förderprogrammen, serviceorientierten Netzwerktreffen, verbesserten Karrierechancen und exklusiven Mint-EC-Camps in, kein Witz, bayerischen Metall- und Elektrobetrieben hinterher, wo sich vermutlich ein Dutzend degenerierter Vollautisten à la Jan Hempel um eine solarbetriebene Kurbelwelle scharten, um sich gegenseitig auf die Brillen zu wichsen, aber da hörte ich schon kaum mehr hin. Dämmerte erschöpft den Ferien entgegen … bis, wie gesagt, der Blitz einschlug.

»ESIS«, hörte ich die Fürstenberg sagen, und das hieß, sie hatte das Thema gewechselt. Mann, stand ich plötzlich unter Strom. Weil, *ESIS,* im Gegensatz zu *MINT,* hatte mit mir zu tun. Und zwar zu hundert Prozent. *ESIS,* das ist das *Elektronische-Schüler-Informations-System,* und das regelt die Kontakte zwischen Schule und Elternhaus. Alle Kontakte, ausnahmslos. Am Kepler wird nur noch das Zeugnis auf Papier gedruckt, sonst nichts. Alle möglichen Elternbriefe und Schulrundschreiben und die Ankündigung der Elternsprechtage und die Krankmeldungen und auch sonst alles wird von *ESIS* gemanagt. Auf der Schulhomepage gibt es sogar einen *ESIS*-Link auf eine Datenbank, in der die Eltern die Noten einsehen können. Da ist haarklein aufgeschlüsselt, in welchem Fach man an welchem Tag genau welche Note gekriegt hat und was für einen Notendurchschnitt das ergibt, bis auf die zweite Kommastelle. Ist zwar nur ein kurzfristiger Link, der immer erst nach Notenschluss Anfang Juli erscheint, trotzdem schlimm genug. Weil ich mich nächtelang mit *ESIS* beschäftigt habe, kann ich guten Gewissens sagen, dass *ESIS* ein Kontrollsystem übelster Sorte ist. Eine Art elektronische Stasi, die schulische *NSA.*

Einen kleinen Fehler bzw. eine Lücke hat das System aber doch. Die ganzen Infos werden den Eltern nämlich per Mail geschickt. Die Eltern müssen einen Link in der Mail anklicken, um den Eingang der Nachricht zu quittieren, und das sagt *ESIS,* dass alles in Ordnung ist. Und genau umgekehrt läuft es bei den Krankmeldungen. Da sendet das System eine automatische Bestätigung über die eingegangene Krankmeldung an die Eltern zurück. Wasserdichte Sache. Eigentlich. Nur: Die Mailadresse meiner Eltern, die bin in Wirklichkeit ich. Als wir Mitte der siebten

Klasse, als *ESIS* gestartet war, den Zettel mit den Mail-adressen einreichen mussten, habe ich bisschen getrickst. Aus *Dr.M.Jaeger@gmx.de*, das steht für Dr. Monika Jäger, obwohl meine Mutter ja gar keinen Doktor hat, habe ich *Dr_M_Jaeger@gmx.net* gemacht. Und mir dann gleich den entsprechenden Account besorgt. Mehr so intuitiv. Zu-sammen mit Prechtl und Heinrich. Der hatte uns, »Kurva, was werden wir schwänzen!«, auf die Idee gebracht. Ist zwar ein Haufen Arbeit, nonstop Sekretär für die eigene Mutter zu spielen – die ganzen harmlosen Mails zu copy & pasten und per falscher Domain an ihre Adresse zu sen-den, die Elternsprechtage auf Zeiten zu legen, an denen sie garantiert nicht kann, in gut getimten Abständen im-mer neue, glaubhafte Krankheiten zu erfinden usw. –, hat sich aber bezahlt gemacht. Nicht nur in puncto Schwän-zen, sondern gleich hundert- und tausendfach.

Und jetzt laberte die Fürstenberg irgendwas von einem *ESIS*-Update daher, irgendwas Vages von wegen »Opti-mierung der Kommunikation durch smarte Technik«, und mir brannten halb die Sicherungen durch. Ich warf einen Blick über die Schulter zu Prechtl. Der saß wie auf-gerichtet auf seinem Stuhl und blickte mit schreckgewei-teten Augen nach vorn. »Fuck«, formten seine Lippen, »Fucking Hell«, formten meine zurück. Vince, der genau in unserer Blickachse saß, grinste zwischen uns hin und her. Hatte gut lachen, der Streber, er hatte uns damals ge-warnt. »Bisschen sehr steile Welle, die ihr da reitet«, hatte er wortwörtlich gesagt. Wenn der wüsste, wie steil meine Welle inzwischen wirklich war! Mochte ich jetzt gar nicht dran denken, sonst hätte ich mir in die Hose gepisst. Tat ich aber nicht. Ich saß einfach nur stramm auf dem Stuhl und fieberte dem Gongschlag entgegen.

»Uns allen«, flötete die Fürstenberg endlich, »schöne und produktive Ferien«, es knackte, es gongte, und ab ging die Post. Ich spurtete an Sargnagel vorbei aus dem Klassenraum, die Treppen hoch in die Medienlounge. Sieben Sekunden und ich saß an einem der nagelneuen iMacs und rief die Schulhomepage auf. Klickte rechts auf den *ESIS*-Reiter und scannte panisch die Seite:

Elektronisches-Schüler-Informations-System (ESIS)

ESIS dient dazu, die Kommunikation zwischen Elternhaus und Schule auf elektronischem Wege bequemer, schneller und ressourcenschonender zu gestalten.
Hier können Sie:
sich für den elektronischen Versand von Elternbriefen anmelden;
Ihr Kind im Krankheitsfall vor Schulbeginn krankmelden;
zum Elternsprechtag einen Termin mit einer Lehrkraft reservieren (derzeit inaktiv).

Weitere Informationen zu ESIS:
Elternbrief mit den allgemeinen Informationen zu ESIS
Offizielle Homepage von ESIS

Nichts, was da nicht schon immer gestanden hätte, und ich las jedes einzelne Wort fünfmal.

»Was für 'ne Fotze«, zischte Prechtl neben mir, »ist doch alles wie gehabt. Und ich krieg voll den Infarkt.«

»Erstmal den Mailaccount checken«, sagte ich mit trockenem Mund und loggte mich ein. Eine ungelesene Nachricht wurde dort angezeigt, Eingang 11:09 Uhr, Betreff: *ESIS-App*. Mit zitternden Fingern klickte ich drauf und fing an zu lesen:

Verehrte Eltern,

seit 2008 bemühen wir uns darum, die Kommunikation zwischen Elternhaus und Schule so unkompliziert
und transparent wie möglich zu gestalten. Die
neu entwickelte *ESIS*-App, die Sie hier kostenlos
downloaden können, ist ein smarter Meilenstein
auf diesem Weg.
In die App integriert sind die Krankmeldung, der
Vertretungsplan, die Schulaufgabentermine und die
allgemeinen Schultermine. Somit können Sie nun
auch bequem von unterwegs der Schule eine Krankmeldung schicken, sich über anstehende Termine
informieren oder auch Sprechzeiten bei den Lehrern
am Elternsprechtag buchen.
Im Gegensatz zu anderen Informationssystemen
informiert die App aktiv über das Smartphone. Die
Bestätigung des Erhalts erfolgt automatisch und spart
Ihnen dadurch Zeit. Wie die *ESIS*-App (verfügbar auf
den Betriebssystemen Android, iOS und Windows
Phone) funktioniert, sehen Sie hier.

Hochachtungsvoll,
Thorsten Weiss
ESIS Executive Software Engineer

Ich guckte Prechtl an, der grinste zurück.

»Yeah«, brüllte er dem Screen entgegen, »Yeahyeah-
yeah!«

Ich streckte die Hand in die Luft, wir schlugen ein, als
hätten wir gerade die US Open im Doppel gewonnen, und
lasen die Mail ein zweites und vorsichtshalber gleich noch
ein drittes Mal. Änderte aber nix am Text. Der irre Soft-

ware-Nazi hatte nichts Neues erfunden, sondern seine kranke Erfindung nur mobil gemacht. Sollte er ruhig. Weil meine Mutter, solange sie immer leben mochte, ja niemals davon erfahren würde. Jedenfalls nicht, solange ich selbst noch einen Atemzug tat.

»Mein lieber Mann«, sagte ich, während ich den Fake-Account schloss, »ich dachte schon, das war's.«

»Von wegen, du Pussy«, rief Prechtl mit triumphaler Stimme, »und jetzt lass in den Bräuwirt, Stress abbauen.«

Genau das taten wir auch. Ich löschte im Browser noch den Verlauf unserer Session, dann radelten wir in die Altstadt und kippten uns im Bräuwirt drei Halbe rein. Das erste am Tresen auf ex. Irre, schmeckte das fein. Mit dem zweiten liefen wir in den Braukeller runter, wo Sauer und Nirschl schon zwischen den blankgewienerten Kesseln saßen, und hassten im Chor über Sargnagel ab. Über die Fürstenberg. Über *MINT* und die Schule insgesamt. Nur *ESIS* sparten wir aus. Ich musste Prechtl nicht mal Blicke zuwerfen. Guter Mann. Letztes Jahr, zumal angesäuselt, hätte er die Sache noch ausposaunt, aber meine Predigten hatten Wirkung gezeigt. Und wie ich gepredigt hatte: dass die schlimmsten Gefährder Mitschüler waren, dass die am allerwenigsten davon wissen durften, weil es sonst gleich die Runde machte und weiß der Himmel an welche Ohren drang. Quasi erste der drei goldenen Regeln, um möglichst safe auch noch die steilsten Wellen zu reiten: über die wirklich wichtigen Dinge schweigen. Alles und jedem gegenüber schweigen. Immer und eiskalt schweigen. 24/7 nonstop.

Half aber nix. Also, Schweigen half nix. Heute, an diesem beschissensten Tag des Schuljahrs, half mir bloß Glück.

Glück und schnelle Beine. Obwohl ich der größte Schweiger unter der Sonne bin. Keiner schweigt so wie ich. Nur hatte ich leider gegen die zweite goldene Regel verstoßen. Keep a low profile, lautet die. Keine Ahnung, wie man das auf Deutsch formuliert, jedenfalls hatte ich schon vor Wochen mein profile maximal unlow gemacht. Gleich am ersten Schultag, als ich mich von der Speedtante hatte fotografieren lassen. Und jetzt bekam ich die Rechnung serviert. Nämlich: Irchenrieth heute Nachmittag. Während Prechtl und Co. zum Starkbier übergingen und sich hochprozentig in die Ferien soffen, stopfte ich mir eine Packung Wrigley's in den Mund, radelte heim und fuhr mit meiner Mutter nach Irchenrieth. Hatte ich ihr schon vor Tagen versprochen, führte kein Weg dran vorbei.

In Irchenrieth ist nämlich der Schrannerhof, und da gibt es Bio-Fleisch und Bio-Gemüse en masse. Und Bio-Blumenerde gibt's da auch. Neben der Verkaufsscheune ist ein Feld mit nichts als kackbrauner Erde, das nonstop von Bio-Rindern vollgeschissen wird, und deshalb kriechen in dieser Erde garantiert fünfhundert Regenwürmer pro Kubikmeter rum, sodass es die nährstoffreichste Erde der Oberpfalz ist. Keine Ahnung, ob das wirklich stimmt, ich hab die Würmer noch nie gezählt, aber meine Mutter schwört darauf. Sie sagt, dass ihre Rosen nirgends so gut wachsen wie in Schrannererde, und deshalb holen wir jedes Jahr ein paar Zentner davon. Das Spezielle daran: Man muss die Erde selbst aus dem Boden stechen. Wie diese Schnittblumen, die man selbst vom Feld ernten soll. Und darauf hat meine Mutter dann doch keine Lust. Knöcheltief im Schmutz stehen, ringsherum schnaubende Rinder, und Erdschollen stechen, so als schaufle man sich selbst ein Grab. Das erledige ich für sie. Jedenfalls seit mein Vater Kreuzschmerzen hat, und die hat er, seit er das erste Mal mit auf dem Schrannerhof war. Ist aber okay. Mein Vater steht zehn Stunden täglich im OP, und ich steche die Erde gern. Also nicht gleich jeden Tag und vor allem nicht heute, aber grundsätzlich kein Problem. So unter freiem Himmel körperlich richtig hart zu schuften … fühlt sich irgendwie toll an. Lebendig und alles. Mach ich sonst auch nie. Nur auf dem Tennisplatz bewege ich mich noch, ansonsten buckele ich meistens vor dem Laptop und kümmere vor mich hin.

Wie auch immer. Jedenfalls fahren wir bei strahlendem Sonnenschein auf den Schrannerhof, und als meine Mutter den Cherokee vor der Scheune parkt, läuft uns Karl Schranner entgegen. Dem gehört der Hof, und er ist mit meiner Mutter ganz dick. Das heißt, eigentlich ist er mit allen Kunden ganz dick. Ich hab das öfter beim Schaufeln beobachtet. Der begrüßt alle, als kehrten sie unverhofft aus dem Krieg heim. Umarmung, Küsschen, das ganze Programm. Gehört hundertpro zu seinem Konzept. Den Leuten ein super Gefühl zu vermitteln, damit sie dann gutgelaunt seine horrenden Preise bezahlen. Schlappe drei Euro fürs Kilo selbst geschaufelter Erde, der Typ ist bestimmt Millionär. Aber ich gönn es ihm. Ehrlich. Karl Schranner ist cool. Außerdem ist er schön. Der schönste Bauer der Welt. Er sieht überhaupt nicht aus wie ein Bauer, ganz anders als mein Opa zum Beispiel, sondern wie Ryan Gosling. Wie Ryan Gosling mit Zehntagebart. Wäre er nicht schwul wie die Nacht, mir würde ganz anders, wenn er mit meiner Mutter in der Scheune verschwindet. Aber dass er schwul ist, ist klar. Das Scheunentor ist mit der Regenbogenflagge bemalt, und innen hängen lauter *Landlust*-Urkunden, auf denen steht, dass er die kreativsten Blumengestecke Süddeutschlands bindet. Nonstop seit 2011.

Und auch heute macht er gewaltig Show. Noch ehe meine Mutter den Motor abgestellt hat, steht er da in einem knallroten Hemd und hält ihr die Wagentür auf. Zieht sie an den Fingerspitzen ins Freie, wirbelt sie einmal um die eigene Achse und ruft: »Moni, du siehst um-wer-fend aus.« Pause, ein Zwinkern: »Und, Gott, deinen Starboy hast du auch wieder mitgebracht. Moment!« Er läuft zum Holzgatter, das den Regenwurmacker umgrenzt, holt zwei der am Gatter lehnenden Spaten und drückt mir einen davon in die Hand. »Schultern, mein Hübscher.« Wir schultern die Spaten und grinsen Arm in Arm in sein iPhone rein. Klickklick, zwei Selfies, ein Blick aufs Display: »Aaah. Sweet. Rahm ich und stell's an die Kasse.« Er wuschelt mir durch die Haare, bringt seine Lippen ganz nah an mein Ohr, »Humus«, flüstert er, »ist heute umsonst für dich«, dann hakt er meine Mutter unter und läuft mit ihr zur Scheune. Ich höre noch, dass er was von Stecklingen sagt, dass er ihr die besten Stecklinge aufgehoben habe, Princess of Wales oder so, und schon sind die beiden in der Scheune verschwunden, aus der eine Opernarie herüberweht. Kein Zufall. Meine Mutter liebt Opern. Wow, wirklich. Die Schau, der Mann. Quasi Crystal-Mäx, nur auf links gedreht: clean und bio und schwul und gut.

Ich mache den Kofferraum auf, schnappe mir die zwei leeren 25-Liter-Säcke und laufe aufs Feld. Die Rinder liegen faul in der Sonne und ignorieren mich. Glotzen zufrieden in die Landschaft und wedeln sich mit dem Schwanz Fliegen vom Fell. Auch kein so schlechtes Leben: immer nur fressen und scheißen und glotzen und ab und zu ficken, und dann kommt plötzlich das Hackebeil. Oder die Spritze. Oder was weiß ich. Ich muhe ein paarmal aus Leibeskräften, interessiert die Viecher nullkommanix, dann stoße ich den Spaten tief ins Erdreich und fülle den ersten Sack. Was heute mühsam ist. Es hat lange nicht mehr geregnet, die Erde ist trocken und krustig, von oben knallt die Sonne runter, dazu die drei Hellen im Blut. Nach den ersten paar Stichen drückt mir der Schweiß aus den Poren, und ich ziehe den Sweater aus. Schaufle im Tanktop weiter und denke dabei zuerst noch an *ESIS* und dann an den IS. An die IS-Trainingscamps in der syrischen Wüste, über die wir in Englisch einen *Newsweek*-Artikel gelesen haben, und ob ich die Power hätte, die durchzustehen. Vermutlich nicht. Weil, so stand es in dem Artikel, die Rekruten dort nur einen halben Liter Wasser am Tag zu trinken bekommen. Um den Ernstfall zu proben. Bei 40 Grad Celsius. Mir kommt das BTV-Trainingslager letztes Frühjahr auf Mallorca in den Sinn, der Zehnkilometerlauf durch den schattigen Eichenwald, über den wir uns lauthals beklagten, und was für Luschen wir sind. Wie wir, jetzt mal abgesehen von Tennis, gegen den IS-Nachwuchs ablosen würden, in jeder Hinsicht … Aber dann werde ich abgelenkt.

Es ist eher ein Gefühl oder vielleicht, weil ein paar Rinder in meiner Nähe zu muhen beginnen, jedenfalls werfe ich einen Blick über die Schulter und sehe, dass eine Frau das Gatter öffnet. Ein Gebirge von einer Frau. Serena Williams ist ein Stecken dagegen. Was da hinten gerade auf den Acker stapft, spielt in der Liga Brienne of Tarth. Bloß, dass die Frau keine Rüstung trägt, sondern grüne Outdoorklamotten. Und statt des Langschwerts schultert sie einen Spaten, der in ihren Händen wie eine Sandkastenschaufel rüberkommt. Vor allem auch: marschiert sie in meine Richtung. Ich habe wirklich nicht lange geguckt, und der Acker hat bestimmt die Größe eines halben Fußballfelds, trotzdem hält sie direkt auf mich zu. Bleibt ein paar Schritte hinter mir stehen, wirft ihren Sack auf den Boden und rammt das Blatt mit Wucht in die Erde. Drückt ihren Stiefel auf die Kante, schnauft und schaufelt drauflos. Ich schaufle auch. So als wäre sie gar nicht da. Keine leichte Übung. Zumal ich halbnackt auf dem Feld rumstehe. Und angegafft werde. Die Frau wirft mir bei jedem zweiten Spatenstich Blicke zu. Als würde sie mich von irgendwoher kennen oder als wäre ich ein Sexobjekt oder so. Außerdem macht sie komische Sachen. Sie schaufelt die Erde nicht in ihren Sack, sondern schleudert sie mit Schwung über die Schulter, sodass die Brocken hinter ihr auf den Acker krachen. Es staubt wie der Teufel, die Rinder in ihrem Rücken stemmen sich auf die Vorderbeine und muhen bedrohlich, aber die Frau kümmert das nicht. Sie sticht eine kreisrunde Fläche frei, dann stützt sie sich plötzlich auf ihren Spaten und öffnet den Mund.

»Tiefer«, sagt sie, »du musst tiefer stechen.«

»Was?«

»Bei Trockenheit«, sagt sie, »wandern die Würmer nach unten. Oben trägst du nur tote Erde ab.«

»'kay«, sage ich und nicke. Eigentlich zucke ich mehr mit den Schultern. Weil, wenn ich eins nicht leiden kann: von irgendwem über irgendwas belehrt zu werden. Wie ich hier meine Erde steche, das geht die gar nix an. Ich wische mir den Schweiß von der Stirn und hole zum nächsten Stich aus.

»Benedikt Jäger, 10b, nicht wahr?«

Mein Spaten rauscht runter wie eine Luft-Boden-Rakete und explodiert im linken Fuß. Schmerzwellen rasen durch meinen Körper, Sterne blitzen am Himmel auf, mitten am helllichten Tag. Wie tollwütig springe ich über den Acker und wimmere meinen Schmerz den Rindern entgegen.

»Oje«, sagt die Frau, »das hat jetzt wehgetan.«

»Kein … Ding«, presse ich raus.

»Solltest du zu Hause unbedingt kühlen.«

»…«

»Aber, was ich sagen wollte: Ich find's toll, was ihr macht.«

»Hhm.«

»Diese Antidrogenkampagne …«, sie schaut in die Landschaft, in Richtung der Wälder, die sich nach Osten hin über die Hügel ziehen. »Weißt du, was die Tschechskis mit ihrem Gift verdienen? Siebenhundert Millionen Euro im Jahr.«

»Brutal«, sage ich und belaste vorsichtig den linken Fuß. Schmerzt höllisch, scheint aber nichts gebrochen zu sein.

»Euro«, ruft sie, »nicht Kronen«, und richtet sich zu voller Größe auf. Sie streckt den Spatenarm aus und zielt mit dem Ding auf meine Brust, und, ich schwöre, der Spaten zittert nicht. Obwohl sie ihn einhändig waagerecht hält. Der Spaten steht wie gemalt in der Luft.

»Stacheldraht ziehen und die Grenze vernageln, damit diese Verbrecher … aber, jetzt hör mir mal zu.«

»Bin ganz Ohr.«

»Als mir die Gritti erzählt hat, dass ihr … Wirklich, ich hab mich gefreut. Das ist ein anständiger Junge, hab ich gesagt, gute Familie, und recht hab ich gehabt. Erst die Plakate, und jetzt schaufelst du Erde für deine liebe Mutti. Das ist doch deine Mutti, die da mit dem Schranner in der Scheune steht?«

»Irgendwie schon«, sage ich, »wer …«

»Anständig, hab ich gesagt. Und fesch noch dazu. Aber, Benedikt«, ihre Augen werden hart wie Kiesel, »nutz die Gritti nicht aus!«

»Nie im Leben! Wer ist denn …«

»Mach deine Aufgaben selbst. Sonst bitte ich Frau Tyralla um Versetzung. Und sprech ein paar Takte mit deinen Eltern. Ich tu's nicht gern, aber ich tu's.«

Sie stößt den Spaten in die Erde, das Blatt trennt einen fetten Regenwurm mitten entzwei, und während ich auf die zuckenden Wurmhälften starre, wird mir so einiges klar. Nicht nur, dass die Frau in die Anstalt gehört. Das war mir schon von Anfang an klar. Sondern auch, wer das eigentlich ist. Das ist die Mutter von Margarete. Muss es sein. Von Margarete, dieser elenden Petze. Und dabei war ich so nett zu ihr. Gott, ich hab sie richtig hofiert. Als wollte ich sie küssen oder so. Und was ist der Lohn? Spatenspitze in den Fußrücken. Was für eine miese Verräterin! Wobei. Wenn ich so eine Kampfdrohne als Mutter hätte … Wer weiß. Man sucht sich ja seine Eltern nicht aus. Und überhaupt. Scheißegal, was mit Margarete ist. Jetzt geht es erstmal um Schadensbegrenzung. Fehlt nur noch, dass die mit vor zur Scheune läuft und meiner Mutter denselben Text presst wie eben mir.

Ich humpele drei Schritte vor, strecke ihr meine Hand entgegen und lächele mein charmantestes Lächeln: Ich wünschte, Sie wären tot!

Was ich tatsächlich sage: »Frau Wünsche, grüß Gott!«

Meine Hand verschwindet in ihrer Rechten, ein fester Druck, dann setze ich meinen Dackelblick auf und krieche vor ihr in den Staub. Entschuldige mich tausendmal und sage, dass ich wegen des endlosen Trainings und der ganzen Drogentermine gerade überhaupt nicht richtig zum Lernen komme, ich aber genau wisse, dass Abschreiben keine Lösung sei. Dass damit jetzt aber Schluss ist und ich mich selbst auf den Hintern setzen werde.

»Ehrlich«, sage ich, »die Hefte von Margarete, ihre Hausaufgaben, die sind ab sofort tabu.«

Kann sein, dass ich es leicht übertreibe, aber für die Umstände ist mein Auftritt, glaube ich, gar nicht so schlecht. Und er zeigt auch Wirkung. Zwar guckt mir Frau Wünsche noch immer hart ins Gesicht, aber dazu bleckt sie jetzt ihre Zähne. Soll vermutlich ein Lächeln sein.

»Schön, Benedikt, schön, dass du so einsichtig bist«, sagt sie, und dass Schummeln ja auch nichts bringe. Ich solle bloß mal an die Mathe-Ex vom Vormittag denken und wie ich da wohl abschneiden werde – und dann, während ich so richtig zu hassen beginne, verändert sich was in ihrem Blick. Der wird plötzlich lauernd. Durchtrieben sogar. Und auch ihre Stimme verändert sich. Die klingt nicht mehr nach Kasernenhof, sondern verschwörerisch. Als wolle sie mir ein Geheimnis anvertrauen. Als wären wir Freunde oder so. Was sie mit dieser verschwörerischen Stimme sagt, ist, dass sie mich verstehe. Schule und Tennis und jetzt auch noch diese Kampagne, da könne man schon mal ins Straucheln geraten, oder nicht?

»Leider wahr«, sage ich.

»Ein bisschen Hilfe«, sagt sie, »könntest du bestimmt gut gebrauchen.«

Ich nicke. »Definitiv.«

Frau Wünsche nickt auch. Wir nicken uns über unsere Spaten hinweg zu, und dann explodiert die zweite Rakete. Voll in meinem Gesicht.

»Vorschlag«, sagt sie, »ich frag die Gritti mal. Und wenn

sie Ja sagt, kommst du nach der Schule mit zu uns nach Hause.«

»Mit zu Ihnen … nach Hause?«

»Genau. Dann kannst du mit ihr den Stoff nachholen. Das macht sie sicher gern.«

»Das ist … wow …«, krächze ich.

Und verstumme.

Mehr fällt mir einfach nicht ein.

Weil, eben verpasst sie mir hier noch den Einlauf der Woche, und jetzt ist TV-Reality-Show. Wie verkuppele ich meine Tochter oder so. Fährt mir gerade superschräg ein. Meine Fingerkuppen werden ganz weich und schwitzig, und der Schmerz im Fuß ist weg. Kein Pochen, kein Brennen mehr, nix. Dafür passiert was mit meiner Optik: Das Panorama splittert in Stücke, und ich sehe nur noch Details. Eine Fleischfliege, die auf meinem Spatenknauf sitzt und die Vorderbeine aneinanderreibt, im Sonnenlicht schwebende Staubpartikel, das gespreizte Arschloch einer kackenden Kuh, Frau Wünsches sich öffnende Lippen, ein glitzernder Speichelfaden dazwischen, was sagt denn die Frau jetzt bloß, und dann, weiter hinten, eine Ahnung von Rot – und, peng, fällt die Welt ins Lot zurück.

»… dir in Ruhe überlegen. Wir wohnen in Grub.«

»Grub.«

»Das liegt hinter Moosbach.«

»Moosbach«, rufe ich, »spitze, kenn ich, da nehm ich den Bus.«

Ruf's und bücke mich zu meinen Säcken runter. Der zweite ist höchstens halb voll, ich wuchte ihn trotzdem hoch. Was Frau Wünsche nämlich nicht sieht, ich aber schon: Karl Schranner und meine Mutter laufen gerade über den Parkplatz zum Jeep. Schranner in seinem Torerohemd, ein Halleluja auf dieses Rot, und noch etwas ist gut: Im Sack von der Wünsche ist noch kein Bröckchen Erde. Der liegt flach wie ein Kuhfladen auf dem Acker, und selbst wenn sie drei Kilo pro Sekunde reinschaufelt, keine Chance.

Ich strahle sie an: »Hat mich wirklich gefreut, Sie kennenzulernen, nur leider muss ich jetzt los.«

»Geht das denn mit den Säcken? Soll ich …«

Sie macht einen Schritt auf mich zu, aber wenn eins mal feststeht, dann, dass die Irre mir NICHT helfen wird, die Säcke zu meiner lieben Mutti zu tragen.

»Niemals«, rufe ich, »ehrlich, ist Training für mich«, und mache mich davon.

Aber wie. Ich sprinte über den Acker. Vierzig Kilo samt geschultertem Spaten auf anderthalb Beinen im Slalom zwischen den Rindern durch, gar kein Problem. Gäbe es eine Olympiade im Erdsackschleppen, ich wäre der Champ. Keine zehn Sekunden, und schon ducke ich mich unter dem Gatter durch und werfe die Säcke in den Kofferraum. Gucke zu Karl Schranner rüber, der jetzt winkend im Scheuneneingang steht, und strecke japsend die Daumen hoch. Dann öffne ich die Beifahrertür und sinke neben meiner Mutter ins Leder. »Können los.«

Sie dreht den Zündschlüssel, stellt den Schalthebel auf *D* und gibt Gas. Wir rumpeln über den Feldweg auf Irchenrieth zu, ich drücke den Fensterheber, die Scheibe surrt runter, und Wind bläst mir durchs Haar. Im Seitenspiegel wird der Schrannerhof kleiner und kleiner, mein Puls fährt runter, und dann gerät nochmal Frau Wünsche ins Bild. Sie steht noch immer wie bestellt und nicht abgeholt auf dem Acker und hisst jetzt die braune Flagge. Wedelt damit in der Luft herum. Nur, dass das keine Flagge, sondern mein Sweater ist. Hab ich, scheint's, liegen lassen, aber wen juckt's? Mich jedenfalls nicht. Ich betaste behutsam den schmerzenden Fuß und warte, ob meine Mutter was zu meinem Beach-Look sagt. Tut sie aber nicht. Hätte mich auch überrascht. Solche Sachen bemerkt sie nie. Ist sie viel zu sehr mit sich selbst beschäftigt oder mit der Welt oder mit sonst irgendwas. Lässiger Zug von ihr. Hat schon so manche Situation entschärft.

Und auch jetzt ist sie mit den Gedanken woanders. Als wir in Irchenrieth auf die Dorfstraße einbiegen, guckt sie links zur Scheibe raus und schüttelt den Kopf.

»Schlimm ist das«, sagt sie, »überall diese ekligen Schmierereien.«

Ich gucke auch raus: Irchenrieth Bushaltestelle, *Need No Speed* auf höhnischen 2 x 5 Metern, na klar. Und die Dorfjugend kreativ wie Picasso: Vince und ich mit aufgesprayten Riesenschwänzen, an denen Prechtl und Bartels lutschen, und Jiřís Stirn ziert ein Hakenkreuz, und darunter steht *Tschechensau.*

»Einfallsreich«, sage ich matt.

»Ich, also, das sind dumme, sehr dumme Leute, die so was tun.«

Statt irgendwas zu sagen, drehe ich das Radio auf. Irgendein Popsong, meine Mutter schaut besorgt zu mir rüber.

»Wenn dich das belastet, Benni, du weißt, wir können darüber reden.«

»Superlieb, Mami, aber wirklich, kein Redebedarf.«

»Sicher?«

Ich nicke: »Todsicher«, und das ist definitiv die ehrlichste Antwort, die ich ihr seit Jahren gegeben habe. Weil, wenn ich über eins unter Garantie nicht reden möchte, dann über diese verfluchten Plakate. Niemals wieder ein Wort darüber, weder zu meiner Mutter noch zu sonst irgendwem, nicht heute, nicht morgen und ganz bestimmt auch an keinem anderen Tag.

Kapitel 6

29. Oktober

Kaum zu glauben ... aber wahr: Ich bin jetzt mit Crystal-Mäx befreundet. Oder bekannt. Oder sonst wie verbandelt. Keine Ahnung, was jetzt genau. Einerseits, klar, ist das top. Weil mich das zur coolsten Sau am Butterhof macht. Zur coolsten Sau unter achtzehn zumindest. Schüler und Kids und sonstige Opfer ignoriert Mäx sonst ja komplett. Die duldet er auf dem Hof, mehr nicht. Die duldet er, weil er Menschenfreund ist. Damit wir in unserem toten Roboterleben nicht völlig am Rad drehen und, »believe, Amigo!«, aufgekochten Holzleim schnüffeln wie dieser Marko aus Grafenwöhr, der mit verätzten Schleimhäuten und der Benzinsense seines Vaters durch die Nachbarschaft pflügte, Hecken und Büsche und paar Ami-Kötern die Schnauzen rasierte, bevor er vom 709ten MP-Bataillon auf dem McDonald's-Parkplatz erledigt wurde. Laut Mäx per gezündeter Blendgranate: »Die gute M84, Jäger, acht Millionen Candela, da brutzelt's dir die Gucker zu Brei!«

Ja, einerseits alles top, wie gesagt. Oberste Sprosse der Leiter plötzlich, quasi sozialer Mount Everest. Andererseits aber auch unheimlich. Weil, wahre Freundschaft sieht anders aus. Ist mehr so eine Art Zweckbeziehung, Tendenz Hitler und Mussolini vielleicht. Naja. Vielleicht nicht ganz. Jedenfalls verzwickt das Ganze. Am besten einfach der Reihe nach.

Und zwar: Halloween-Party am Butterhof. Wir waren schon ziemlich früh da, weil wir noch bisschen shoppen wollten, und Berhanes Geschäftsmotto lautet: First come, best served. Sprich: Je eher man kauft, desto voller das Tütchen. Kann ich verstehen. Berhane hat halt auch keine Lust, bis zum Morgengrauen über den Hof zu stiefeln, damit noch der letzte Peilo sein Gras abbekommt. Er bietet eh schon korrekte Servicezeiten, und Nachtzuschlag zahlt ihm auch kein Mensch. Jedenfalls saßen wir Punkt zehn am Scheunentresen, Vince und Prechtl und ich, und hielten Ausschau nach ihm. In unserem Rücken der Bandidos-Stammtisch und noch zwei Dutzend andere Gestalten, die mit ihren Selbstgedrehten die Luft vollqualmten, und während wir unseren Ramazzotti schlürften, redeten wir über Mädchen. Eigentlich lästerten wir. Ehrlich gesagt, lästerten vor allem Prechtl und ich. Prechtl, weil er seit Monaten keine mehr abgekriegt hat – »Ich schwör euch«, rief er, »ich würd grad meine Oma knutschen« –, und ich … wegen Marietta. Also, schon klar, dass Marietta spitze ist. Prinzipiell. Bloß: Heute Mittag war leider nicht so toll. Heute Mittag hat sie mich nämlich warten lassen. Fast eine Dreiviertelstunde lang stand ich mir am Brunnen die Beine in den Bauch, und wenn ich eins mal hasse, dann Warten. Weil Warten was für Loser ist. Zumal mit Klumpfuß. Trotz der Ibus, die ich seit gestern im Stundentakt schlucke, spüre ich noch immer den Spatenstich. Besonders im Stehen. Ich wäre auch bestimmt bald abgedüst, hätte sie mir nicht alle paar Minuten whatsappt. Immer genau denselben Text: *Bin gleich da, mein Süßer*, garantiert copy & paste. Und als sie dann endlich auftauchte, kam sie mit ihrer Tänzerclique, der blonde Brechanfall-Toby hatte sich sogar bei ihr eingehakt, und das Knutschen, so klasse es war, war halt auch in zwei Minuten vorbei.

»Im Ernst«, sagte ich zu Vince und Prechtl, »noch so 'ne Nummer und ich mach Schluss.«

Prechtl sah mich an wie einen Geistesgestörten, aber Vince nickte und sagte: »Wurde auch Zeit, dass du's checkst.«

»Was denn?«, fragte ich, und er sagte: »Dass du ihr Fiffi bist. Ein Ruck an der Leine und du springst.«

Mann. Das allerdings nervte mich. Zum einen, weil es zu drei Prozent zutraf, womöglich. Das Warten und die Whatsapps und alles, das kam mir schon leicht strategisch vor. Zum anderen aber auch wegen Vince. An manchen Tagen schafft er es kaum zur Schule, ohne dass ihm irgendwelche 9en ihre Telefonnummern zustecken. Schon bisschen billig, mir da den Fiffi zu drücken. Ein paar Pickel täten ihm echt mal ganz gut.

Ich kippte meinen Ramazzotti runter.

»Niemand hat mich an der Leine«, rief ich.

Vince grinste und fasste mir an den Hals. »Uh, sitzt die eng. Krieg ich ja kaum die Finger zwischen.«

»Fick dich … Schönling.«

»Wuff-wuff«, machte Vince.

»Alles Luxusprobleme«, rief Prechtl, »ihr Fotzen«, und wirklich, wir waren drauf und dran, uns anzuzicken wie eine Schar pubertierender Elly-Tussen, was sonst eher selten passiert. Und auch diesmal nicht. Bevor wir uns richtig zu dissen anfingen, wurden wir nämlich abgewürgt.

»Bojs!«

Eine Stimme in unserem Rücken, eine Stimme wie sibirisch gehärteter Stahl: »Bojs, turn round!«

Wir drehten uns um.

Und erstarrten.

Verglimmt und verglüht waren alle Mädchen der Welt.

Weil, keinen Meter vor uns: eine M84-Blendgranate. Bzw. eine 1,84-Pornogranate aus den Geheimlaboren des KGB: platinblondes Haar bis runter zur Taille, knallenges Top mit paillettenbestickten Dollar-Zeichen, und darunter, unter dem silbrigen $$-Gefunkel, spannten, die Gesetze der Schwerkraft verhöhnend, Brüste im Umfang von Bowlingkugeln.

Wir guckten sie an.

Sie guckte zurück.

»Who is … curva, hmäno.«

Eisblaue Augen scannten unsere Gesichter.

Vince bleckte die Zähne, ich studierte die glänzenden Lacklederstiefel.

»Looking, perhaps … for me?«, krächzte Prechtl.

»Waijt«, sie zückte ihr Handy.

Klick, ein Bild von Vince. Klick, eins von mir.

Sie tippte auf ihrem Display rum, endlos lange Sekunden, es vibrierte, sie sah wieder hoch.

»You«, ein weißlackierter Fingernagel stach mir entgegen. »Follow me!«

»…«

»Follow now!«

Ich rutschte vom Barhocker runter. Geiler als tausend Karnickel, aber vor allem wie frisch kastriert. Weil, was immer die Frau von mir wollte, ich war dem nie und nimmer gewachsen, so viel stand fest.

»Jungs«, zischte ich noch über die Schulter, »bitte nich

abhauen, okay?«, dann lief ich hinter ihr her. Lief wie an Drähten gezogen zwischen den Tischen durch, an den Bandidos vorbei – »Paragraf 176«, raunzte eine der Lederjacken, die Runde grölte, Shotgläser klirrten –, geradewegs auf die hintere Scheunenwand zu. War nicht leicht, mit ihr Schritt zu halten, der verteufelte Fuß und alles, aber Humpeln war jetzt keine Option. Ich biss die Zähne zusammen und schloss zu ihr auf, vor einer zerkratzten Metalltür blieben wir stehen. Darüber eine auf einen Stativarm montierte Kamera, die den gesamten Raum überblickte, rot leuchtender Punkt unter der Linse, ein Surren, die Tür schnappte auf. Kühle Luft strich aus der Öffnung … und dahinter: Schwärze. Totale Schwärze wie in den tiefsten Tunneln der Vietcong.

»Sorry, really sorry for asking, but where …«

»Inside!«

Tapfer trat ich ins Dunkel, die Tür fiel zu, und ihre Handyleuchte ging an. Schatten erwachten zum Leben, sprangen an die verrußten oder verpilzten oder sonst wie verätzten Wände, zuckten bei jedem Stiefelschritt auf und ab. Schien eine Art Großgarage zu sein, Maschinenabstellraum oder so. In der Mitte ein ausgeschlachtetes Traktorgerippe, haufenweise Benzinkanister und wild gestapelte Reifen, in der Ecke ein rostiger Pflug. Von der Decke baumelten Kabel, Schatten wie von sich windenden Schlangen, ein mit Brettern vernageltes Fenster, darunter zwei verdreckte Wannen mit einer öligen Substanz darin.

Etwas Weiches huschte über meinen Fuß, ich schrie auf.

»Whot?!«

Sie blendete mir ins Gesicht.

»Something … touched me.«

»Only mouse. Or rat. Many rats.«

»Aah«, sagte ich mit galoppierendem Herzen, und für einen Moment, als sie die Leuchte wieder aus meinem Gesicht entfernte und das Licht über ihren Kiefer huschte, blitzten dort abnormal lange Eckzähne auf. Optischer Trick bestimmt, bisschen zu viel *True Blood* auch vielleicht … Relax, sagte ich mir, relax. Ich tat einen Schritt, tat den nächsten, es knackte unter den Sohlen. Glasscherben auf dem Boden, ein rostiger Schraubenschlüssel, ich war drauf und dran, mich danach zu bücken …

»Wotch your step!«

Sie zerrte an einer Klinke, ein Knarzen, die Tür schwang auf: ein Zimmer oder zumindest die Idee eines Zimmers. Als hätten drei Speedfreaks eine Nacht lang mit Dreschflegeln darin gewütet, irgendwann Ende des letzten Jahrhunderts, so sah das aus. Halb zertrümmerte Wände, von Moosen und Flechten überzogen, Ziegelschrott und Schuttberge auf dem zerkraterten Boden, Reste einer schief in den Angeln hängenden Tür. Nichts für den nächsten *Domicil*-Katalog, den meine Mutter gern las, trotzdem schön wie das Gelobte Land. Nämlich: das Mondlicht. Silbriges Mondlicht fiel von jenseits des geborstenen Türrahmens in den Raum, den wir vorsichtigen Schrittes durchquerten, um in einen von Fenstern gesäumten Gang einzubiegen.

Wahnsinn, wie das meine Stimmung hob. Das Mondlicht. Der Gang. Und vor allem die Fenster. Ehrlich: Fenster forever! Ob mit oder – wie hier – ohne Glas. Größte Erfindung der Menschheit. Größer als Netz oder Rad. Statt wie halbblind einer Handyleuchte hinterherzustolpern, sah ich den Mond am Himmel glänzen, Sterne funkelten zwischen den knorrigen Ästen der Butterhofeiche, die im Innenhof wuchs, dreihundert Jahre alt oder so. Gegenüber die maroden Stallgebäude mit ihren vollgetaggten Wänden, in der Ferne gedämpfte Motorengeräusche, die bald verebbten, da die Fenster nach und nach Scheiben bekamen. Offenbar waren wir durch den Garagenanbau rückwärtig in die Gesindehäuser gelangt und liefen jetzt auf das Haupthaus zu, das den Hof zur Ostmarkstraße begrenzte. Egal, was mich dort erwartete, ich sah dem Ganzen fast schon wieder gelassen entgegen. Sieben, vielleicht sogar acht Sekunden lang.

Dann drang ein Schrei an mein Ohr. Ein markerschütterndes Kreischen, das jäh in ein Röcheln überging. Kam definitiv nicht von draußen, sondern aus den Zimmern zu meiner Rechten. Keine Ahnung, wer das ausstieß, jedenfalls wurde hinter einer der Türen gerade gestorben. Und das Sterben gefeiert. Stimmen brandeten auf, Jubelrufe in einer fremden Sprache, Arabisch oder Afrikanisch vielleicht. Schien hier aber völlig normal zu sein. Während ich mir halb in die Hose pisste, lief die Dollarfrau einfach voraus, den Gang entlang. So jedenfalls ihr Plan. Drei, vier Schritte, weiter kam sie nicht. Vor uns wurde eine Tür aufgestoßen, ein schmächtiger Typ sprang heraus. Kurze Dreadlocks, hochgekrempelte Trainingsjacke, und weil ihn die Leuchte frontal erfasste, hob er schützend die Hand vors Gesicht. Er trug gelbe Gummihandschuhe, die ihm bis zu den Ellbogen reichten, und in der Rechten, mit der er die Augen abschirmte, baumelte etwas. Eine Ratte. Eine kopflose Ratte. Das heißt, der Kopf der Ratte klemmte in einer zugeschnappten Falle, die er mit der Faust umschlossen hielt, und der daran baumelnde Körper … der zuckte noch. Dürre Füßchen krallten ins Leere, der Schwanz peitschte durch die Luft, der Dreadlocktyp strahlte uns an.

»The size«, rief er, »look at the size. As big as they come.«

Keiner, der das bestreiten wollte.

Er nickte zum Fenster hin.

»Open up, would ya?«

Ich rührte mich keinen Millimeter, die Dollarfrau machte das Fenster auf.

Darunter stand eine Regentonne, fast bis zum Rand mit Wasser gefüllt. Mit pechschwarzem Wasser und bäuchlings darin treibenden Rattenleichen. Der Typ hielt seinen Arm ins Freie und ließ den Körper samt Falle und allem in die Tonne plumpsen, hinab ins feuchte Massengrab.

»Hasta la vista, Baby!«, sagte er.

Die Dollarfrau blendete ihm ins Gesicht.

»Mäx said, don't waste traps«, schnappte sie.

»Come on. Usin 'em twice … all the juices, the brains.«

»Trap cost money.«

»Poison«, sagte der Typ und schloss das Fenster, »poison be cheap.«

»Poison no good. They die in the pipes.«

»So what?«

»Dead rat stink like the devil. Even stink like yourself.«

Sie wandte sich zu mir um. »Let's go!«

Wir drückten uns an dem gedissten Typen vorbei, und dabei warf ich einen Blick in das Zimmer, aus dem er gekommen war. Schien ein Bad zu sein oder später, sehr viel später mal eins zu werden. Entkernte Wände und rostige Rohre und alles und trotzdem beinahe Hilton-Niveau. Hilton Nairobi oder so. Auf schachbrettartig gemusterten

Bodenfliesen stand eine blitzblank polierte Badewanne, in der eine Campinglaterne brannte, und drum herum saßen drei Schwarze auf umgedrehten Bierkästen. Zwei von ihnen trugen Blaumänner und grinsten mich an, und der Dritte – eindeutig Berhane – stopfte eine kniehohe Bong. Schienen gerade Pause zu machen, Pause oder auch Feierabend. Wohl eher Feierabend, weil, irgendwo im Zimmer wurde geduscht. Im Ernst: Ich hörte Wasser aus einem Duschkopf prasseln, hörte sogar ein melodisches Bibbern. »Buffalo Soldier«, bibberte jemand unter einem bestimmt eiskalten Wasserstrahl vor sich hin.

Wow, dachte ich, die Black Boys, hart im Nehmen … Und das war null rassistisch gemeint. Im Gegenteil. Mir stand unser Keller vor Augen, die paar Spinnen, die dort hausten, und wie ich mich deshalb angestellt hatte. Wie eine Schabe hatte ich die Flucht ergriffen, aber der Trupp hier, der renovierte quasi den Vorhof zur Hölle und war trotzdem gut drauf. Hatte dabei ein Lächeln auf den Lippen, ein Lächeln und sogar ein Liedchen …

»This way!«, kommandierte die Dollarfrau.

Sie schob einen Vorhang beiseite und bog nach links in einen Korridor, in dem es nach Sportumkleide roch. Nach ungelüfteter Teamumkleide, eher strenger noch. Ein Mix aus altem Schweiß und Mottenkugeln stach mir entgegen, und der dünstete aus den Kleiderhaufen, die überall auf dem Boden lagen. Sah aus, als hätte die Caritas einen ganzen Sammelcontainer hier reingekippt: Hemden und Hosen, Stiefel und Parkas, alles lag wild durcheinander, und während ich auf Mundatmung umstellte, fischte die Dollarfrau einen Schlüssel aus ihrem Rock. Stocherte damit in einem Schloss herum, die Tür schwang auf, und wir traten in eine hell erleuchtete Diele: elektrische Lampen an der Decke, geweißelte Wände, ein Boden aus grauen Natursteinplatten. Haupthaus, hundertpro.

Zu meiner Linken die Eingangstür aus schwerem Holz, daneben ein steiler Treppenaufgang, der ins obere Stockwerk führte. An der Wand gegenüber stand ein Bauernschrank, und rechts davon hing ein Ölgemälde, das zwei röhrende Hirsche auf einer sonnenbeschienenen Waldlichtung zeigte. Hätten da nicht rund fünf Kilo Altglas auf dem Boden gelegen, zerknüllte Zigarettenschachteln und zig ausgetretene Kippen, man hätte das Ganze in einem Heimatfilm zeigen können, *Der Förster vom Butterhof* oder so.

Die Dollarfrau knipste ihre Leuchte aus und deutete die Diele entlang.

»The door over there …«

Ich nickte.

»Go inside!«

»Okay.«

Sie schnalzte mit den Fingern. »So …«

»So …«

»So, move it, boj!«

»You mean, like … alone?«

Sie warf mir einen giftigen Blick zu, machte kehrt und lief die Treppe hoch. Kein weiteres Wort mehr, nix. Ihre Absätze kerbten einen Takt in die Stiegen, ich lauschte den verklingenden Schritten … und stand da wie der erste Mensch auf dem Mond. Kein Schimmer, was ich jetzt falsch gemacht hatte, voll das Biest irgendwie. Und irgendwie auch voll unheimlich, hier so allein in der Diele zu stehen. Obwohl ich ja praktisch verschleppt worden war, fühlte ich mich wie ein Einbrecher, mit dem man kurzen Prozess machen würde, erwischte man ihn. Ganz, ganz kurzen Prozess.

Ich warf einen letzten Blick auf die Hirsche, dann lief ich zu der bezeichneten Tür.

Klopfte ans Holz.

Wartete. Nichts.

Klopfte lauter.

Wartete. Nichts.

Das heißt, nichts außer einem aufheulenden Motorengeräusch, tief im roten Drehzahlbereich.

»Sorry«, rief ich, »sorry, coming in.«

Ich legte die Hand auf die Klinke.

»Coming in ... right now.«

Drückte.

»Hello-ho, I'm here.«

»Red deutsch«, rief jemand, »oder bist du aus den Ju-Es-of-fucking-Ähj?«

Der Typ, der das rief, war Crystal-Mäx. Zu gefühlt achtundneunzig Prozent. Weil er auf einer schwarzen Ledercouch saß, Couchrücken zu mir, sah ich ihn erstmal nur von hinten. Sah nur den kurzrasierten Schädel, der wie eine blasse Sonne im Polster versank. Er schaute auf einen an der Wand montierten Flatscreen, wo ein vermummter Motorradtyp den Gasgriff seiner Crossmaschine malträtierte. Wrrhänn ... wrrhänn, wieder und wieder, ein Reporter brüllte gegen das Sägen an – aber das wirklich Erstaunliche war: Auch die Dollarfrau war wieder da. Obwohl der Raum nur eine Tür besaß. Und in der stand ich. Trotzdem: Ihre platinblonden Haare hingen den Couchrücken hinab, die Spitzen keine Handbreit über den Dielen.

»Was stehst'n da hinten rum, pflanz dich her!«

Ich krebste wie ein Sträfling nach vorn, und dabei klärten sich mehrere Dinge. Gleich drei, um genau zu sein. Erstens: Der Typ, der da mit nichts als einer karierten Boxershorts und einem offenen, roten Bademantel in den Polstern fläzte, war Mäx. Irre, hatte der eine knochige Brust. Zweitens: Es gab tatsächlich Geheimlabore im Osten, zu denen er offenbar Zugang hatte. Die Blondine neben ihm war in allen, aber wirklich allen Belangen das exakte Double der Dollarfrau. Von den Haarspitzen bis runter zu den Lacklederstiefeln, die meilenweit vor ihr auf einem mit Flaschen bestückten Servierwagen lagen. Nur, dass sie ein Nasenpiercing trug, ein goldener Stecker im linken Flügel, und statt der Dollarzeichen glitzerten Fadenkreuze auf ihren Brüsten. Akkurat nippelzentriert. Drittens: kapierte ich den Giftblick von eben. Während ihr Double hier mit Mäx Motoshows gucken durfte, musste die Dollarfrau durch die rattenverseuchten Anbauten stiefeln, um Minderjährige einzukassieren. Arschkarte sozusagen. Wär ich vermutlich auch angepisst.

Ich streckte Mäx meine Hand entgegen: »Hi, ich …«

»Aus'm Bild, Amigo, aus'm Bild!«

Er zerrte mich aufs Leder runter und ruckte mit dem Kinn zum Screen: »Der Typ da, Maddo, kracht wie ein Fels auf die Piste, Achse in Trümmern, siebzig Meter Arschrodeo und rein ins Schutznetz, und was macht er, was macht er …«

»…«

»Schreit nach 'ner neuen Maschine. So hart.«

Sein iPhone vibrierte, ein Blick darauf und er trommelte wild aufs Display: »Nie, niemals, du Knecht! Klar steig ich ein.«

Dann sagte er was auf vielleicht Tschechisch, die Frau

zog zwei Marlboros aus ihrer Schachtel, er zückte sein Zippo und reichte mir eine rüber. Obwohl ich Rauchen sonst wirklich hasse, schnappte ich wie ein Gecko danach. Sog den ätzenden Qualm in die Lungen und sah auf den Screen. Wehende Red-Bull-Flaggen, eine johlende Menge hinter Absperrbändern, Cut, leicht verwackelte Helikoptertotale: ein ausgeleuchtetes Flugfeld, fünf oder sechs hintereinander geparkte Busse zwischen zwei riesigen, aufgeschütteten Erdhügeln, Motorradweitsprung offenbar.

»Das Adrenalin«, rief Mäx, »alles für das Adrenalin von dem Freak!«

»Freak«, echote ich, Cut, Perspektive Helmkamera: tief bestollte, leicht vibrierende Reifen, ein behandschuhter Daumen reckte sich von unten ins Bild.

Mäx spie mir Rauch ins Gesicht. »Jetzt gilt's!«

Ein Röhren, der Motorradtyp nagelte aus einem Hangar raus, beschleunigte auf circa 200 Sachen, raste den Erdhügel hoch und hob ab. Zischte wie ein Projektil in den blitzlichtgewitternden Himmel, flog, flog weit und immer weiter über die Busse hinweg, setzte hart auf der anderen Seite auf und schoss, tief in den Sattel gepresst, in den Zielraum runter …

»FUCK!«

Mäx' Kippe explodierte am Screen. Funken regneten auf die Dielen, der Motorradtyp riss sich den Helm vom Kopf und reckte die Fäuste in die Luft. Großaufnahme der jubelnden Menge, gehisste Australien-Flaggen und in die Kamera gewedelte *Maddo*-Shirts, der Reporter fraß halb sein Mikro auf.

Mäx starrte wie betäubt auf den Screen.

»Aber«, sagte ich vorsichtig, »also, er hat's doch gepackt.«

»Scheiße, hat er's gepackt.«

Er griff nach der Fernbedienung und regelte den Ton auf Zimmerlautstärke.

»Hab drei Grüne gewettet, dass es ihn bei der Landung zerbröselt.«

Die Blonde reichte ihm die nächste Kippe.

»Fucking Maddo, Mann!«

Ich setzte eine bedauernde Miene auf, und während Mäx erneut auf sein Handy eintippte, kam mir so eine Ahnung. Weil, ich war ja nie und nimmer hierhergeschleppt worden, um Motorradweitsprung zu gucken. Sondern: die Plakate! Die verfluchten Plakate! Die brachten mich noch ins Grab. Bestimmt, dachte ich, gibt's gleich was auf die Ohren. Von wegen, dass wir wie die Kletten auf seinen Festen rumhingen, aber öffentlich sein Geschäft sabotierten. Hausverbot, minimal lebenslang! Andererseits: Wieso dann nur ich und nicht Vince und Prechtl, der ja immerhin sein Halbbruder war? Und außerdem: Was wusste ich schon über Mäx? Ich meine, aus erster Hand? Dass er säckeweise Speed über die Grenze karrte, dass keiner schneller mit dem Butterfly konnte … Alles gut möglich, aber alles zugleich Gerüchte. Bargeflüster und Buschfunk von Prechtl. Aber woher wollte der das wissen! Der ging noch in den Kindergarten, als Mäx von zu Hause rausflog, angeblich, und seitdem hatten die beiden so viel Kontakt wie ich mit meiner Oma vielleicht. Andererseits: das Tattoo auf seinem Schädel, 300 Euro auf einen Motorradcrash, die zwei blonden Pornoklone … Ehrlich, mir glühten die Drähte heiß. Dazu ein Adrenalinpegel wie höchstens noch Maddo in der Sekunde, als er aus dem Hangar geschossen kam. Bloß, dass der ein Profi war und genau wusste, was er tat.

Ich dagegen: blutiger Amateur. Auf der falschen Spur, von vornherein. Die Plakate nämlich, die interessierten Mäx einen Dreck. Die ganze Zeit, in der ich da eingepfercht zwischen ihm und der Couchkante saß und versuchte, nicht auf seine knochige Brust zu starren, streifte er die mit keinem Wort. Stattdessen drückte er mir erstmal zwei, drei Geschichten der Sorte *RTL Explosiv*: vom Sensen-Marko aus Grafenwöhr, von Lutz Brodowski, dem Kuhripper aus Waidhaus, und von noch einem anderen Typen, der seinem Vater nicht grün war und ihm mit der Stromgitarre ein Ständchen gebracht hatte, während Paps im Schaumbad saß. »Hübsches, kleines Trent-Reznor-Riff … und plumps hat's gemacht.«

Kamen völlig aus dem Nichts, die Geschichten, aber nach und nach ging mir der Zusammenhang auf. Und zwar: Amokkids. Weshalb die Amokkids heutzutage wie Springkraut aus dem Boden schossen, das beschäftigte ihn. War mir selbst noch nie aufgefallen, der Trend, aber Mäx hatte Zahlen zur Hand. Neunhundert Prozent mehr Teenage-Killer in den letzten zwanzig Jahren als in den zwanzig davor. Laut offiziell Wikipedia. Und warum? Wusste er auch: weil keiner mehr richtig feierte. Weil Feiern heute verboten war. Jedenfalls unter sechzehn. Im Grunde sogar unter achtzehn. Innen drin der chemische Urknall, Hormonfeuerwerk und Testosteronexplosionen wie niemals wieder im Leben, aber draußen, »so krank, Amigo, so krank«, die totale Verregelung. Schankgesetze wie in Mekka, Ausweiskontrollen bei miesen, kleinen Popkonzerten und mitternächtliche Ausgangssperren, und statt uns dagegen aufzulehnen, hockten wir wie die Roboter vor dem Rechner und wichsten uns zu youporn die Kolben krumm.

Und deshalb, krass überraschende Wendung plötzlich, fand er auch mich so geil. Mich und meine Crew. Weil wir auf so was schissen. Weil wir Samstag für Samstag aufs Gaspedal drückten. Wie ganz normale Jugendliche. So wie er selbst, vor zehn, zwölf Jahren. Deshalb, aus quasi nostalgischen Gründen, dulde er uns auf dem Hof. Dulde uns, obwohl er damit seine Lizenz riskiere, seine Schanklizenz, und, bei aller Liebe und allem Respekt und so weiter, er hänge an dem Wisch.

Haute er alles im Stakkato so raus, und ich … Ich stieg wie der letzte Idiot drauf ein. Sagte ihm, dass wir das wirklich zu schätzen wüssten und ihm unendlich dankbar seien.

Weil, sagte ich: »Leben ohne Butterhof … ist kein Leben. Höchstens totes Roboterleben, ich schwör.«

Ich spreizte sogar Zeige- und Mittelfinger, spreizte sie weit zum V, und Mäx lachte und hieb mir die Hand auf den Schenkel. »Freut mich, dass du das sagst, freut mich derb.«

Dann, statt die Hand wieder wegzuziehen, nahm der Druck auf meinen Schenkel zu.

»Und jetzt, mein Lieber, verrat mir mal was …«

Ein granitgrauer Blick bohrte sich in mich rein.

»Deine Alten da oben im Hopfenweg, scharfe Hütte, muss ich schon sagen, wie deichselst'n das?«

»W…as?«

»Willst mir doch nicht erzählen, die wissen, was ihr hier treibt?«

»…«

»Shoppst bei Berhane wohl kaum für die Mama.«

»…«

»Schaut mir so gar nicht nach Hippie aus, deine Mama.«

»…«

»Oder seit wann tragen Hippies Versace.«

»…«

»Lass raten: die gute, alte Sleepover-Nummer?«

»…«

»Das Bettchen-wechsel-dich-Spiel.«

Mann, ging's mir an den Kragen. Während auf dem Screen Monstertrucks jetzt Busse zermalmten, wuchs meine Panik mit jedem Satz. Mein Respekt aber auch. Weil, Mäx wusste alles. Der wusste sogar Dinge, die er nicht wissen konnte. Genau so nämlich machten wir das. Meistens *übernachteten* wir bei Prechtl, weil sein Zimmer im Keller lag, separater Eingang und alles, und seine Mutter ohnehin nix mitbekam. Und wenn meine Eltern auf Opernfahrt waren oder Städtetrip oder sonst wie verreisten, dann halt bei mir.

»Amigo, wie schaut's?«

Ich brachte ein halbes Nicken zustande.

»Korrekt«, sagte Mäx und schaltete den Flatscreen aus.

Still, zum Sterben still war's plötzlich im Raum.

»Aber«, sagte er, »kann halt trotzdem immer was sein. Weißt schon: Der Herr Doktor macht Überraschungsvisite, während's euch noch verstrahlt. Oder die Putze, ihr habt doch 'ne Putze, wischt die falschen Schubladen aus. Oder die Trachtengruppe winkt euch frühmorgens raus und will ihr Filzlausspiel spielen. Oder …«

Er blies mir Rauch in die schreckgeweiteten Augen.

»… einer verpetzt euch vielleicht.«

Maximaler Druck jetzt auf meinen Schenkel, und ich wusste, was gleich kommen würde. Oh, wusste ich das genau: eine Zahl. Eine große Zahl. Vierstellig, mindestens.

Zehn oder vielleicht sogar fünfzig Grüne. Für sein Schweigen. Für das teuflische Schweigen des Crystal-Mäx.

Gott, lag ich falsch.

»Petzen«, rief Mäx, »zwitschern, trällern, den Singvogel machen. Kannst dir nicht vorstellen, wie ich das hasse. Ich hasse das. ICH HASSE DAS! ICH! HASSE! DAS!«

»Ich auch«, jaulte ich, »ich auch.«

Der Irre ließ von mir ab.

Entfernte die Hand von meinem zitternden Schenkel und drückte seine Kippe aus.

»Tipp unter Freunden«, sagte er mit plötzlich neutraler Stimme, »für wenn's mal hart auf hart kommt. Hofft keiner, nur für den Fall.«

»…«

»Wichtiger Tipp jetzt, schau mich an!«

Ich sah ihn an.

Mäx presste den Zeigefinger gegen die Lippen.

»Pssss«, machte er.

Ganz leise, sodass es kaum zu hören war. Und dann sagte er: »What happens in Vegas stays in Vegas.«

Jesus, ich fiel fast von der Couch.

»Und Vegas ist Butterhof. Klar?«

Ich nickte. Nickte in einem Tempo, in dem Kolibris mit den Flügeln schlagen.

»Klar«, rief ich, »sonnenklar!«

Und das war es auch. Ehrlich, mir ging nicht nur die Sonne, mir gingen ganze Milchstraßen auf. Keine Frage, ich wurde hier eingeschüchtert und bedroht und alles. Aber aus gutem Grund. Weil Mäx Schiss vor *mir* hatte. Vor mir und meiner Crew. Aber besonders vor mir. Weil meine Mutter bei den Lions war. Weil ich, wenn's hart auf hart kam, petzen konnte. Über das, was wir in den Nächten so trieben, was hier so alles vonstattenging. Und wenn die falschen Leute das hörten, die falschen Ladys vor allem, dann war Schluss mit Charity. Schluss mit gesponserten Rattenfallen und renovierten Gesindehäusern, 100 000 Euro ade.

»Psssss«, machte ich und nickte, und dann tat ich etwas Überraschendes. Etwas, das keinen mehr als mich selbst überraschte. Weiß der Himmel, was mich ritt. Vielleicht diese Supernova von Erkenntnis gerade, vielleicht die fünf Liter Adrenalin im Blut. Was auch immer es war, ich machte den Mund auf und sagte was.

»Die Renovierungsarbeiten«, sagte ich, »die gehen ja gut voran.«

»Was?«

»Cool, dass man drüben schon duschen kann.«

»…«

»Machen aber auch richtig lange, Berhane und seine Jungs.«

»…«

»Wenn da nix groß dazwischenkommt, dann wird …«

»Dazwischen?«, rief Mäx. »Was erzählst'n da?«

»Nix weiter«, sagte ich, »aber, weißt schon, kann doch immer was sein.«

Sagte tatsächlich ich. Benedikt Jäger. Jedes einzelne Wort. Wow. Wirklich. Ich stürmte wie King Roger ans Netz vor, obwohl ich sonst durch und durch Spielertyp Murray bin. Sprich: Defensivspezialist. Völlig neue Erfahrung für mich. Völlig geile Erfahrung auch. Zur Abwechslung selbst mal Druck zu machen, statt die Bälle nur immer im Spiel zu halten: fühlte sich gut an. Absolut gut. Und leider auch absolut kurz. Als Mäx sein Zippo zückte und sich die nächste Kippe ansteckte, knickte ich ein. Sackte ins Polster zurück, überwältigt vom eigenen Mut. Ich musste irgendwie an die Ratten denken, an die Tonne mit den steifen Körpern drin und dass ich gerade mit einem Kriminellen sprach und selbst nur ein mieser, kleiner Teenager war. Und ein Pazifist obendrein. Wirklich, ich hasse Gewalt. Und Furcht und Schrecken und solche Sachen ... die verbreite ich auch nicht gern. Hatte ich schon seit Langem geahnt, jetzt wusste ich es mit Sicherheit.

Meine Handflächen wurden feucht wie Spüllappen, ich versuchte nicht mal, sie trocken zu reiben, sondern wartete auf den Gegenschlag. Auf den ultimativen Körperschuss. Der kam aber nicht. Im Gegenteil. Statt mich in Stücke zu ballern, zog Mäx die Mundwinkel hoch und grinste mich an.

»Bist ja ein richtiger Bazi«, sagte er.

»Was?«

»Ein richtig durchtriebener Hund.«

Wenig, nur sehr wenig Ironie in seiner Stimme, und ich hörte wirklich ganz genau hin.

»Wie alt bist'n du eigentlich?«

»Sechzehn«, sagte ich.

Mir fiel ein, dass er mich jederzeit googeln konnte. »Also fast.«

Mäx lachte und stieß die Blondine an.

Sagte was auf Tschechisch zu ihr, und die Blondine lachte auch. Die beiden lachten wie die Hyänen, so als hätte ich den Witz des Jahres gerissen, und als sie irgendwann fertiggelacht hatten, zog die Blondine den Servierwagen ran und schraubte eine Flasche Klaren auf. *Hier weht der Böhmische mit eiskalten 55 %* stand auf dem Etikett.

Sie schenkte zwei Gläser voll und drückte sie uns in die Hand.

»Auf Vegas«, sagte Mäx.

Ich nickte.

»Auf Vegas«, sagte er lauter.

»Auf Vegas«, erwiderte ich.

Er stieß sein Glas gegen meins, und wir kippten das Zeug in uns rein. Ein Brennen im Rachen, als hätte ich Diesel geschluckt. Aber besser gemeinsam Diesel schlucken, als dass wir uns wie zwei Blutsbrüder die Arme aufritzten, um den Pakt zu besiegeln. Viel, viel besser als das.

Und dann, nachdem wir unsere Nummern ausgetauscht hatten, kam das Beste überhaupt. Der beste Moment des Abends. Und zwar warf Mäx mich raus. Nicht die Blondine oder sonst irgendwer, sondern Mäx himself. Er drückte sich aus dem Polster, streckte mir die Hand entgegen und zog mich hoch. Lief mir voraus in die Diele, barfuß und im offenen Bademantel, und sperrte die Haustür auf.

»Jäger«, rief er, »wir sehen uns, wir beide«, dann schlug er mir auf die Schulter, sodass ich zwei Schritte ins Freie stolperte, und warf die Tür hinter mir ins Schloss.

Ruckzuck ging das, und im nächsten Moment stand ich allein auf dem Hof. Nichts Besonderes eigentlich ... Aber Gott, stand ich gern allein auf dem Hof. Ich hätte ewig so dastehen mögen. Einfach nur dastehen und durch die Eichenkrone hoch in den Nachthimmel schauen. Millionen funkelnder Sterne dort oben, kein Mensch weit und breit, der mich bedrohte, und dazu die kalte Luft auf der Haut. Schien direkt aus dem All zu kommen, so kalt und frisch fühlte sich die an. Ich atmete sie tief in die Lungen, tankte mich regelrecht voll damit und schrieb Vince und Prechtl eine Whatsapp. *Bin draußen vor der lodge,* schrieb ich, dann lief ich über den Hof zum Melkhaus vor und setzte mich in die verrostete Hollywoodschaukel, die dort neben dem Eingang stand. In die Scheune rein, mit dem Qualm und den Bandidos und allem, hätten mich jetzt keine zehn Pferde gebracht.

Ich musste nicht lange auf meine Freunde warten, aber ein paar Minuten waren es doch. Machte mir aber gar nichts aus. Ragga-Beats wehten von der Scheune herüber, Fledermäuse flatterten durch die Nacht, und während ich gemächlich schaukelte, betrieb ich Match-Analyse. Ist so ein Tennisding, das Weingartner uns seit Jahren eindrillt. Er veranstaltet ein Riesentamtam deswegen, dabei geht es nur darum, sich nach dem Match nochmal die Big Points ins Gedächtnis zu rufen. Nach knappen Matches, vor allem nach knappen Niederlagen, mussten wir das sogar im Gespräch mit ihm tun. Wir hingen dann völlig ausgepumpt auf der Bank und besprachen unsere falschen und richtigen Entscheidungen auf dem Platz. Vor allem die falschen, auf die war Weingartner besonders scharf. Genau das tat ich jetzt auch. Nur zum Glück nicht mit Weingartner, sondern mit mir selbst.

Das Tolle war: Ich entdeckte keine großen Fehler, nichts, was ich hätte anders machen wollen. Klar wäre es mir am liebsten gewesen, die Dollarfrau hätte mich niemals vom Tresen gefischt. Und klar wäre es große Klasse gewesen, ich hätte die Lions-Sache früher gecheckt. Bloß war es halt nicht irgendwer, der mich bearbeitet hatte. Nicht irgendein Trainer oder Lehrer oder so, sondern Mäx. Je länger ich darüber nachdachte, desto besser fühlte ich mich. Ich fühlte mich zunehmend großartig. Kam mir vor, als hätte ich ein 0 : 6, 0 : 5 gegen eine LK 1 gedreht und befände mich jetzt im dritten Satz. Alles durch einen kleinen Anfall von Mut. Wirklich, ich würde in Zukunft mutiger sein. Selbst wenn ich den Mut irgendwie faken musste. Ich würde mutiger sein, das nahm ich mir eisern vor.

Ich schaukelte ein bisschen kräftiger und schaute hoch zu den Sternen, als eine Stimme die Nacht zerriss: »Boj, turn round!«

Ich stürzte halb aus der Schaukel vor Schreck … und musste lachen. War nicht die Dollarfrau. War Vince, der Teufel, der sich aus der Dunkelheit schälte.

Zwei Schritte hinter ihm Prechtl.

»Dschägga«, brüllte er, »entjungfert, oder was?«

Hörte man bestimmt noch im Hopfenweg unten.

»Rück raus, du Sack!«

Ich grinste die beiden an, und, ehrlich, irgendwas stimmt mit mir nicht. Ich musste mich gewaltig beherrschen, die Story nicht aufzupolieren. Sexuell, meine ich. Vermutlich, weil ich tatsächlich noch Jungfrau bin, was mich, zugegeben, mehr und mehr stresst. Ich würde so gern auch mal vögeln, so wie der Rest der Menschheit, aber mehr als Petting war bisher einfach nicht drin. Und auch das nur drei Mal auf Bockbier-Festen, mit maximalen Sechsen, die zwei Promille intus hatten, und Marietta schien auch nichts daran ändern zu wollen. Ziemlich miese Bilanz. Trotzdem. Ich beherrschte mich. Statt Fifty Shades of Shit rauszupressen, erzählte ich, was Sache war. Vom Moment meines Verschwindens in der Garage bis genau jetzt.

»Krass«, sagte Prechtl mehrmals, »krasskrass.«

Vince hörte einfach nur zu, aber als ich fertig war, sagte

er: »Respekt, mein Lieber, hast dich wirklich gut geschlagen.«

»Ganz okay«, sagte ich und nickte. »Habt ihr eigentlich geshoppt?«

Vince klopfte sich auf die Taschen, ich sprang aus der Schaukel.

»Dann lass bitte sofort was kiffen.«

»Aber heut mal *richtig*«, rief Prechtl und drückte die Tür zur Lodge auf.

Wir liefen hinter ihm her und sanken ins erstbeste Sofa. Und dann kifften wir.

Kapitel 7

3. November

Kleines Intermezzo im Krankenhaus, letzten Sonntag, mittags rum. Der Arzt, Dr. Kessler sein Name, tritt an die Liege und inspiziert meinen Fuß: »Oha! Sieht ja schön bunt aus. Wann ist das passiert?«

Ich: »Vorgestern. Vorgestern Nachmittag.«

Er: »Und wie genau?«

Ich: »Beim Schaufeln. Mit dem Spaten.«

Er: »Mit dem … sicher?«

Ich: »Leider. Vollrohr von oben drauf.«

Er: »Erstaunlich … bei der Flächigkeit des Ödems … Ich hätte auf was Stumpfes getippt.«

Ich: »Vielleicht, also … Ich war gestern noch unterwegs.«

Er: »Unterwegs?«

Ich: »Kleine Halloween-Party. Bisschen … tanzen und so.«

Er: »Mit dem Fuß!«

Ich: »Die Schwellung, also *diese* Schwellung hier, die kam erst über Nacht. Heute Früh eigentlich.«

Er: »Und keinerlei Schmerzen beim Tanzen?«

Ich: »Kaum. Kann sein, die … zwei, drei Bierchen. Und vorher hab ich ein paar Ibus geschluckt.«

Er: »Ibuprofen?«

Ich: »Ja, 800er.«

Er: »Wie viele?«

Ich: »Schon … ordentlich.«

Er: »Verstehe. Mal kreisen bitte. Im Uhrzeigersinn.«

Ich: »Okay.«

Er: »Jetzt andersherum.«

Ich: »Aaah.«

Er: »Und wenn ich *so* mache?«

Ich: »Geht.«

Er: »Und *so*?«

Ich: »AUAAA!«

Er legt meinen Fuß auf die Liege zurück und hält das Röntgenbild gegens Licht: »Gebrochen ist nichts. Aber hier, diese dunklere Stelle ums Keilbein herum, lateral. Das ist, sieht man ja auch ohne Bildchen, eine Einblutung. Muskelfaserriss, würde ich sagen, vielleicht auch nur eine Zerrung. Initiiert durch den Spaten, dann zum Ödem getanzt.«

Ich: »Scheiße. Und, also, kann ich nach Mallorca morgen?«

Er: »Mallorca?«

Ich: »Da ist BTV-Leistungscamp. In der Rafa Nadal Academy.«

Er: »Wir sprechen von Tennis?«

Ich nicke.

Er lacht.

»Pech«, sagt er dann.

Ich: »Bitte?«

Er: »PECH. Pause. Eis. Compression. Hochlagerung. Und in drei Wochen, wenn du vorher nicht wieder tanzen gehst, stehst du wie neu auf dem Platz.«

Ich: »FUCK!«

Ja. So viel mal zu Mallorca und zum Leistungscamp in Rafas Academy. Stattdessen: Herbstferien im Hopfenweg. Seit Dienstag Dauerregen und sechs Grad Celsius draußen und täglich Bilder von Vince und Prechtl, wie sie unter der spanischen Sonne Bälle schlagen, in Porto Cristo in die Wellen springen und nachts rüber in den Mädchentrakt schleichen, Sangria-Sause mit den Däninnen. Bildunterschrift Prechtl: *So gooil endlich wieder gescort!* Ja, gibt leider nichts zu beschönigen dran, nada, null und niente. Außer drei klitzekleinen Dingen vielleicht. Erstens: Ich bin seit einer Woche nüchtern. Kein Alk, kein Gras, nix. Ungewohnt frisches Gefühl.

Zweitens: Ich kann jetzt Mathe. Bisschen zumindest. Zwischen vier Staffeln *Game of Thrones,* drei Staffeln *Homeland* und fünf Staffeln *Breaking Bad,* alle zum zweiten oder dritten Mal gebinged, habe ich immer mal wieder das Buch aufgeschlagen. Waren maximal ätzende Stunden. Dafür bin ich jetzt schlauer. Weiß zum Beispiel, dass die Summe der Innenwinkel eines Kugeldreiecks stets größer als π oder 180° sein muss, wobei der Überschuss der Winkelsumme über jene eines euklidischen Dreiecks, auch sphärischer Exzess genannt, proportional zum Flächeninhalt des Dreiecks ist. Oder, anders ausgedrückt: AD = $(\alpha + \beta + \gamma - \pi)$ r². Große Klasse, dass ich das weiß. Im Ernst. Das rettet mir am Dienstag nämlich, bittebitte, den Arsch. Und falls nicht: setz ich mich in den nächsten Bus nach Grub und schlitze Frau Wünsche die Kehle durch. Mit 'nem rostigen Spatenblatt.

Drittens: hab ich in der Woche gut was verdient. 220 Euro genau. Ohne auch nur einmal das Haus zu verlassen, meiner Mutter sei Dank. Wobei, ist leider etwas komplizierter

als das. Also, das Geld ist super. Das kann ich gut gebrau-
chen. Ich war, ehrlich gesagt, total abgebrannt. Bloß, die
Art des Verdienstes, die Gegenleistung ... die macht mich
allenfalls mittelglücklich. Hätte ich lieber nochmal mit
Abdul gegrillt oder sogar die Spinnen im Keller erledigt.
Wem ich die Kohle nämlich letztendlich verdanke: einem
Rückfall. Einem Rückfall in, ich sage mal, wildere Zeiten.
Psychologisch wildere Zeiten. Muss ich ein wenig aus-
holen dafür.

Und zwar: meine Mutter. Top oder jedenfalls ziemlich top
Mutter, so viel steht fest. Nur war sie nicht immer so gut
drauf und so beliebt und so weiter, wie sie es heute ist.
Früher, als wir noch in München wohnten, war sie eher
das Gegenteil. Da gab es keine Lions-Empfänge und keine
MBSR-Seminare und keine Opernfahrten nach Verona
und Mailand oder sonst wohin. In München gab es eigentlich nix. Da kannte uns keiner. Da hat sich kein
Mensch für uns interessiert. Da hausten wir in einer Neu-
perlacher Reihenhaussiedlung mit Blick auf den Lärm-
schutzwall der A8, und wenn es klingelte, stand höchstens
der Postbote vor der Tür. Dem entweder ich oder meine
Schwestern aufmachen mussten, unsere Mutter fühlte sich
nämlich zu dick dafür. Circa zwanzig Kilo zu dick. Was
definitiv übertrieben ist. Aber ein bisschen rund war sie
schon. Kein Wunder auch. Während mein Vater Punkt
sieben das Haus verließ und in die Klinik fuhr, saß sie
tagein, tagaus in der Wohnung rum, futterte Erdnussflips
und guckte Rosamunde-Pilcher-Streifen. *Brandung der
Sehnsucht* und *Was das Herz begehrt* usw., die komplette Pil-
cher-Collection, an die vierzig DVDs. Gott, hab ich diese
Filme gehasst. Um meiner Mutter zu helfen, hab ich sogar
heimlich die DVDs zerkratzt, aber sie hat per Telefon-Hot-

line sofort neue bestellt. War einfach kein Kraut gewachsen gegen diesen Mist. Keine Ahnung auch, wie das in Neuperlach noch alles geendet hätte, aber dann zogen wir zum Glück nach Weiden um. Leuchtendes, funkelndes Weiden. Von dem Moment an ging's bergauf.

In Weiden kamen die Leute nämlich aus allen Löchern gekrochen, nur um meinen Eltern die Hand zu schütteln. Schon klar, weshalb die kamen. Weil mein Vater der neue Chef der Unfallchirurgie war. In einer Stadt wie Weiden zählt das noch was. Ihn hat das aber null interessiert. Mein Vater ist kein sozialer Typ. Der operiert, bis ihm die Finger zittern, dann guckt er *Heute Journal* und schimpft auf die Griechen oder Italiener, und danach geht's ins Bett. Das hat er als Stationsarzt in München schon gemacht, und das macht er heute genauso. Das macht er bestimmt, bis er stirbt.

Meine Mutter aber nicht. Die ist in Weiden aufgeblüht. Als das Haus im Hopfenweg stand, Terrasse und Pool und Garten und alles, hat sie ihre Pillen im Klo runtergespült, in drei Wochen zehn Kilo abgenommen, und danach war bei uns Open House. Die Leute drückten einander die Klinke regelrecht in die Hand: die Ärzte gegen Atomkraft, die Freunde der italienischen Oper, die Lions, der Kirchenchor und noch hundert andere Schmarotzer. Und ganz am Anfang der Literarische Lesekreis. An den erinnere ich mich am besten, obwohl er inzwischen Vergangenheit ist. Über den Lesekreis habe ich meine Mutter, also meine neue Mutter, nämlich besser kennengelernt. Und endlos Taschengeld hatte ich plötzlich auch.

Der Lesekreis, das waren Frau Schubert, Frau Seibert, die Evi Petzold und manchmal sogar Frau Dr. Kunz-Taylor. Die kamen immer mittwochs zu uns, setzten sich auf die Terrasse und tauschten sich über Romane aus. Was die Romane bedeuten könnten und was sie in ihnen auslösten und so weiter. Dazu tranken sie Prosecco, und nach der dritten Flasche lachten sie immer wie gestört. Ehrlich, so ein gestörtes Lachen wie von der Kunz-Taylor hab ich sonst noch nirgends gehört. Manchmal packten die Lesefrauen ihre Bücher aber gar nicht erst aus, sondern gingen sofort zum Prosecco über und planten den nächsten Städtetrip. Oder gaben sich Urlaubstipps. Oder sonst irgendwas. Ich weiß das, weil ich im Verlauf dieser Nachmittage immer kurz vorbeischaute und die Frauen begrüßte. Nicht weil ich selbst Riesenlust darauf hatte. Meine Mutter bat mich darum. Genau genommen bat sie mich, die Frauen in Tenniskluft zu begrüßen. Also, es sollte so aussehen, als ob ich gleich zum Tennisplatz müsste. Manchmal musste ich auch zum Tennisplatz. Ich spiele ja Tennis. Meistens musste ich aber nicht. Aber darum ging es auch nicht. Worum es ging, das heißt, worum es meiner Mutter ging und wofür ich jedes Mal 20 Euro bekam, das war das Bild: ich in meinen weißen Shirts und mit dem schlanken, braungebrannten Körper auf der sonnengefluteten Terrasse, umrahmt von blühenden Rosenbüschen, gerade auf dem Sprung zum Court. Das sah wirklich spitze aus. Ich sah spitze aus. Quasi feuchter Traum einer jeden Mutter – keine Mutter, die sich einen solchen Sohn nicht wünscht.

Mein Taschengeld besserte ich aber nicht nur damit auf. Den Löwenanteil verdiente ich mit Telefonanrufen. Anrufen von höchstens zwei Minuten Dauer, bei denen ich nicht mal was sagen musste. Ich sollte einfach nur zu

Hause anrufen und schweigen. Ich sollte nur die Verbindung halten und warten, bis meine Mutter auflegt. Und das tat ich auch. Ich rief an und schwieg, und sie redete. Manchmal auf Deutsch, meistens aber auf Französisch oder Italienisch. Sie sagte dann Sachen wie: »Bien sûr, je veux bien venir te rendre visite à Paris.« Oder: »Ciao, Carlo, come stai?« Sie hatte dabei eine ganz helle, überdrehte Stimme, wie ein hysterisches Unfallopfer oder als stünde sie kurz vorm Nervenzusammenbruch. Und vermutlich stand sie das auch. Die Lesefrauen im Hintergrund lauschten ja wie die Hyänen. Die bekamen jedes Wort mit. Was freilich auch Sinn und Zweck der Anrufe war: dass die Kunz-Taylor und alle live miterlebten, wie kosmopolitisch das Leben meiner Mutter war. Was es im Grunde auch ist. Meine Eltern verreisen oft. Nur, dass sie in Frankreich und Italien halt keinen Menschen kennen, sondern stinknormale Touristen sind, und diesen Makel wollte meine Mutter korrigieren.

Und nicht nur den. Wir durften auch keinem verraten, dass sie früher dick und depressiv war. Den Lesefrauen und allen anderen Bekannten sowieso nicht, aber auch in der Schule oder auf dem Tennisplatz durften wir kein Wort darüber verlieren. Dasselbe galt für ihre Jugend. Ihre Bauernhofjugend im Oberpfälzer Wald. Wenn das Gespräch auf ihre Familie kam, erzählte sie jedem, ihre Eltern hätten auf dem Chamer Landratsamt gearbeitet und seien jetzt in Rente. Und sie selbst kam dann auch nicht aus Steinlohe, sondern direkt aus Cham. Und wegen ihrer glockenhellen Stimme habe sie vier Semester lang Operngesang an der Münchener Musikhochschule studiert, was sie nur wegen der Geburt meiner Schwestern abbrechen musste, obwohl Prof. Kaiser sie damals persönlich angefleht habe, weiterzumachen. Und natürlich käme sie jetzt gerne dem Drängen Direktor Brenners nach und würde an der Musikschule unterrichten, nur müsse sie ja schon Elisabeth begleiten, die beim Bundeswettbewerb von *Jugend musiziert* in der Endrunde stehe. Wohingegen bei mir das Talent ja eher sportlicher Natur sei, zweiter Bezirksmeister im Tennis, obwohl ich erst seit anderthalb Jahren Training bekomme.

Ehrlich, die erste Zeit in Weiden war meine Mutter eine Wucht. Sie flunkerte schneller, als ihr Publikum blinzeln konnte, fantasierte im Handumdrehen halbe Romane zusammen und radierte dabei jedes falsche Detail ihrer Vergangenheit aus. Und wir, wir unterstützten sie dabei. Das heißt, *ich* unterstützte sie dabei. Meine Schwestern nicht so sehr. Die ließen sie zwar nicht auffliegen, aber sie rechneten ihr jeden Abend vor, was sie schon wieder alles an Unwahrheiten verbreitet hatte. Eine Zeit lang führten sie sogar ein Lügenbuch, datiert und durchnummeriert und alles:

> *Lüge 127: Mami sagt, sie hat die Opernkarten für Verona von einem Orchestergeiger geschenkt bekommen, dabei hat sie die im Internet bestellt.*
> *Lüge 128: Mami sagt, sie kauft Fleisch nur noch vom Bio-Bauern, aber woher kommt der Leberkäs im Kühlschrank? Vom Kaufland-Metzger!*
> *Lüge 129: Benedikt hat das Bezirksfinale 6 : 4, 6 : 3 verloren und nicht im Tiebreak im dritten Satz.*

Solche Sachen schrieben meine Schwestern in ihr Büchlein und rieben sie meiner Mutter dauernd unter die Nase. Ziemlich kleinlich, finde ich.

Und unser Vater war ihr auch nicht die Riesenhilfe. Zwar nickte er ihre Geschichten eisern ab, aber mit einer Miene, als hätte er Essig geschluckt. Dabei waren die Essigzeiten für ihn vorbei. Damals in München, keine Frage, da hat er geschluckt für drei. Kaum sperrte er abends die Wohnungstür auf, war meine Mutter schon über ihm. Wie eine Anstaltsinsassin rauschte sie in den Flur, verrotzter Bademantel und alles, und legte los: dass er wieder so spät nach Hause komme, weil er es mit der Seidl oder sonst einer Stationsschwester treibe, dass sie hier in dieser Reihenhaushälfte verfaule, während er nur an seine Karriere denke, dass er nie für sie, sondern immer nur für uns Partei ergreife, obwohl er uns kaum jemals sah. Unschöne Szenen, wirklich wahr. Aber jetzt kam er heim in unsere picobello Villa, und meine Mutter saß mit Topfigur im Garten und lachte mit ihren neuen Freundinnen um die Wette, und zur Begrüßung gab sie ihm sogar einen Kuss auf den Mund.

Es geht mich freilich nichts an, weil es ja die Beziehung meiner Eltern ist und nicht meine, aber ich an seiner Stelle hätte mehr Einsatz gezeigt. Hätte ihre Geschichten nicht bloß wie ein Roboter abgenickt, sondern hin und wieder selbst ein Detail hinzuerfunden. Mit einem breiten Lächeln, ungefragt. Einfach als Geste, um sie bei Laune zu halten, und weil wir jetzt ja tatsächlich eine Art Vorzeigefamilie waren. Andererseits werfe ich meinem Vater nichts vor. Bei aller Liebe zu meiner Mutter, mehr als Abnicken war für ihn einfach nicht drin. Er ist nämlich (seine Steuertricks mal ausgeklammert) der aufrichtigste Mensch der Welt. Ich glaube, er weiß gar nicht, wie Lügen geht. Zum einen, weil ihm das Talent dafür fehlt. Obwohl er mit dem Skalpell in der Hand wahre Wunder voll-

bringt, quasi David Copperfield der zertrümmerten Körper, besitzt er so viel Fantasie wie ein toter Fisch. Zum anderen sieht er auch gar nicht ein, weshalb er lügen sollte.
Das ganze Konzept ist ihm fremd. So unglaublich es ist,
aber mein Vater schert sich einen Dreck um die Meinung
anderer Leute. Der setzt sich zum Beispiel mit Jeans und
Pullover in die Mailänder Scala, und wenn ihn hinterher
einer fragt, wie er die Oper fand, sagt er, sie sei ihm zu laut
gewesen. Und zu lang obendrein. Hat er freilich nur einmal gemacht, weil er danach wirklich laut und lang was
auf die Ohren bekam. Aber so tickt er prinzipiell.

Zählen konnte meine Mutter jedenfalls nur auf mich.
Nur ich habe sie aktiv unterstützt. Zum einen, weil sie mir
dafür die Taschen mit Geld vollstopfte: 20 Euro die Ten-
niseinlagen, 50 die Telefonate, das war unser Tarif. In Spit-
zenmonaten verdiente ich an die 400 Euro, und das bringt
man mit elf, zwölf Jahren kaum an den Mann. Später,
wenn die Drogen kommen, dann schon. Da geht das Geld
plötzlich weg wie nix. Aber bis es so weit war, musste ich
die Scheine in einem Schuhkarton horten. Und den Kar-
ton musste ich unterm Bett verstecken, damit mein Vater
ihn nicht fand. Der wusste ja nichts von unseren kleinen
Geschäften, und ihn hätte vermutlich der Schlag getroffen, hätte er jemals davon erfahren.

Aber es war nicht das Geld allein, weshalb ich meiner
Mutter half. Es ist vielmehr so: Ich halte schlechte Stimmung nicht gut aus. Schon seit Grundschulzeiten habe
ich diesen Defekt. Wenn irgendwo schlechte Stimmung
ist, werde ich übelst zum Clown. Nur fünf Sekunden un-
gutes Schweigen, und ich fange an, dumme Sprüche zu
klopfen und weiß nicht wohin mit meinen schwitzigen

Händen, und manchmal bekomme ich sogar Hautausschlag. So wuchernde rote Flecken, wie sie Mädchen bekommen, wenn sie zur Abfrage vor an die Tafel müssen
und nichts wissen, und die verunstalten mich stunden-
lang. Keine Ahnung, wieso das so ist, ansonsten ist meine
Haut nämlich glatt und rein.

Und damit sie das blieb, sprang ich meiner Mutter bei.
Im Tennisdress und am Telefon und noch mit ein paar
anderen Sachen, und das musste auch sein. Es war nur
ein Gefühl damals, und ich kann nichts beweisen, aber
ich glaube, sie hätte es allein nicht gepackt. Ich habe das
manchmal an diesen Lesenachmittagen erlebt. Kaum waren die Frauen weg, bröckelte ihr das Lächeln aus dem
Gesicht wie drei Tage altes Make-up. Sie ließ die leeren
Proseccoflaschen und die Kuchenplatten auf der Terrasse
stehen, schlich wie ein Zombie die Treppe hoch ... und
ward erst am nächsten Tag wieder gesehen. Eine totale
Verwandlung war das. Eine Rückverwandlung in Münchener Zeiten, nur ohne Rosafuckingmundepilcher, blitz-
artig, unheimlich fast. Ich kann es aber verstehen. Die anderen Frauen kamen ja nur, um Prosecco zu trinken und
ein wenig Spaß zu haben, aber sie lieferte jedes Mal eine
Wahnsinnsperformance ab. Ihre Französisch-Auftritte und
die Münchhausen-Einlagen und dazu noch die Angst, aufzufliegen, das setzte meine Mutter regelmäßig schachmatt.
Und trotzdem kämpfte sie sich jeden Morgen von Neuem
aus dem Bett, richtete uns das Frühstück her und lächelte
tapfer drauflos. Das war wirklich anständig von ihr, quasi
moralische Spitzenleistung, und dafür hielt ich ihr den
Rücken frei.

Und jetzt … jetzt war es wieder so weit. Rückfall in wildere Zeiten. Kleiner Rückfall nur, hoffe ich. Glaube ich aber auch. Kleine Herbstdepression oder so. Hab ich schon öfter erlebt. Im Herbst und Winter trübt die Stimmung meiner Mutter immer mal wieder ein. Zumal, wenn so blöder Besuch kommt wie diese Woche. Competition-Besuch nenne ich den. Am Mittwoch (die ersten 20 Euro) kam Tante Britta zum Kaffee vorbei. Das ist die Frau des Bruders meines Vaters, der in Straubing scheiß Staatsanwalt ist, und die hat eine Tochter, Katharina, die selbst meine Schwestern dumm aussehen lässt. Was ein Kunststück ist. Ein 0,9er-Abi mit übersprungener Klasse schafft nicht jede. Die Katharina aber schon. Die steuert angeblich glatt auf 0,7 zu, hat auch schon eine Klasse übersprungen, und außerdem ist sie bei der Jungen Union. Vizechefin der Jungen Union Straubing mit gerade mal achtzehn, und offenbar hat sie jüngst sogar eine Rede in Brüssel gehalten, vor dem Europaparlament. Das war meiner Mutter dann doch zu blöd. Im eigenen Haus wie eine Dienstmagd Kaffee und Kuchen zu servieren, während Tante Britta ihr mit den Katharina-Triumphen das Ohr abkaute. Hat sich Tante Britta aber geschnitten. Kurze SMS zu mir hoch ins Zimmer, und als ich, mir tapfer das Humpeln verbeißend, in Schweinspink runtermarschierte und ihr den *Landesmeister*-Aufdruck ins Gesicht reindrehte, wurde sie stiller. Und als meine Mutter dann auch noch das Handy zückte und ihr ein paar Bostoner Lawschool-Fotos unter die Nase wischte, hörte sie ganz zu quatschen auf. Eins a zerstörter Rhythmus, *Mental Warfare in Tennis*, das klappt auch off-court ganz gut.

Am Freitag klebte dann ein Fünfzigeuroschein an meiner Tür, dazu ein Zettel: *Kurz anrufen bitte (Handy): 15.15 /*

15.25 Uhr. Pünktlich! Obolus bitte einstecken, bevor Dein Vater nach Hause kommt. Kuss, M.

Klar, machte ich, wobei mir die rasche Frequenz missfiel. Und noch mehr der Anlass. Tante Britta okay, die kam nur zwei Mal im Jahr vorbei, da musste man die Gelegenheit beim Schopfe packen. Aber am Freitag rief ich meine Mutter bei einer Lions-Versammlung auf Schloss Neidstein an, und die Leute, denen sie dort ihr Französisch vorführte, vermutlich in der Kaffeepause, kannten ihr flottes Leben ja schon.

War aber alles nix gegen heute. Heute war richtig Spektakel, und daran war Sarah Gabler schuld. Die göttliche Sarah Gabler. Anders als meine Mutter, die ja nur Musiktherapeutin ist, hat sie tatsächlich in München Gesang studiert und übt ihren Beruf auch aus. Sehr erfolgreich sogar. Zurzeit pendelt sie zwischen München und Bayreuth hin und her, irgendwelche Proben für die Wagner-Festspiele im kommenden Jahr. Und weil ihre Probe ausfiel und Weiden gleich nebenan liegt, schlappe Dreiviertelstunde für ihren Fahrer, lud sie sich zum Brunch ein. Äußerst spontan. Anruf um neun, Ankunft um elf. Bombenalarm ist ein Witz dagegen. Wahnsinn, drehte meine Mutter am Rad.

Erstmal machte sie meinen Vater rund, weil der ans Telefon gegangen war und gesagt hatte, dass wir zu Hause waren. Sie verpasste ihm einen Einlauf der Marke Neuperlach, sodass er schnurstracks ins Klinikum fuhr, um sich davon zu erholen. Was, glaube ich, von ihr beabsichtigt war. Also, dass mein Vater die Kurve kratzte und von der Show nichts mitbekam. Dann drückte sie mir einen Lappen und eine Flasche *WOOD Shine & Fix* in die Hand und sagte, ich solle die Möbel polieren, besonders das Klavier. Während ich wienerte wie auf drei Lines Crystal, dekorierte sie Küche und Wohnzimmer um. Zunächst verschwand alles, was irgendwie kulturlos wirkte: die *TV Today*, *Der neue Tag*, das Mitglieder-Journal des Alpenvereins, das mein Vater gern liest, usw. Alles rein in den Müllsack und ab in die Schwarze Tonne und durch Kunstkataloge aus unserer Bibliothek ersetzt. Danach kamen die Klaviernoten dran, weiß der Himmel nach welchem System. Jedenfalls verschwand der komplette Vivaldi vom Klavier und wich Komponisten, deren Namen ich nicht mal buchstabieren kann. Als Nächstes machte sie sich über die Fotos her, die überall auf den Kommoden stehen. Da war mir die Strategie wieder klar. Weil die Sarah Gabler ja alles hat, was man sich nur wünschen kann, Ruhm und Applaus und Erfolg und alles, alles außer Kinder, klemmte meine Mutter schnell ein paar Extrafotos von uns, die sie aus dem Familienalbum riss, in die Rahmen und rückte sie nach vorn. Dazwischen checkte sie noch ein paarmal die Möbel – »Das glänzt nicht, Benni, das muss mehr glänzen« –, und zum Schluss stellte sie zwei Koffer in den Flur. Aufgeklappte Koffer, die sie mit ihrer besten Garderobe füllte. Weil: »Wir fliegen heute Nacht noch nach Boston, dein Vater und ich.«

»Ich dachte, ihr fliegt erst Ende November?«, sagte ich.

Meine Mutter sah mich nur an.

»Ah, sorry … lange Leitung.«

»Hanna und Betti haben ein … ein Fellowship gewonnen.«

Ich nickte. »Klingt … realistisch.«

»Die Preisverleihung findet Mittwoch statt.«

»Sonst noch was, das ich wissen sollte?«

Sie schüttelte den Kopf.

»Höchstens … deine Haare.«

»Meine Haare?«

»Die sind ganz zerzaust. Springst du noch schnell unter die Dusche?«

»Klar«, sagte ich, »kein Problem.«

»Und, Benni …«, sie zückte ihr Portemonnaie und zupfte drei braune Scheine raus, »… hier.«

»Zu viel, Mami, wirklich, zu viel.«

»Ist schon gut«, sagte sie und drückte sie mir in die Hand.

Ich schloss hastig die Faust darum und war drauf und dran, sie in den Arm zu nehmen. Mann, war ich drauf und dran: ihre zittrigen Finger, der flache Atem, und vor allem ihr Blick. Das war vielleicht ein Blick. Haarscharf an meinem Kinn vorbei und hündisch zu Boden gesenkt. Als wäre ich ein Scharfrichter, der sie gleich öffentlich züchtigen wollte. Nackt auspeitschen oder so. Außerdem schielte sie auf Teufel komm raus. Ein Auge schielte in die Koffer rein, das andere zum Wohnzimmer hin, ob auch wirklich alles perfekt aussah, dazu die Scheine in meiner Hand, die ja irgendwie Schweigegeld waren, und das Schlimmste … das stand ihr noch bevor. Zwei Stunden Small Talk mit Sarah Gabler, die die Scala backstage kannte und tagtäglich mit Leuten verkehrte, die meine Mutter höchstens durchs Opernglas sah. Arme Mami, ehrlich wahr. Weil wir nicht so körperlich miteinander sind, letzte Umarmung gefühlt ein Jahr her, klopfte ich ihr kumpelhaft auf die Schulter.

»Sieht top aus«, sagte ich mit aufmunternder Stimme, »absolut top«, dann lief ich hoch und wusch mir die Haare.

Anderthalb Stunden und zwei Anrufe später lief ich wieder runter und legte den mit Abstand charmantesten Auftritt des Jahres hin. Ich gab wirklich alles, schmachtete die Gabler an, als sei ich ihr größter Fan auf Erden, und das Lustige war: Sie war gar nicht so göttlich, wie ich mir das vorgestellt hatte. Sie war völlig normal. Völlig normale, sympathische Frau Mitte vierzig. Null arrogant oder so. Während meine Mutter im Seidenkostüm auf der Stuhlkante klebte, saß sie da in Jeans und einem rot-weiß karierten Pulli, nippte am Tee und lachte viel, und wenn man genau hinguckte, sah man, dass sie gerne brunchte. Sie war nicht dick. Das nicht. Aber leicht rundlich war sie schon. Ungefähr so wie diese Adele, die das James-Bond-Lied gesungen hat. *Skyfall* heißt das. Und statt meine Mutter mit Operntalk niederzumachen, erzählte sie was von den Schnecken auf ihrem Balkon. Dass die ihren ganzen Pflücksalat weggefressen hätten und dass sie Bierfallen aufgestellt habe, und wie erstaunlich das sei: dass die Schnecken bis in den 3. Stock hoch kämen, mitten in der Münchener Innenstadt. Ehrlich, hätte ich nicht gewusst, wer hier die Opernsängerin und wer die, ich sage mal, Hausfrau ist, ich hätte garantiert auf die Falsche getippt.

Ich war dann natürlich trotzdem froh, als die Gabler endlich Arrivederci sagte. Ich musste ja den Brunch wegräumen und die Koffer versorgen, am besten auch noch das Alpenjournal aus der Tonne kramen, und oben wartete noch eine halbe Staffel *Homeland* auf mich. Weil, so optimal das alles gelaufen war: Beim Aufräumen, dachte ich, wäre ich bestimmt allein. War aber nicht so. Habe ich gleich zum zweiten Mal falsch getippt. Wir räumten gemeinsam auf. Zu einer Oper, in der die Gabler sang.

Irgendwas Italienisches, glaube ich. Und meine Mutter trällerte sogar leise mit. Was große Klasse ist. Ganz große Klasse. Kleiner Rückfall nur, definitiv.

PS

Zum Schluss noch drei Worte zu oben: von wegen Top- oder Ziemlich-top-Mutter. Schon klar, dass es immer noch besser geht. Klar, würde ich ihr nicht empfehlen, einen Erziehungsratgeber zu schreiben. Der wäre vermutlich ein Flop. Nur darf man eins nicht vergessen. Und zwar, woher sie kommt. So peinlich es meiner Mutter auch ist, aber sie kommt vom Bauernhof. Das heißt, ihre Eltern sind Bauern. Richtig echte, katholische Bauern, wie man sie eigentlich nur aus dem Fernsehen kennt. Die leben in Steinlohe im hintersten Winkel des Oberpfälzer Walds, und dort haben sie nicht nur Wiesen und Felder, sondern halten auch Hühner und Kühe und Schweine. Die schlachten die Schweine sogar selbst. Nachdem sie ihnen mit dem Bolzenschussgerät das Licht ausgepustet haben, hängen sie sie zum Ausbluten an Haken und verarbeiten sie dann zu Wurst. Ich weiß das nur vom Hörensagen, weil wir meine Großeltern fast nie besuchen, aber meine Mutter war live dabei. Sie musste sogar beim Schlachten helfen und frühmorgens den Kuhstall ausmisten und mit den stinkenden Stallklamotten zur Schule gehen. In der Waldmünchner Grundschule ging das noch, weil da manche vom Bauernhof kamen, aber später, auf dem Chamer Gymnasium, hat sie die Quittung gekriegt. Da wurde sie von allen Stinkhuber gerufen, obwohl sie in Wahrheit Stempfhuber hieß. Und in der Neunten haben sie sie dann von Kopf bis Fuß mit Deo eingesprüht, und einer,

Sepp Ertl sein Name, hat ein brennendes Streichholz auf ihr Kleid geworfen, sodass sie halb in Flammen stand. Zu Hause dafür noch eine Jahrhunderttracht Prügel von wegen verkohltes Kleid. Das hat ihr wirklich zugesetzt. Das und noch ein paar andere Sachen, die in ihrer Familie liefen. Stichwort Keller und Reisigrute. Die gehen aber keinen was an. Darüber schweige ich wie ein Grab.

Was ich jedenfalls sagen will: Sie kommt aus dem finstersten Sumpf. So finster, dass ich es mir kaum ausmalen kann. Trotz ihrer spooky Gutenachtgeschichten, mit denen sie uns früher manchmal überraschte, kann ich das nicht. Ich meine nicht nur die harten Sachen – nicht nur Sepp Ertl und Pater Alfons und ihre Eltern, die, kein Witz, ans Fegefeuer glauben, also dass man für seine Sünden nach dem Tod brennen muss –, ich meine den Alltag an sich. Steinlohe im letzten Jahrhundert, das muss die Hölle gewesen sein. Kein Internet und keine Handys, und statt Kabelfernsehen nur das ferne Geläut der Kirchenglocken und lange, schneidende Winter mit Sechs-Uhr-morgens-Kuhstall-Appellen, und ringsherum nichts als Wälder. Endlose, dunkle Nadelwälder, ein schwarz-grüner Riegel von West nach Ost und Süd nach Nord, und die nächste Stadt, in die sie ohnehin nicht durfte, um nicht spontan geschwängert zu werden, kilometerweit weg. Sozusagen Survivalcamp für IS-Rekruten, aber das ist meine Mutter nicht. Sie ist eher zartbesaitet und hat eine Stimme, um Stroh zu Gold zu spinnen, aber das Einzige, was sie damals hatte, waren Bibelstorys und Groschenhefte und das sonntägliche Singen im Kirchenchor.

Und trotzdem hat sie sich da rausgezogen. Allein und aus eigener Kraft. Im Grunde genau wie Münchhausen, mit der Hand am eigenen Schopf. Hat einen irren Aufstieg hingelegt, und anders als Prechtls oder Heinrichs Mutter (von der Wünsche ganz zu schweigen), die ja wirklich nicht sauber ticken, ist bei ihr nichts weiter als dieser Hang zum Tricksen geblieben. Bisschen Haus und Biografie und Kinder aufhübschen, so what!? Hätten bestimmt nicht viele geschafft. Top Leistung, in meinen Augen. Absolut top.

Kapitel 8

9. November

Heute? In der Schule? Ehrlich, ich wär zwei Mal beinah vom Stuhl gekippt. Einmal aus Liebe und Dankbarkeit, und einmal … leider aus anderen Gründen. War nämlich so: Matheschulaufgabe bei Sargnagel. Mein lieber Mann, was ein Geschoss! Schon klar, dass ich auf dem Gebiet kein Experte bin, aber selbst ich mit meinem Schönwetterwissen begriff, dass Sargnagel schwere Geschütze auffuhr. Die ganzen Formeln, die ich mir in den Ferien draufgeschafft hatte, nutzten mir so gut wie nichts. Wir sollten sie nämlich praktisch (!) anwenden. Was der Witz des Jahrhunderts ist. Fünf lange Jahre wird uns Stunde um Stunde eingetrichtert, dass Mathe von einer völlig abstrakten Parallelwelt handelt – was ja okay ist, ist ja die Schule –, aber dann das: Sargnagel zündet die Anwendungsstufe.

Zusätzlich zu den Aufgabenblättern, die er austeilte, projizierte er Flugzeiten ans Board. Abflugs- und Ankunftszeiten realer Flüge, die in München starten und in Miami oder Teheran landen, und wir sollten Fluglotsen spielen. Sollten die Flugkoordinaten zu einem fixen Zeitpunkt t in der Luft bestimmen, wenn der Peilungswinkel δ_1 und δ_2 soundso viel Grad beträgt. Aber hey: Ganz so einfach ist es auch wieder nicht! Einige dieser Flüge waren nämlich doch nicht real. Die hatte Sargnagel sich ausgedacht. Worum es erstmal ging, bevor das eigentliche Grauen begann, war, die Fake-Flüge rauszufiltern. Ja, klar. Bloß: wie eigentlich? Mit dem Satz von Legendre? Der Neperschen Gleichung? Per nautischem Dreieck oder was? Hätte ich alles im Kopf gehabt. Und sicherheitshalber in der Unterhose. Da klebe ich mir immer die Spicker rein. Ich trenne die Klebestreifen der Post-its ab, beschrifte sie und klebe sie mir in die Unterhose. Kratzt zwar ein bisschen am Schwanz, und man braucht garantiert wasserfeste Stifte, damit der Sackschweiß die Schrift nicht verwischt, aber egal. Hat sich bewährt die Methode. An die Eier geht dir kein Lehrer. Zumindest am Kepler nicht.

Half, wie gesagt, aber nix. Es war eben völlig undurchsichtig, *welche* Formeln man anwenden sollte. Es gab nicht den kleinsten Hinweis darauf. Ja, es war noch nicht mal klar, ob Formeln überhaupt was brachten. Oder ob man nicht besser mit Zirkel und Dreieck hantierte, um die Lösung herbeizumalen oder so. Ich hatte so einen Verdacht. Weil Margarete recht bald zum Zirkel griff, hatte ich den. Bloß flog sie ja nach Teheran und ich nach Miami. Ich hätte spiegelverkehrt spicken müssen … Keine, wirklich gar keine Chance.

Ich war allerdings nicht der Einzige, der wie ein geschasster Flüchtling auf die Flugzeiten starrte. Stiegler, der am Pult rechts von mir sitzt und eigentlich ein Mathe-Ass ist, starrte auch ziemlich panisch ans Board. Er kritzelte zwar auf seinem Blatt rum, aber im nächsten Moment strich er schon wieder durch. Säuberte sich mit der Zirkelspitze die Fingernägel, lutschte die Spitze sauber, kritzelte, strich durch, säuberte, lutschte … Richtig seltsamer Tick. Hinter mir murmelte Julia nonstop Teheran in sich rein, »Teran-teranteran«, was bald verdächtig nach »Terror« klang, der Regen prasselte gegen die Scheiben, Leute rotzten in ihre Taschentücher, die Luft im Raum war zum Schneiden dick. Dazu Sargnagel, der in seiner Friedhofskluft durch die Reihen marschierte, sich mal über diesen und jenen Rücken beugte und uns dabei verhöhnte. Tat er wirklich, ganz offiziell. Als Leonie ihn fragte, ob wir das Ganze tat-sächlich so im Unterricht durchgenommen hätten, sagte er: »Frau Häusler, wo denken Sie hin, *so* natürlich nicht.« Er ließ drei Sekunden verstreichen. »Das Rüstzeug, um den geforderten Lerntransfer zu erbringen … das, selbst-redend, besitzen Sie.« Drei Sekunden. »Theoretisch zu-mindest.« Er fixierte die hinteren Reihen. »Oder auch nicht.« Ein Zischen von hinten wie von gehäuteten Schlan-gen, und ich schwöre, hätte es ein Hassbarometer gege-ben, das Teil wäre in dem Moment explodiert.

Dabei war das alles nur Vorgeplänkel. Warm-up quasi. Sargnagel, der die Muskeln dehnte, bevor er ernsthaft ins Match einstieg. Das tat er nach rund vierzig Minuten. Da lief er richtig zu Hochform auf. Er baute sich vorn am Board auf, warf einen Blick in die Klasse und sagte: »Noch bis zum Gong.«

»Was?«, rief Stiegler.

»Ich sagte, noch bis zum Gong.« Er sah auf seine Arm-banduhr. »Drei Minuten fünfundfünfzig exakt.«

Halbe Sekunde Stille, dann drehten alle durch. Zur Abwechslung mal nicht nur die hinteren Reihen. Auch die Streber ganz vorn. Ja, sogar vor allem die Streber ganz vorn.

»Bin erst bei der 3d«, kreischte Poschenstreber.

»3c«, winselte Caro.

»Sechzig Minuten«, schrie Stiegler, »uns stehen sechzig Minuten zu!«

»Bedauere, Sie korrigieren zu müssen«, Sargnagels Stimme fräste sich durch den Lärm. »Paragraf 22, Große Leistungsnachweise, Absatz 5 der GSO besagt, dass, ich zitiere, die Bearbeitungszeit für eine Schulaufgabe in den Jahrgangsstufen Fünf bis Zehn *höchstens* sechzig Minuten beträgt.«

Er griff nach dem roten Sensorstift und schrieb das Wort HÖCHSTENS ans Board.

»Aber letztes Jahr bei Frau Oswald …«

Sargnagel hob die Hand.

»Die Sie unterrichtende Lehrkraft, Stiegler, ich betone: Die *aktuell* Sie unterrichtende Lehrkraft legt die Bearbeitungszeit fest. Sie tut das anhand des Umfangs sowie des Schwierigkeitsgrads der Schulaufgabe. Und während der Schwierigkeitsgrad im mittleren Bereich …«

Ein Aufschrei, als hätte er CS-Gas im Raum versprüht.

»… liegt und überdies der, aah, wohlüberlegten Direktive unserer Direktorin folgt, die gerade in den MINT-Fächern einen stärker anwendungsorientierten Unterricht fordert, ist ihr Umfang … doch eher gering.«

Sargnagel räusperte sich.

»Jemand bereits bei Aufgabe vier?«

»Kein Mensch«, brüllte Sauer.

»Aussagekräftige Stimmen?«

»…«

»Niemand?«

»…«

Sargnagel seufzte.

»Dann will ich das mal in Rechnung stellen. Sechs Minuten. Ab jetzt.«

Er tippte gegen seine Armbanduhr, und während ringsum ein Orkan losbrach, hatte ich eine Erkenntnis. Und zwar: Sargnagel, das war gar kein Mensch. Das war ein Dementor. Ich meine jetzt wirklich *Harry Potter*-Style. Bloß, dass er nicht von Glück und Liebe zehrte, sondern von Wut und Hass und Angst. Indem er solche Gefühle erzeugte und sie wie ein Gas oder so in seine Zellen saugte, hielt er sich fit. Und jetzt, nach den Ferien, brauchte er wieder die volle Dröhnung. Mein Wort darauf, die bekam er auch. Die volle Dröhnung. Von allen. Außer mir.

Das heißt, erst auch von mir. Einen Moment lang schrie ich mit den anderen mit. »Ab nach Askaban«, schrie ich wie der letzte Fantasy-Trottel, aber dann hörte ich schlagartig auf. Weil, es passierte was. Beziehungsweise spürte ich was. Ganz leichte Berührung unten am Knöchel, und wäre es nicht Margarete gewesen, ich hätte es ignoriert. Bloß: Margarete berührt einen nicht aus Versehen. Eher springt sie vom Schuldach, als dass sie einen berührt. Oder sich berühren lässt. Kann ich besten Gewissens so sagen, denn ich habe es ein paar Mal versucht. Das letzte Mal erst gestern wieder, als sie mir meinen Pulli zurückgab. Den braunen, vom Schranneracker. Sie zog ihn aus ihrem Jutebeutel, legte ihn aufs Pult und schob ihn zu mir rüber. »Vomeinermutti«, murmelte sie. Und dann, noch leiser: »Gewaschnunbügelt.« Das alles in einem Tonfall, als hätte sie ihn mit Eiter besudelt. Mein ganzer Ärger von wegen Petzen-bei-Mutti war weggeblasen. Wie sie so dasaß mit ihrem in einer Art Hosenkleid steckenden Supersize-Körper und ihrer vor Scham zerquetschten Stimme, tat sie mir unendlich leid. »Danke«, sagte ich, und »top, Margarete« und dass das mein Lieblingspulli sei und so weiter, und dabei griff ich nach ihrem Arm. In völlig friedlicher

Absicht. Ich wollte einfach nur nett sein zu ihr. Mein lieber Mann. Sie fuhr zurück, als wären meine Finger rostige Spritzen. Als wollte ich ihr die Pest injizieren.

Aber jetzt berührte sie mich. Inmitten des ganzen Tumults stieß sie mich am Knöchel an. Ich guckte zu ihr rüber, und was sah ich da? Ich sah zwei Bögen kariertes DIN-A4-Papier. Einmal ihr Schulaufgabenblatt, picobello mit Name und Gruppe und Datum. Und daneben, fast mittig auf dem Pult, das Schmierblatt, auf dem sie Probe gerechnet hatte. Bloß war das kein reines Schmierblatt. Auf halber Höhe, dort, wo Margaretes Finger lagen, stand was in blasser Bleistiftschrift. *mia* stand da, und unter *mia*, was die Flughafenkennung von Miami ist, waren die 2a und b durchgerechnet. Und ganz unten stand noch: *3aneper*. Sie tippte aufs Blatt, zog ihre zitternde Hand beiseite, Gott, wie ihre Hand am Zittern war, und ich kippte beinah vom Stuhl. Keine Übertreibung. Sondern irgendwas mit den Muskeln. Für einen Moment machten die schlapp. Als hätte man mir den Stecker gezogen. Und im nächsten Moment kehrte der Saft zurück. Starkstrom, gefühlte zehntausend Volt.

Mein Oberkörper klappte vor, mein Kinn touchierte fast das Pult. Zunge raus und ich hätte übers Holz lecken können. Bis der Spasmus sich löste, verharrte ich in Skispringer-Pose, dann packte ich Zirkel und Geodreieck und legte los. Aber wie. Action Painting ist nichts dagegen. Ich warf Kreise, Bögen und Linien aufs Blatt, als hätte ich meinen Lebtag nichts anderes gemacht. Als sei ich, keine Ahnung, Kandinsky. Kandinsky auf laborreinem Speed. Danach die Zahlenkolonnen bei der 2b. Und dann die 3a: Ich haute die Nepersche raus. Ohne einmal in die Hose zu fassen. Ich hatte die Nepersche blind parat. Ich war so im Flow, dass ich fast die 3b noch löste. Klappte leider nicht ganz. Während ich schrieb, während mein Fineliner über die Karos preschte, baute Sargnagel sich vor mir auf.

»Gestatten«, sagte er mit dünnem Lächeln und zupfte mir das Blatt vom Pult. Ich protestierte nicht. Ich grinste ihn an. Mit dem manischen Grinsen des King of Mathe, der ich sechs Minuten lang gewesen war. Unglaubliches Feeling, ehrlich wahr.

Fiel mir auch nicht leicht, es drin zu halten. Dieses Feeling, meine ich. Ich wollte jubeln wie zehn trippende Affen, wollte Margarete die Füße küssen und das große geile Warum erkunden, aber das alles ging erst mal nicht. Sargnagel war ja noch da. Er machte auch keine Anstalten zu verschwinden. Im Gegenteil. Er setzte sich ans Lehrerpult und sortierte die eingesammelten Blätter. Ordnete sie seelenruhig zu zwei Stapeln, Stapel Miami und Stapel Teheran, und dabei fing er zu summen an. Summen, jetzt nett gesagt. Der Sound, den er aus seinem Kehlkopf presste, klang eher nach defektem Zahnarztbohrer, aber die Melodie erkannte ich doch. Es war die Europahymne. Dieses *Freude, schöner Götterfunken*, was manchmal auf Klassik Radio lief. Das summte und surrte er vor sich hin. Bis zum letzten geordneten Blatt. Dann hievte er seinen Koffer aufs Pult und sah uns an.

»Bis der Kollege Kron erscheint«, sagte er, »verbleiben Sie im Klassenzimmer. Stiegler, Sie sorgen für Ruhe. Einen guten Tag wünsche ich weiterhin.«

Sprach's, verstaute die Blätter im Koffer und schlenderte aus dem Raum.

Über das, was im nächsten Moment passierte, als seine Schritte draußen im Flur verhallten … Mantel des Schweigens. Ehrlich, ist besser so. Oder nur so viel: Hätten irgendwelche Eltern (besonders die von Stiegler) ihren Kopf zur Tür reingesteckt: Die hätte unter Garantie der Schlag getroffen. Weil, solche Sätze und solch Raserei in der Stimme habe ich in der Schule erst einmal gehört. Letztes Jahr in Geschichte, als Breiter uns die Sportpalastrede vorspielte. Die mit Goebbels und dem totalen Krieg. Bloß rauschte der Volkszorn hier nicht aus den Boxen. Hier ätzte er live aus allen Kehlen. War wirklich gar nicht schön anzuhören. Und ich hörte auch nicht hin. Ich konzentrierte mich lieber auf das Gute und Schöne. Auf Margarete, heißt das.

Die war, kaum dass Sargnagel abgedampft war, ans Fenster gestürzt, und da stand sie jetzt wie festgetackert und hielt ihr Gesicht hinaus ins Freie. Es goss noch immer in Strömen, der Regen prasselte auf sie runter, und während sie panisch nach Frischluft schnappte, zog ich mir den Pulli aus. Ich wollte ihn ihr über Kopf und Schultern breiten, so wie in Katastrophenfilmen, wenn die Rettungskräfte kommen und die traumatisierten Opfer in Decken hüllen, aber dann ließ ich es sein. Sie war ja kein Opfer, kein echtes zumindest, und außerdem: so hinterrücks an sie ranzuschleichen, bei offenem Fenster … Wer weiß. Ging locker sechs Meter runter, und der Pausenhof war geteert. Ich umkurvte stattdessen das Lehrerpult und öffnete das Fenster neben ihr. Regen klatschte mir ins Gesicht, als ich mich hinauslehnte, taubenschissgroße Tropfen, die mit beißender Wucht aus dem Himmel stürzten. Fühlte sich an wie sibirisch duschen, störte mich aber nicht. Im Gegenteil. So mit Margarete im Nassen zu stehen und in die graue Welt zu gucken: war toll.

Das heißt, für mich. Für Margarete leider nicht. Jedenfalls sah sie nicht so toll aus. Die Haare klebten ihr in der
Stirn, ihr Hosenkleid hatte sich vollgesogen und hing wie
ein feuchter Sack an ihr runter … Und dazu ihre Haut:
übersät von roten Flecken, vom Hals bis hoch zu den
Wangen – nur ihre Nase, die war kalkweiß. Außerdem
schnappte sie noch immer nach Luft, als hätte man sie zu
lange getaucht.

»Margarete«, sagte ich ehrlich besorgt, »alles okay mit
dir?«

Sie antwortete nicht.

»Kann ich irgendwas tun?«, fragte ich lauter.

Nichts.

»Vielleicht … 'ne Cola? Oder 'n Knoppers? Ich zieh dir
'n Knoppers aus der Maschine.«

Diesmal kam was zurück.

»Nu…a…«, machte sie.

»Was?«

»Nu…ah…ma.«

Ich beugte mich zu ihr rüber, hing jetzt mehr draußen
als drinnen, verstand sie aber trotzdem nicht.

»Sorry«, sagte ich, »musst bisschen lauter sprechen. Der
Regen …«

»Nur Asthma«, flüsterte sie ins Prasseln hinein.

»Scheiße«, sagte ich, »tut mir superleid.«

»Gleich …«, sie schnaufte, »vorbei.«

Und dann, aus heiterem Himmel: »Vor … den Ferien.
Dass die Mutti dich … bitte … Entschuldigung.«

Heiliger Judas! Ich stürzte fast aus dem Fenster, als sie
das sagte. Weil, *ich* wollte hier doch Abbitte leisten. Knie-
fall, Fußkuss, das ganze Programm. Aber jetzt, obwohl sie
mir eben den Arsch gerettet hatte und dafür mit diesem
Anfall bezahlte, kroch sie vor mir in den Staub.

»Kein Thema«, rief ich, »ist doch … lass null drüber reden, kein Wort davon. Aber, hör mal, ich …«, ich rückte noch näher an sie heran. Richtig dicht an den Rahmen, der unsere Fenster trennte, sodass wir Schulter an Schulter standen, und dann dankte ich ihr in allen Sprachen der Erde und sagte, dass sie die Beste sei. Barmherzig und edel und gut und so weiter, und dass, wenn es mehr Leute wie sie geben würde, die Welt eine bessere wäre, nicht so verroht und egoistisch und alles, und dass ich, wenn ich jemals was für sie tun könne, es sofort täte, »ein Wort«, rief ich, »nur ein Wort, Margarete, egal was«.

Junge, war ich in Fahrt. Ich quatschte was von wegen Beanery und bald mal gemeinsam eine Latte trinken und fuchtelte dabei mit den Armen rum, und das Einzige, was schade war: Margarete reagierte nicht. Sie sah mich nicht mal an. Sie starrte runter auf den Pausenhof, wo der Regen Blasen in den Pfützen schlug – Spitzenoptik, keine Frage, als würde der ganze Hof sprudeln und brodeln, bloß: geschissen drauf! Ich meine, wir teilten hier einen echten Moment. Ein Blick, dachte ich, nur ein Blick, Margarete, und weil der einfach nicht kommen wollte, griff ich nach ihrer Hand. Ich legte meine Linke auf ihre Rechte, die auf dem nassen Fensterbrett lag, und schloss meine Finger darum. Trotz des eisigen Regens war ihre Hand ganz warm. Die glühte beinah. Aber das noch viel Erstaunlichere war: Sie zog sie nicht weg. Also: nicht sofort. Ein paar richtig bizarre Momente lang standen wir Händchen haltend am Fenster, und im allerersten Moment erwiderte sie meinen Druck. Ihre Finger krampften um meine, ich musste richtig dagegenhalten, und obwohl mich das freute, wurde mir doch auch flau. Was ich jetzt nämlich dachte, war: Fuck, die ist verknallt in dich!

Zugegeben, ich bin kein Crack auf dem Gebiet. Mädchen und ihre Gefühle … die sind so ähnlich wie Mathe für mich. Schon beeindruckend irgendwie, aber vor allem halt schwer verständlich. Zumal Margarete ja ein ziemlich … spezielles Mädchen ist. Ganz anders zum Beispiel als Marietta. Wobei die ja auch nicht ganz klassisch tickt. Wie auch immer. Komplexes Thema. Was ich jedenfalls sagen will: Vielleicht täusche ich mich. Ehrlich, ich wünsche mir, dass ich mich täusche, weil ich ja nur ihr Bestes will (und das bin definitiv nicht ich), aber leider glaube ich, dass ich richtigliege. Nicht nur wegen des Händchenhaltens. Sondern insgesamt. So todpeinlich ihr ihre Mutti bestimmt auch ist: dass sie deshalb Kopf und Kragen riskiert, um mir zu helfen? Nie und nimmer! Da waren noch andere Kräfte im Spiel.

Musste ich auch erstmal verdauen, diese Kräfte. Die setzten mich regelrecht matt. Ich spürte den Regen auf meiner Haut, spürte den Druck ihrer Finger, ansonsten war alles wie auf Stand-by gestellt. Selbst als Margarete ihre Hand wegzog, so plötzlich, als hätte sie eine Natter gebissen, fiel mir nichts weiter ein. Nichts außer: Die ist verknallt in dich! Das allerdings rollte wie ein Echo durch meinen Schädel, doch das behielt ich für mich.

Dann boxte mir jemand ins Kreuz.

»Dschägga«, schrie Prechtl, »was treibst'n da draußen für Sauereien!«

Ich wirbelte herum.

»Fuck off«, zischte ich. Und dann, mit Blick auf seine Trainingsjacke: »Hast du ein Handtuch dabei?«

»Klar, is ja Tennis heute.«

»Bag oder Rucksack?«

»Bag«, sagte Prechtl, ich schob ihn beiseite und lief raus

zur Garderobe, wo seine Tennisbag hing. Ich zippte den Reißverschluss auf, zerrte das Tuch raus – richtig stickiger Meersalzgeruch, aber immerhin trocken – und lief zurück ins Klassenzimmer.

»Stopp mal«, rief Prechtl, »was …?«

»Bitte«, sagte ich, »halt jetzt die Fresse«, und Prechtl hielt sie tatsächlich und schob ab.

Ich stellte mich neben Margarete und reichte ihr das Handtuch.

»Hier«, sagte ich, »zum Trockenrubbeln.«

Ich wartete ein paar Sekunden, und weil sie es einfach nicht nehmen wollte, breitete ich es ihr über die Schultern, und ich schwöre, ich hätte Prechtl am liebsten erwürgt. Das Handtuch zeigte eine nackte Blondine, die vor einem randvollen Sangria-Eimer kniete, ihre Brüste dippten in die Plörre, und darunter stand: *Mmh … Malle-Milch*. Himmel. Hätte ich bloß Vince gefragt. Weil, genau das fehlte Margarete jetzt noch zum Glück. Erst Asthmaanfall und Hautausschlag, und wenn jetzt noch einer sein Handy zückte und sie mit dem Handtuch knipste … dann war Facebook-Time angesagt.

»Margarete«, sagte ich, »du solltest dich wirklich trocken rubbeln, sonst gibt's 'ne böse Erkältung.«

Sie nickte schwach.

»Aufm Klo sind doch Händetrockner. Deine Haare sind pitschnass.«

»Ich …«

Sie tastete nach dem Fenstergriff.

»Ja?«

»Ich glaub, ich … lass mich befreien.«

Ich strahlte sie an.

»Absolut«, rief ich, »ich bring dich ins Sekretariat.«

Sie schüttelte den Kopf, aber so leicht ließ ich mich

nicht abwimmeln. Da kannte sie mich schlecht. Während sie noch am Fenster hantierte, packte ich ihre Sachen zusammen. Stifte, Zirkel, Federmäppchen – alles rein in den Rucksack, den Rucksack geschultert, und schon marschierten wir los. Sie vorneweg, und ich wie ein Bodyguard hinterher. Ich blieb ihr ganz dicht auf den Fersen, sodass ich die Mallemilchtitten Richtung Klasse abschirmte, und im nächsten Moment waren wir durch die Tür. Margarete zog ihren Mantel vom Haken, wir liefen den Gang entlang zu den Treppen … und stießen beinah mit Kron zusammen. Der kam hustend um die Ecke gebogen, hatte vermutlich noch eine gequarzt, und als er uns sah, rief er: »Falsche Richtung, ihr beiden!«

Dann blieb er stocksteif stehen.

»Du liebe Güte, Margarete, was ist denn passiert?«

Sie schnaufte nur.

»Leider Asthmaanfall«, sagte ich.

»Asthmaanfall«, echote Kron, »das ist … bescheiden.«

Er brauchte einen Moment, um sich zu fangen, dann legte er ihr einen Arm um die Schultern. Es war ihm völlig egal, dass sein Hemd nass wurde, und er stellte auch keine bescheuerten Fragen, wie das hundertpro die Tyralla gemacht hätte. Er war einfach nur für sie da.

»Na, komm«, sagte er, »wollen dich mal ins Warme bringen.«

Und zu mir: »Du informierst die Klasse, dass ich später komme, ja.«

Ich nickte und gab Margarete ihren Rucksack.

»Gute Besserung«, sagte ich, »werd schnell wieder fit.«

Bisschen magere letzte Worte, schon wahr, und wären wir allein gewesen, ich hätte auch unter Garantie was anderes gesagt. Bloß stand Kron halt ebenfalls da und bezeugte alles, deshalb beließ ich es dabei. Nur in meine

Stimme, in die legte ich alle Wärme und Dankbarkeit, die ich habe. Ich hoffe, Margarete hat es gehört.

PS

Ja. So war das heute in Mathe, und es war spitze. Von dem Moment, als Margarete mich unterm Pult anstieß, bis zu dem, als Kron sie um die Ecke führte, war ich der glücklichste Schüler der Welt. Und blieb es auch. Bis ich wieder in der Klasse stand. Ich ging, nein, schwebte zurück zum Klassenzimmer, drückte die Tür auf ... Und was sah ich da?! Ich sah Stiegler und Poschenstreber. Die zwei größten Buckler und Streber, die je durch die Flure des Keplers schlichen, standen vor dem Board und spuckten Galle. Poschenstreber trug sein gelbes *Jugend forscht*-Shirt, und jedes Mal, wenn er die Arme hob, leuchteten Schweißflecken unter seinen Achseln wie dunkle, giftige Monde. Stiegler daneben, halber Kopf kleiner, sah aus wie kurz vor dem Hirnschlag. Die Brille hing ihm schief auf der Nase, und seine Lider zuckten wie unter Strom. Weil sie sich dauernd das Wort abschnitten, war nicht leicht zu verstehen, was sie sagten, aber das meiste verstand ich doch. »Die Dreiviertelstunde«, schrie Stiegler, »ohne Ankündigung, ich sag euch, illegal!« Und Poschenstreber sonderte frischen Schweiß ab und faselte was von Rache. Von einem Rachefeldzug Sargnagels gegen die Fürstenberg. Um den *MINT*-Schnitt in den Keller zu drücken und die *MINT*-Exzellenz-Bewerbung zu sabotieren, uns um die *MINT-EC-Camps* zu bringen, und dass wir was unternehmen müssten, bevor uns der Zombie die Zukunft zerstörte. »So ist es«, schrie Stiegler, und: »Juristisch prüfen!« und dass der Anwalt seines Vaters einen Brief schreiben werde: an Sargnagel, an die Fürstenberg, ja, vielleicht sogar ans Ministerium. »Ich schwör euch«, er schüttelte beide Fäuste, »das Teil wird wiederholt!«

Irre, drehten die beiden am Rad. Vor allem Stiegler. Und irre, waren die dumm. Als könnte irgendwer Sargnagel dazu bringen, die Schulaufgabe zu wiederholen. Eher würde er seinen Koffer fressen. Oder die Fürstenberg knutschen. Oder sonst was tun.

Ich lief federnden Schritts an ihnen vorbei, und als ich mich eben setzen wollte, rief Vince: »Hannes, halt mal die Luft an, du laberst Bullshit.«

»Genau«, rief ich, »du Zirkellutscher!«

Ich rief es aber null beleidigend, sondern mehr so kumpelhaft heiter. Dann setzte ich mich. Zeigte Stiegler ein Victory-Zeichen.

Und kippte zum zweiten Mal beinah vom Stuhl.

Weil, Vince war noch nicht fertig. Er legte erst richtig los. Er sagte, Sargnagel würde eher mit der Fürstenberg Schlitten fahren als die Schulaufgabe wiederholen. Was wir bestenfalls noch erreichen könnten, sagte er, sei, Einfluss auf die Benotung zu nehmen. Indem wir alles öffentlich machten. Die Sache heute. Die Ex vor den Ferien. Und unsere mündlichen Noten. Außer zwei Zweien für Fritz und Margarete habe es am Board doch nur Scheiße gehagelt, oder täusche er sich?

»Check«, brüllte Sauer von hinten, »Jawoll«, brüllte Stiegler vorn, und Poschenstreber kratzte sich unterm Kinn und fragte: »Öffentlich machen, wie denn?«

»Alles posten«, sagte Vince, »auf der Schulwebsite. Plus Rundmail an unsere Eltern. Den Elternbeirat. Und an die Fürstenberg. Mit unseren gesammelten Unterschriften. Nichts hasst die mehr als schlechte PR.«

Sagte er kühl wie ein Chefstratege im Kampf ums Weiße Haus oder so – und schon klar, weshalb er es sagte: weil er zum Halbjahr unbedingt nach Kalifornien will. Austausch mit der Claremont High, unserer US-Partnerschule, und dafür braucht er einen Einserschnitt. Fürstenberg-Rules. Ohne Eins vor dem Komma keine kalifornische Sonne. Aber mit saß er als Landesmeister und Need-no-Speed-Posterboy so gut wie im Flieger, deshalb diese höllische Rede, die meinen Puls in die Höhe trieb. Weil, meine Mathenoten offen im Netz!? Samt Elterntrara drumrum? Nie im Leben! Dagegen: volle Punktzahl für Crystal-Mäx! What happens in Vegas stays in Vegas! Vegas jetzt durch Kepler ersetzt.

Ich strich mir die nassen Haare zurück und holte Luft.

»HAHAHA-HII«, machte ich.

Übelstes Fake-Lachen ever, aber es erfüllte seinen Zweck.

Die ganze Klasse starrte mich an.

»Vince«, rief ich, »ist jetzt aber nicht dein Ernst, oder?«

»Klar«, sagte Vince, »was …«

»Come on! Sargnagel lacht doch über so einen Post.« Der lache nicht nur, rief ich, der sei sogar geil darauf. Um danach aufs Allerbrutalste zurückzuschlagen. Poschi und Hannes, ich zeigte mit dem Finger nach vorn, klar, die kämen mit einem blauen Auge davon. Mal 'ne Zwei statt 'ne Eins aufm Zettel, na toll. Aber alle, die eh schon am Rudern seien – ich ließ meinen Blick durch die Reihen schweifen, fixierte Julia, Prechtl, Meral und noch einige andere nicht so ganz große Leuchten –, die zahlten den vollen Preis.

»Aber …«, rief Stiegler.

»Aber nix«, schmetterte ich ihn weg.

Zur Erinnerung, rief ich, für alle, die es vergessen hatten: Sargnagel, der habe nichts zu verlieren. Nullkomma-fuckingnichts. Nächstes Jahr um die Zeit liege der unter der Erde, und das Einzige, was ihn noch auf den Beinen halte, sei die Aussicht, möglichst viele von uns mitzunehmen. Und dafür habe er die ultimative Waffe. Noten! Fünfen und Sechsen! Nicht nur in einem, nein, in ZWEI Versetzungsfächern! Mathe! Und scheiß Physik!

Ich schwöre, das war die längste Rede, die ich je in der Schule gehalten habe. Mit Abstand die engagierteste auch. Ich war offenbar sogar aufgesprungen, guckte von oben auf Vinces schwarze Locken, Gott, wenn ich solche Haare hätte – und fühlte mich ziemlich mies dabei. So auf dicke Hose zu machen und dazu wie ein AfD-Schwein den Angsttrumpf zu karten, um beim Volk auf Stimmenfang zu gehen ... gar nicht mein Ding. Half aber nix. Musste jetzt sein.

»Leute«, sagte ich, »ehrlich, postet, was ihr wollt. Aber ohne mich. Ich dreh keine Extrarunde, bloß weil Hannes mal 'ne Zwei bekommt.«

»Du ... du ...«, gatzte Stiegler.

»Arsch«, zischte Vince.

»Kriecher, verreckter!«

Das kam von Sauer.

Aber das Beste kam von Julia.

»Ich«, sagte sie, »also, ich find die Idee, glaub ich, auch nicht so toll.«

Und Gradl, der Gute, der einen Stand auf sie hat, sagte: »Besser nichts überstürzen, da geb ich Julia recht.«

»Meine Meinung?« Das war Segmüller, der eigentlich nie eine Meinung zu irgendwas hat: »Erstmal abwarten, was wir rausbekommen.«

»Genau«, rief ich, »vielleicht wird's ja gar nicht so schlimm. Hab an sich kein so schlechtes Gefühl.«

Rief und jubelte ich in die kippende Stimmung hinein – und der Tag, er wäre perfekt gewesen … wäre Vince nicht gewesen. War er aber. Als ich mich zu ihm umdrehte, um Sorry zu sagen, senste er einen Blick in mich rein, dass mir spontan die Zunge gefror. Und später, als es zur Pause gongte und ich es nochmal versuchte, behandelte er mich wie Luft. Wie Pestluft, um genau zu sein. Schade. Wirklich jammerschade. Er ist ja mein bester Freund und alles, und meine Freude und vor allem die Sache mit Margarete natürlich, ich hätte sie gerne mit ihm geteilt.

Kapitel 9

17. November

Elende Woche. Seuchenwoche. Elendigste Seuchenwoche seit Langem ... Und keine Ahnung, wie ich jetzt anfangen soll. Vielleicht mit der Wahrheit und nichts als der Wahrheit, und die geht leider mal so: Ich fälsche nicht gern! Ich find's zum Kotzen, um ehrlich zu sein. Ich meine jetzt nicht die Sache an sich. Die kriegt jeder Depp auf die Reihe, sofern er einen Stift halten kann. Ich meine das Drumherum. Den Alltag und jede Minute und alles. Das fängt mit den kleinsten Dingen an. Der Mimik zum Beispiel. Wenn man eine gefälschte 1 auf den Küchentisch legt, die in Wahrheit eine 4– ist, und sich dann mit den Eltern mitfreuen soll: Da ist Kontrolle über jeden Muskel gefragt. Sonst verrutscht das Lächeln. Und darunter lauert die Panikfratze. Gar nicht schön anzusehen. Oder man sitzt beim Italiener, und ein Lehrer kommt rein und setzt sich drei Tische weiter: jede Henkersmahlzeit ein Fest dagegen. Und wie die Spaghetti dann schmecken? Nach Schimmel und Fäulnis und Untergang! Oder: Fahrradunfall – hatte ich letztes Jahr im April. Da wurde ich von einem Auto angefahren. Gleich nach der Schule direkt vor dem Kepler. Ich hatte Grün und bog links ab, und plötzlich schoss ein Ford heran. Ein schwarzer Ford mit getönten Scheiben. Kein Schimmer, woher der kam. Vermutlich direkt aus der Hölle, gesandt, um mich abzuholen. Ich hörte Reifen quietschen, Bässe wummern, dann knallte es, und ich hob ab. Wirbelte übers Dach, schlug Schulter voran auf der Heckscheibe ein und von dort runter auf den Asphalt. Ein Knacken im Ohr, Schmerzen, dann schwarz. Kein Ding. Jeder bricht sich mal was.

Das Ding – oder wie man es nennen mag – kam hinterher. Im Krankenhaus. Als ich dort wieder zu mir kam, war ich nicht allein. Meine Mutter war auch im Zimmer. Sie hatte sich einen Stuhl rangezogen und saß neben meinem Bett. Ich blinzelte, und als mein Blick an Schärfe gewann, waren die Schmerzen weg. Ehrlich, ich hätte aufspringen und den Schulrekord über hundert Meter laufen können. Mit gebrochenem Schlüsselbein. Meine Mutter saß nämlich nicht nur auf ihrem Stuhl und sah mich besorgt an. Nein. Sie blätterte in einem meiner Hefte rum. In dem mit gelbem Umschlag. Meinem Chemie-Heft. Mein offener Rucksack lag neben ihr auf dem Boden, und sie blätterte seelenruhig durch die Seiten. Was an sich schon gruselig war. In dem Heft stand nicht viel drin. Der Horror war aber, dass dort die Chemie-Klausur steckte, die uns Klemm an dem Tag zurückgegeben hatte. Die steckte da in doppelter Ausfertigung. Meine gefälschte 1 war irgendwo zwischen den Seiten. Und die Originalklausur, eine 4, klemmte zwischen Heftrücken und Umschlag. Ich hatte sie wie immer hinten reingeschoben, und meine Mutter hielt sie jetzt in der Hand. Weil die Sonne durchs Fenster schien und auf den Heftrücken fiel, sah ich die 4 sogar. Leichentuchweiß schimmerte das Blatt unterm Umschlag durch, und ich konnte nicht das Geringste tun. Ich lag einfach nur da und spürte, wie meine Hände unter der Decke zu zittern begannen. Und mein Herz, das spürte ich auch. Es galoppierte in der Brust wie ein gedoptes Rennpferd, und so unglaublich das ist: Genau das war mein Glück. Plötzlich flog die Tür auf, eine Schwester stürmte ins Zimmer und fragte, ob alles in Ordnung sei. Der Pulsmesser, an dem ich hing, war in irre Höhen geschossen. Fast wie bei einem Herzinfarkt. Und, wer weiß: Vielleicht hatte ich ja einen kleinen Infarkt. Erster Infarkt mit zarten vierzehn. Mann, hab ich an dem Abend gekifft.

Und das sind, wie gesagt, nur die kleinen Dinge. Wenn man schon daran scheitert, dann Gute Nacht! Dann ist man zum Fälscher nicht gemacht. Bedrohlicher aber sind andere Dinge, sind allen voran die Freunde. Also, nicht die engen. Nicht Vince und Prechtl oder früher Heinrich. Zwischen uns war immer klar, dass man über den Schulkram der anderen zu Hause nicht spricht. Ich meine so Leute wie Sauer und Nirschl und vor allem natürlich Tim Völkl. Bis er in der Neunten nach Holland zog, saß Tim neben mir und bekam fast jede meiner Noten mit. Und: Unsere Mütter kannten einander. Die beiden besuchten dasselbe MBSR-Seminar, und dagegen war kein Kraut gewachsen. Das Seminar fand alle zwei Wochen dienstags statt, und während unsere Mütter Stress reduzierten, schwitzte ich in meinem Zimmer Blut und Wasser. Hin und wieder betete ich sogar. Bitte, lieber Gott, mach, dass die Völkl einen Schlaganfall hat und nie wieder sprechen kann!, solche Sachen betete ich. Nicht sehr nett, wirklich wahr. Und dann die Momente, als der Cherokee wieder in die Einfahrt schnurrte, das Motorengeräusch erstarb und meine Mutter den Schlüssel ins Türschloss steckte. Jedes Mal stand ich oben an der Treppe, zehntausend Volt Spannung im Körper, und starrte wie ein Psychopath in den

Windfang runter. »Na, wie war's?«, krächzte ich mit einer Stimme, die irgendwem gehörte, nur nicht mir. Und meine Mutter schaute hoch und lächelte, lächelte wie die Morgenröte, und dann erzählte sie mir, wie die Achtsamkeit ihr seelisches Wohlbefinden steigere und dass man gar nicht früh genug damit beginnen könne. »Vielleicht«, sagte sie hin und wieder bei unseren Windfanggesprächen, »vielleicht ist das ja auch mal was für dich.«

Und damit hat sie hundertpro recht. Würde ich an Hokuspokus glauben, ich wäre MBSR-Jünger Number One. Aber leider glaube ich nicht daran. Ich weiß gar nicht genau, an was ich glaube, aber MBSR gehört nicht dazu. Wenn ich es mir richtig überlege, dann glaube ich an Gefühlskontrolle. An Disziplin. An das Schweigen. Und an Glück ohne Ende. Weil, ohne Glück geht es nicht.

Nicht, wenn man so lange dabei ist wie ich. Seit fast drei Jahren schon. Seit Mitte der Siebten, um genau zu sein. Da fing alles an. Da bekam ich die erste 4 zurück. Die erste 4 meines Lebens. Auf eine Ex in Physik. Blutrot prangte die 4 rechts oben auf dem Blatt, das Heckel auf mein Pult flattern ließ, und schon klar, weshalb sie dort prangte. Weil ich, seit wir den ESIS-Account hatten, nicht mehr so oft im Unterricht saß und die Schulbücher in meinem Rucksack verstaubten. Absolut meine Schuld. Aber trotzdem ein Schock. Wenn man jahrelang ein Einser- und Zweier-Abo hat, und plötzlich flattert so eine hässliche 4 aufs Pult, ist das einfach ein Schock. Ungefähr so, wie wenn man im Netz zum ersten Mal *Gesichter des Todes* sieht. Man kann kaum fassen, was man da sieht, und zuckt zurück. Und guckt sofort wieder hin. Und dann schaut man sich um, ob einen auch sicher keiner beobachtet.

Weil man ja was Superverbotenes tut, für das man bestimmt in die Hölle kommt. Selbst wenn es die Hölle gar nicht gibt.

Genau so jedenfalls fühlt sich das an. Zumindest für mich fühlte es sich so an. Weil, die Ex lag ja nicht bloß stumm auf dem Pult. Ich sollte sie zu Hause vorzeigen. Ich sollte allen Ernstes mit dieser 4 nach Hause laufen und sie von meinen Eltern zur Kenntnis nehmen und unterschreiben lassen. Bei aller Liebe, aber das war nicht drin. Mag sein, dass anderswo so was möglich ist. Bei uns ist es das nicht. Bei uns zeigt man Einsen und Zweien vor. Immer eisern Einsen und Zweien. Einfach, weil es sich so gehört. Weil es zeigt, dass man funktioniert. Hatte ich schon von klein auf geahnt, und dann, mit acht ungefähr, hat Hanna mir den Beweis geliefert. Die hatte in der Sechsten ein Leistungstief, ein klitzekleines nur, und da brach bei uns das Inferno los. Die Zeit in Neuperlach war sowieso schon nicht immer nur supererfreulich, aber als Hanna ihre Latein 3 auf den Küchentisch legte, brannten meiner Mutter die letzten Sicherungen durch. Sie wurde nicht laut oder so. Im Gegenteil. Sie wurde still. Sie sackte auf ihrem Stuhl zusammen und starrte auf das Blatt, als stünde dort ihre eigene Todesanzeige. Eine halbe Ewigkeit saß sie so da, mahlender Kiefer und zu Fäusten geballte Hände, und dann fragte sie Hanna, ob sie später mal die Scheiße fremder Leute aus dem Bahnhofsklo kratzen wolle. Schweigen. Ein Röcheln. Und dann, im Steinlohe-Dialekt, den sonst nur meine Oma spricht: »Wegn dir mou i mi schama vorm Dräck auf da Gass.« Und nochmal: »Mou i mi schama vorm Dräck auf da Gass.« Mit ganz leiser Stimme sagte sie das, sodass wir sie kaum hören konnten, aber weil es in der Küche mucksmäuschenstill war, nur die Küchenuhr tickte ihr dumpfes Ticken, hörten wir sie doch.

Und das war noch das Netteste, was meine Mutter sagte. Das heißt, wenn sie überhaupt noch sprach. Von den üblichen Tobsuchtsanfällen abgesehen, wurde sie kalt. Kalt wie die Nacht. Sie schlich nur noch in Wolldecken gehüllt in der Wohnung herum und glotzte stumpf in die *TV Today* rein. Sie schaltete nicht mal den Fernseher an, sondern lag wie tot auf der Couch, die TV-Zeitschrift in der Hand, und tat nichts. Als habe man ihr die Zunge rausgeschnitten. Und das Herz gleich mit. Eine Stimmung wie auf der Palliativstation. Sehr bedrückend, ehrlich wahr. Und pädagogisch sicher auch zweifelhaft. Jedenfalls auf den ersten Blick. Auf den zweiten aber nicht. Finde zumindest ich. Weil, meine Mutter ist ja nur wegen ihres Einser-Abis dieser Steinlohe-Hölle entkommen und konnte studieren und meinen Vater treffen und alles. Kein Wunder, dass sie da ein bisschen scharf reagierte, als Hanna sich derart gefährdete. Und *so* scharf reagierte sie dann auch wieder nicht. Sie schlug ja nicht zu, wie es anderswo üblich war. Wie es vor allem bei ihr selbst üblich gewesen war. Bei ihr zu Hause fiel der Watschenbaum fast täglich um, schon bei einer 2– splitterte der Stamm. Top Leistung, da nicht selbst wie eine Irre dreinzuschlagen. Hätten bestimmt die wenigsten geschafft. Und hinterher, als auf Hannas Zeugnis dann doch wieder nur Einsen und eine Zwei standen, ist sie vor ihr in den Staub gekrochen vor Reue und Scham. Wirklich, ich werfe meiner Mutter nichts vor. Mir werfe ich aber auch nichts vor. Weil, auf solche Szenen hatte ich keine Lust. Die gehörten der Vergangenheit an, und ich wollte sie weiß Gott nicht wiederbeleben. Und deshalb fing ich zu fälschen an.

Zuerst fälschte ich nur die Unterschrift auf der Ex, und das ging flott. Ich setzte mich ins Arbeitszimmer meines Vaters, legte ein unterschriebenes Rezept auf den Schreibtisch und probte kalt. Stretching quasi, wie vor einem Tennismatch. Dann schob ich das Rezept unter die Ex, richtete die Schreibtischlampe drauf und fuhr geschmeidig die Bögen nach, die unter den Karos durchschimmerten. Wenige Sekunden dauerte das, und das Ergebnis war top. Ist jetzt kein Eigenlob. Das Lob kam von Heckel persönlich. Das heißt, persönlich-indirekt. Er hat mir nicht auf die Schulter geklopft. Aber meine Unterschrift auf dem Blatt, die hat er anstandslos akzeptiert. Genauso wie nach ihm Prochaska, die Huber, Zeitler, Oswald, Hofmann und noch eine Handvoll anderer Lehrer. Keiner von denen hat je was an meinen Unterschriften auszusetzen gehabt, und das spricht eigentlich schon für ihre Qualität. Die freilich auch immer besser wurde. Schon Anfang der Achten brauchte ich keine Vorlage mehr, sondern beherrschte sowohl die Unterschrift meines Vaters – simpel, nur ein Krakel – als auch die meiner Mutter – schwieriger, weil mit Schnörkeln – aus dem Effeff. Und das musste ich auch. Ab der Achten ging es nämlich steil bergab. Nicht nur in Physik und Mathe. Außer in den Sprachen eigentlich in allen Fächern. Es hagelte nur so Dreien und Vieren und hin und wieder sogar Fünfen aufs Pult. Ehrlich, ich kam aus dem Fälschen gar nicht mehr raus. Hätte ich all die Zeit ins Lernen investiert, ich wäre Klassenbester gewesen. Garantiert.

Weil, ab der Achten fälschte ich nicht mehr nur Unterschriften. Ich fälschte komplette Schulaufgaben und dann auch Zeugnisse. Da führte kein Weg dran vorbei. Sosehr meine Eltern auch mit anderem beschäftigt waren: Dass man in der Schule Klausuren schrieb und irgendwann Zeugnisse kriegte, bekamen sie trotzdem noch mit. Allein schon wegen Hanna und Betti. Die fluteten unsere Küche mit einem Sturzbach aus Fünfzehnpunkteklausuren, und das beinah wöchentlich. Wäre es nach mir gegangen, ich hätte die Schule einfach totgeschwiegen, aber der Rhythmus war vorgegeben, also ging ich ihn tapfer mit. Die Zeugnisse waren dabei noch das geringste Übel. Damit will ich mich gar nicht brüsten. Zeugnisse gibt es im Netz. Ich sage nur: musterkollektion.org/zeugnisgenerator.htm. Ganz heißer Tipp. Und den Schulstempel dazu besorgte ich mir in Tschechien. Zweihundert Euro legte ich dafür hin, auf dem Vietnamesen-Markt in Aš.

Was mich hingegen Zeit kostete, das waren die Schulaufgaben. Da halfen weder die Vietnamesen noch das Internet. Da stand ich selbst in der Pflicht. Und der kam ich auch nach. Eisern wie ein Soldat. Nach jeder falschen Note marschierte ich in den Schulkeller, ins *Silentium*, und legte los. Das Silentium ist nämlich der sicherste Ort zum Fälschen weit und breit. Offiziell ist es ein Lernraum mit Sprechverbot, tatsächlich aber ist es nur eine Abstellkammer. Die meisten am Kepler wissen nicht mal von der Existenz dieses Raums. Und wenn jemand eine Freistunde hat, setzt er sich in die Cafeteria oder hoch in die Medienlounge, aber bestimmt nicht ins Silentium. Da stehen nur ein paar steinharte Pulte und verstaubte Regale aus der Zeit von vor dem Krieg. Und wegen der Heizungsanlage nebenan knackt und gluckert es in den Wänden, und im Winter stinkt es nach Gas.

Und genau dort, inmitten dieses Gasgegluckers, fälsche ich mir seit der Achten die Finger wund. Während Vince und Prechtl und all die anderen einige Stockwerke über mir Französisch, Bio und sonst was lernen, male ich die zuvor von den Lehrern ans Board projizierten Musterlösungen auf die Blätter, die meine Eltern später zu sehen bekommen. Streiche mir hier und da einen Fehler an, damit das Ganze realistisch bleibt. Setze die Unterschrift von Prochaska, der Huber oder sonst wem drunter. Und zum Schluss die Note. Die hebe ich mir immer bis zum Ende auf. Wenn ich das Blatt rechts oben mit einer roten 1 oder 2 verziere, dann ist das Werk vollbracht. Das sind allerdings keine schlechten Momente. Ich blicke prüfend auf die Blätter hinab, bewundere die unverständlichen Formeln und Sätze, die dort stehen, und puste die Farbe trocken. Nur noch diese letzte Schulaufgabe, sage ich mir dabei jedes Mal wieder, und: Morgen fängst du zu lernen an! Bloß, dass es dazu nie kommt. Zum Lernen, meine ich. Weiß der Himmel, wieso. Vermutlich leide ich an einer Lernallergie. Einer sehr gravierenden. Das ist jetzt kein Befund vom Schulpsychologen, sondern eine Google-Selbstdiagnose, aber eine bessere Erklärung habe ich nicht.

Ja. So weit. So weit mal die Wahrheit und nichts als die Wahrheit, und ich schwöre: Ich würde kein Wort darüber verlieren … wäre ich nicht wieder am Start. Grandiose vier Monate Pause seit dem Zeugnis im Sommer, aber seit dieser Woche wieder: SILENTIUM! Nicht ein Mal. Nicht zwei Mal. Nein, DREI MAL sogar. Fing an mit Mathe vorgestern. Okay. Mathe. Kein Wort der Klage von mir. Im Gegenteil. Sargnagel legte mir eine 3– aufs Pult. Mit absolut grusliger Miene zwar und einem leisen: »Ihre Leistung, Jäger … bemerkenswert«, aber egal. Die 3– stand offiziell auf dem Blatt, und als ich später meine 2 anfertigte, fühlte sich das kaum noch nach Fälschen an. Eher nach Feintuning oder so. Ging mir ganz leicht von der Hand. Gestern dann: Chemie. Schon unangenehmer. Aber auch kein Beinbruch. Die übliche 4, wie letztes Jahr.

Aber heute?

Ich fass es nicht.

Englisch.

ENGLISCH!

Was ich besser als die meisten Engländer kann. Ich schwöre, als ich über Pfingsten in Brighton war, Sprachferien mit Vince, haben uns alle für Engländer gehalten. Also, die Engländer haben uns für Engländer gehalten. Beziehungsweise für Amis. Die haben Ben zu mir gesagt. Dachten, ich käme aus San Francisco. Ben Hunter from San Francisco und Vince Vega from L.A. Das war unser kleiner Joke nachts am Strand, und die Brigthon-Girls (okay, hacke bis unter die Augenlider, aber trotzdem): »We'd looove to visit you in the States sometime.« Und wir so: »Oh yeaaah, please visit at once!«

Aber heute?

Was gibt die Tyralla mir raus?

Eine 3!

Auf *Gatsby*!

Ausgerechnet auf *The Great Gatsby*!

Was ich, OBWOHL es Schullektüre ist, super finde. Ehrlich, ich liebe das Buch. Vor allem natürlich Jay Gatsby. Weil, der linkt ja auch alle ab. Aber nicht so verstohlen wie ich. Sondern mit Orchester und Feuerwerk. Allein die Feste in seiner Villa. So stylish, der Typ. Und genau das hab ich auch hingeschrieben, in meiner Character Analysis.

»Despite his unfortunate end«, schrieb ich, »Mr Gatsby is clearly the most splendid faker figure in 20th Century American Literature. Together with Tom Ripley, perhaps. But whereas Mr Ripley commits multiple murder in the course of action, which is, from a moral point of view, problematic, Mr Gatsby is a gentleman. For the reasons mentioned above, he even seems like an artist to me, a true master of fake and illusion, who would do greatly in our treacherous times.«

Mann! Was für eine top Conclusion! Gatsby to the point, finde ich. Aber was schmiert die Tyralla mir mit Rot an den Rand: *Gentleman? Money comes from organized crime!*, und: *Moral Issues?!?*, und: *(Partial) Mischaracterization!* MISCHARACTERIZATION, (partial) my ass! Bloß weil sie selbst zu dumm ist zum Lesen, müssen auch alle anderen verblöden? Ich bin, weiß Gott, der friedlichste Mensch auf Erden, aber als sie mir diese 3 hinlegte und ich ihre Kommentare las, hätte ich ihr am liebsten den Kiefer gebrochen. Und ich wusste auch gar nicht, was tun. In Englisch, Deutsch und Französisch habe ich ja ein Einser-Abo. Zumindest immer gehabt. Fälschen, das hieß bis heute: die MINT-Fächer fälschen (und ab und zu mal ein Nebenfach). Und da gibt es Musterlösungen, die man abpausen kann. In den Sprachen gibt es das nicht. Das heißt: gibt es schon. Es gab drei Einsen. Vince und Caro und Poschenstreber, und eine Weile spielte ich mit dem Gedanken, Vince nach seiner Klausur zu fragen, damit zum Kopierer zu laufen und sie später Wort für Wort abzuschreiben. Aber das schlug ich mir schnell aus dem Kopf. Vince reagiert noch immer ... frostig auf mich. Schon die ganze letzte Woche. Und als er sich nach dem Wochenende wieder ein bisschen entspannte, drückte Sargnagel ihm seine Mathe 5.

Dann fiel mir aber was anderes ein. Was ziemlich Gutes sogar. Und zwar, dass ich gar keine Musterlösung brauchte.

Weil, wenn eins meine Eltern mal null interessiert, dann, was auf den Blättern steht. Die gucken kurz auf die Note, und wenn die passt, dann hat sich die Sache. Da ticken sie wie alle Eltern: maximal ergebnisorientiert. Das erleichterte mich. Es hieß nämlich, dass ich bei mir selbst abschreiben konnte – und genau das tat ich auch. Nach der Sechsten radelte ich zu Schreibwaren Roscher und besorgte die passenden Blätter, dann radelte ich zurück zur Schule und setzte mich ins Silentium. Ich kopierte mich Wort für Wort. Nur die Kommentare, klar, die veränderte ich. Den *Gentleman?...*-Bullshit unterschlug ich komplett. Statt *Moral Issues?!?* schrieb ich *Marvelous Style!*, und aus *(Partial) Mischaracterization!* machte ich *Perfect Conclusion!*. Das alles in Tyrallas runder Kleinmädchenschrift. Zum Schluss noch ihre Unterschrift drunter, vorn eine 1 draufgesetzt, und das Ganze sah wirklich vorzeigbar aus.

Trotzdem. Mir war nicht nach Feiern zumute. Alles andere als das. Als ich draußen mein Rad aufsperrte und mich auf den Heimweg machte, wurde mir regelrecht flau. Ich strampelte die Vohenstraußer Straße hoch, Autos zischten vorüber, der Wind pfiff mir um die Ohren, und als ich an Kunst & Antiquitäten Petzold vorbeikam, musste ich an den Lesekreis denken. An den verfluchten Literarischen Lesekreis und dass *Gatsby* dort bestimmt mal Thema gewesen war. Meine Mutter quasi eine *Gatsby*-Expertin, die sich ausnahmsweise doch mal für eine meiner Klausuren interessiert und sie genauer in Augenschein nimmt. Der dabei irgendwas spanisch vorkommt: Tyrallas Schrift (Gott, die schreibt *echt* wie ein Mädchen mit rosa Schleifen im Haar. Soll ich denn auch noch ihre Handschrift faken?!) oder ihre supereuphorischen Kommentare oder sonst irgendwas. Irgendein blödes Detail.

War Fälscher-Paranoia vom Feinsten, die mich da über-
kam. Arbeitete ich sofort gegen an. Ich stoppte bei der
ESSO an der Ostmarkstraße und griff mir zwei Dosen Red
Bull aus dem Kühler. Die erste exte ich gleich an der Tanke,
die zweite zog ich mir im Fahren rein. Trotz des wider-
lich süßen Geschmacks im Mund nahm das flaue Gefühl
im Magen ab. Ich trat mit Schmackes in die Pedale, feuerte die leere Dose in den Garten des CSU-Ortsverbands,
schoss den Biberweg runter und bog links in den Hopfenweg ein. Umkurvte zwei tratschende Mütter, die ihre
Kinderwagen mitten auf der Straße schoben, grüßte
Frau Dr. Heigl, die ihre Buchsbaumhecke auf Idealmaß
trimmte, und dann kam auch schon unser Haus in Sicht.

Ganz ruhig stand es da am Ende der Straße. Die Fassade
leuchtete gelb in der Nachmittagssonne, aus dem Schorn-
stein stieg Rauch in den klaren Himmel, und in der gepflasterten Einfahrt parkte der Cherokee. Ich bremste,
stieg ab und lehnte das Rad ans Garagentor. Dann schloss
ich leise die Haustür auf und trat in den Windfang. Klaviergeklimper drang aus dem oberen Stock, über dem
Handlauf des Treppengeländers hing der Seidenschal meiner Mutter, die Luft roch schwach nach ihrem Parfüm. Ich
legte den Schlüssel auf das Glastischchen unter dem See-
rosenbild, scannte die Briefe, die dort lagen, lief durch die
Diele in die Küche, um mir den Zuckergeschmack aus
dem Mund zu spülen … und wurde begrüßt.

»Hi«, rief Abdul, »how are you?«

Hätte er nicht mit der Rohrzange gewinkt, ich hätte
ihn glatt übersehen. Sein Kopf und Körper steckten unter
der Spüle, er hatte sich richtiggehend in den Schrank ge-
faltet, nur seine Beine und die winkende Hand schauten
noch raus.

»Great«, sagte ich. »You?«

»Fine, just fixing the sink.«

»Is it, you know, verstopft again?«

»Yes.«

»Need any help?«

»Actually ... some light would be great. It's really dark in here.«

Ich zückte mein Handy und leuchtete in den Spülen-unterschrank.

»Thanks«, sagte Abdul mit zusammengekniffenen Augen.

»You're welcome«, sagte ich und guckte ihn an. Guckte auf seine sehnigen Arme, er trug nur ein weißes Muskel-shirt, sein Hemd hing neben mir über dem Stuhl, und während er mit der Rohrzange hantierte, musste ich an meinen Vater denken. Also, dass Abdul von Glück reden konnte, dass ich nicht mein Vater war. Sosehr der Buntes Weiden auch unterstützte ... dass Abdul hier in seinem Haus, unter seiner verstopften Spüle, einen auf sexy Spengler machte, das war ganz sicher nicht nach seinem Geschmack. Konnte ich ihn, ehrlich gesagt, verstehen. Schon klar, dass Abdul nur helfen wollte, er ist so ziemlich der hilfsbereiteste Mensch, den ich kenne, aber meine Mutter war halt trotzdem allein zu Haus.

»Dude«, sagte ich, bisschen schärfer jetzt, »you've seen my mother?«

Abdul schnaufte.

»She's upstairs. Getting ready, I think.«

»Ready? For what?«

»Some music event. In Regnsbürg.«

»You know when?«

»She said she drop me off for my«, er stockte, »Sprackurs, and then go to Regnsbürg. So, ten minutes maybe.«

»Nice«, sagte ich, »really nice.«

Und das war es wirklich. Weil, music event in Regensburg hieß: Sie kam nie und nimmer vor Mitternacht heim. Und wenn ich ihr die 1 jetzt gleich zum Unterschreiben hinlegte, um sie morgen angeblich zurückzugeben … dann war Essig mit *Gatsby*-Lesezeit.

»Here«, ich hielt Abdul mein Handy hin, »I got to, you know, do some … stuff. Really urgent like.«

»Can you …«

»Dude, keep up the good work«, rief ich noch, dann war ich schon aus der Küche.

Ich flitzte die Treppe hoch, huschte an der geschlossenen Badtür vorbei, das Geklimper dahinter jetzt ein halbes Gewitter, Wagner vermutlich, meine Mutter schminkt sich gern zu Wagner, und schlüpfte in mein Zimmer. Ich sperrte The Unknowable Drawer auf (kleiner Privat-Joke von mir … ist nur eine verschließbare Schreibtischschublade, in der, unter alten Tenniszeitschriften, in einer *Mensch ärgere Dich nicht*-Schachtel all die Dinge liegen, die meine Eltern garantiert nie zu sehen bekommen: MINT-Original-Klausuren, Grastütchen, alle Jubeljahre mal ein Briefchen Crystal, eine leiderleider noch immer versiegelte Packung Kondome, früher die alberne Wurfstern-Sammlung, die ich irgendwann Heinrich geschenkt habe …) und legte die Englisch 3 rein. Dann prüfte ich zum bestimmt fünften Mal meine 1. Satz für Satz ging ich sie abermals durch. Genauso wenig wie zuvor im Silentium entdeckte ich einen Fehler, und trotzdem: Das flaue Gefühl war wieder da. In meinem Magen breitete sich eine Schwere aus, als hätte ich statt Red Bull Bleisaft getrunken. Gestreckt mit einer Prise Abführmittel. Drückte wirklich bös auf den Darm. Vielleicht die lange Fälscherpause, vielleicht mein erstes Mal Englisch, keine Ahnung, woher das jetzt kam. »Relax, man«, flüsterte ich, »relax.« Vergebens. Zum Relaxen blieb keine Zeit. Draußen erstarb jäh das Klaviergeklimper, eine Tür ging, Absätze klackerten über Fliesen, meine Mutter lief die Treppe runter. Ich zog die oberste Schreibtischschublade auf und nahm die gefälschte Mathe 2 raus. Ich hatte sie bis jetzt zurückgehalten, um das Schuljahr wie üblich mit einer 1 einzuläuten, aber egal. Zwei Klausuren waren besser als eine, mehr Ablenkung für die Augen, ich packte sie beide in den Spiralblock und marschierte runter.

»Hallo«, rief ich auf halber Treppe, »Mami, bist du da?«
Keine Antwort.
»Mami?«
»In der Küche«, kam es jetzt zurück.
Ich hob den Spiralblock wie einen Schild vor die Brust und lief in die Küche.
»Hi-ya«, rief ich beschwingt.
»Benni«, sagte meine Mutter, »schön, dass wir uns noch sehen.«
Sie stand neben Abdul an der Spüle, schickes, tailliertes Kleid und alles, und betätigte den Wasserhahn.
»See«, sagte Abdul, »it's running again.«
Sie strahlte ihn an.
»Großartig, Abdul, ganz lieben Dank.«
»No problem, Mrs Jäger, no problem at all.«
»Abdul …«, meine Mutter hob die Stimme.
»Deutsch, Mrs Jäger, I … ich weiß. Aber, so schwirrik die Sprake.«
»Übung macht den Meister«, sagte sie.
Sie betonte jedes Wort einzeln, als spräche sie mit einem lernschwachen Kind.

Abdul sah sie ratlos an.

»It means«, sagte ich, »you have to practice to get perfect.«

»Ah. Sie hat recht, natürlik.«

»Prima«, sagte meine Mutter, »ganz prima war das.«

Dann wandte sie sich zu mir: »Essen steht im Kühlschrank, Benni. Veggiegulasch mit Sojawürfeln. Schneid dir Kresse drüber. Deine Farbe gefällt mir nicht.«

»Mach ich«, sagte ich, »Kresse«, und legte den Block auf den Tisch.

Alter Schwede, drückte mein Darm.

»Kannst du noch unterschreiben, bitte? Haben heut Englisch und Mathe rausgekriegt.«

Ich klappte den Block auf und trat einen Schritt zurück. Wie ein Ober in einem Sternerestaurant, nachdem er einem die Karte gereicht hat. Meine Mutter sah ungefähr zwei Sekunden lang auf die Blätter, Gatsby kümmerte sie einen Dreck, und das Einzige, was sie sagte, war: »Ein Mathegenie wird wohl nicht mehr aus dir.«

»Naja. Also. Naja.«

»Schon gut«, sagte sie, »eine Zwei ist ja kein Beinbruch. Ich hol einen Stift.«

Sie stöckelte in die Diele, ich wendete rasch die Blätter, sodass sie hinten unterschreiben konnte, und was dann passierte ... Fragt nicht! Hiroshima passierte. Nagasaki. Aleppo. Trump und Assad und Putin zugleich. Alle Seuchen der Erde, Aids und die Pest und das Jüngste Gericht. Das heißt: nix passierte. In Wirklichkeit nichts. Glück. Ich hatte Glück. Das Glück meines Lebens. Ich hirnamputierter ASSCLOWN, ich! Unverständlich? Schon möglich. Gleich nimmer. Hier kommt's: Abdul kommt mit meinem Handy und legt es auf den Tisch.

»Thanks.«

Abdul guckt auf die Englisch-Klausur.

»Man, English, it's so much easier. In German«, er deutet auf Tyrallas Unterschrift, »I can't even pronounce the names. Teyh-ra-la, no?«

»Close«, sage ich, »Tü-ra-la«, und gemeinsam wandern unsere Blicke aufs Matheblatt. Und was lese ich da? Noch ehe Abdul den Mund aufmacht, aber hundert Prozent mit seinen Augen, lese ich: *Sargnagel.* Sargnagel! Nicht Scharnagl, wie der Zombie tatsächlich heißt. Ich habe, bei allen Dämonen der Hölle, mit Sargnagel unterschrieben.

»Scharnagl«, zische ich Abdul entgegen, »it's pronounced Scharnagl, dude«, schiebe ihn beiseite, ein Druck in den Eingeweiden, als hätte man mir ein Klistier verpasst, Stöckelschuhe auf den Küchenfliesen, meine Mutter, sie hält einen Stift in der Hand, Aufdruck: *Schreibwaren Roscher*, beugt sich über den Tisch, Sonnenlicht auf den Blättern, vorn, an der Kulispitze, glänzt klumpig die Farbe, sie setzt an, unterzeichnet Englisch, ihre Hand wandert rüber zu Mathe, ein Toben im Darm, ich fletsche die Zähne, grinse das Grinsen der Todgeweihten, flüssig gleitet der Kuli über die Karos, und dann, direkt unter *Sargnagel*, steht in schnörkligen, blauen Bögen *Monika Jäger*.

»So«, sagt sie und legt den Stift auf den Tisch, »wir müssen. Abdul, bist du parat?«

Ja, und Abdul, der gute Abdul, ist parat. Er folgt meiner Mutter auf den Fersen, raus aus der Küche, immer raus aus der Küche … Und ich ihnen nach. Wie ein Prügelopfer schleppte ich mich in die Diele, halb gekrümmt und die linke Faust in den Unterleib gepresst, aber mit der Rechten, da winkte ich.

»Viel Spaß in Regensburg«, krächzte ich, die Haustür

fiel ins Schloss, und dann, ehe es mich auf den Perser legte, stürzte ich zur Toilette, riss den Klodeckel hoch und sank auf die Brille. Aaaaaaah. So gut. So absolut gut. Ich schiss mir die Seele aus dem Leib. Gefühlt eine Stunde lang. Obwohl es stank wie auf einem Festivalklo, blieb ich sitzen. Ich stierte auf die weißen Kacheln, rupfte mir Härchen aus den Schenkeln und dachte über das Fälschen nach. Wie ich das Fälschen hasse und alles, und wie das bloß werden soll. Ich meine, bis zum Zeugnis im Juli sind es noch acht Monate. Acht. Verfluchte. Monate. Physik und Bio und wieder Mathe und Chemie und Physik und Mathe und, klar, die Zeugnisse … Mannomann. Was für ein Grauen. Andererseits: War ja gutgegangen. Trotz meines Horror-Blackouts war alles gutgegangen. Heute. Gestern. Immer schon. Schließlich drückte ich mich von der Brille hoch, wischte ab, warf das Papier ins Klo und drückte die Spülung. Gurgelnd verschwand der Dreck im Abfluss, bisschen mit der Bürste gestochert, und alles sah wieder spitze aus. Klares Wasser, blitzblanke Keramik, und als ich mir die Hände wusch, probte ich ein Lächeln im Spiegel. Nicht gerade Julia-Roberts-like. Das nicht. Aber auch keine totale Panikfratze. Ich sah einfach wie ein lächelnder, leicht erschöpfter Teenager aus. Wird schon, sagte ich mir, wird schon alles, dann lief ich in die Küche und sammelte die Klausuren ein. Nicht, dass mein Vater einmal im Leben doch vor sieben aus dem Klinikum kam und beim Veggiegulasch plötzlich Lust auf Mathe bekam. No, Sir. Das lieber nicht. Mein Glück für die Woche, ach was, mein Glück für den ganzen Monat, das ist definitiv aufgebraucht.

PS

Sagte ich, Fälschen kriegt jeder Depp auf die Reihe, sofern er einen Stift halten kann? Sorry. Muss ich mich korrigieren. Bisschen Hirn gehört schon dazu. Vor allem, wenn man die Unterschrift setzt.

Kapitel 10

25. November

Okay. Bevor ich zum Guten komme (Gott, zum Glück gibt's noch Gutes!), erstmal bisschen was … Schräges. Und zwar hab ich heute eine 1 gefälscht. Also, Tyralla gab mir in Französisch eine 1 raus, und die hab ich gefälscht. Ich habe mir, klar, eine 1 gegeben. Nach bewährtem *Gatsby*-Rezept: copy & paste. Diesmal sogar mit den Originalkommentaren, die waren nämlich alle *très bien*. Schräge Aktion, schon wahr. Zumindest für 08/15-Schüler. Bloß: für mich halt nicht. Der Seuchentrip in der Küche letzte Woche, mein *Scharnagl-Sargnagel*-Unterschriften-Blackout, der wirkt ganz übel nach. Wie ein Panik auslösendes Halluzinogen oder so, das mein Körper nicht richtig abgebaut kriegt.

Als Tyralla mir nämlich die 1 aufs Pult legte und ich ihr Lächeln erwiderte, fiel mir ein, dass bei ihr zu Hause ja die Englisch 3 mit *meiner* Unterschrift lag. Und wenn meine Mutter Französisch jetzt selbst unterschrieb und Tyralla die Klausuren nebeneinanderhielt … Puuuh. Wer konnte schon wissen, wie sich die Originalunterschrift im *direkten* Vergleich mit meiner ausnahm? Ob sie nicht doch eine klitzekleine Spur erwachsener wirkte. Oder routinierter. Oder weiblicher oder was weiß ich. Das Nebeneinander, allein die Möglichkeit des Nebeneinanders erschien mir von Minute zu Minute bedrohlicher, und ich sagte mir, dass es besser wäre, Französisch ebenfalls selbst zu signieren. Was freilich hieß, dass ich fälschen musste, damit meine Mutter auch zu ihrer Unterschrift kam. Ich hatte so viel Lust darauf wie auf eine Herzattacke – ich meine, welcher Irre fälscht schon eine 1! Bloß: Die Idee biss sich fest. Gott, biss die sich ins Fleisch. Ich musste die ganze Stunde dran denken, dass die Tyralla mich vielleicht schon im Auge hatte, wegen meiner verfluchten *Gatsby*-Conclusion (*faker figure*, *Moral Issues!* …), und dass ich unter die Englisch 3 ein *Jäger* gesetzt hatte, meine Mutter derzeit aber mit *Monika Jäger* unterschrieb, und noch ähnliches Zeugs. Mann. Ich hing überm Pult, vor mir die super Französisch 1, und fing zu schwitzen an. Und als die Paranoia auch in der Pause nicht abklang, ließ ich kurzerhand Bio sausen, hetzte runter ins Silentium und kopierte die 1. Zeile für Zeile, Satz für Satz und Wort für Wort schrieb ich sie ab. Nur auf der letzten Seite kritzelte ich ein schiefes *J* an den Rand. *J* wie Jäger. Kleine Vorsichtsmaßnahme. Fehlte mir noch zu meinem Glück, dass ich die Einsen irgendwie vertauschte und Tyralla statt des Originals die Kopie zurückgab. War schon vernünftig, das *J*, keine Frage. Die Blätter sahen wirklich aus wie geklont. Trotzdem: Als ich sie endlich in den Rucksack packte, fühlte ich mich reif für die Insel. Jamaika am besten. Oder *Shutter Island* vielleicht.

Ja. So viel zu heute Vormittag … Und jetzt zum Guten. Zum doppelt Guten sogar. Erstens: meine Eltern. Die sind ab morgen weg. Sie fliegen zu Hanna und Betti nach Boston, volle zwei Wochen lang. Ich wünschte, sie würden bis zur Zeugnisausgabe im Sommer hinfliegen, aber zwei Wochen sind auch nicht schlecht. Bisschen ungestört chillen zu Hause, das brauche ich jetzt. Das ist MBSR für meine Nerven – Mami, Papi: Bon voyage!

Und zweitens: Vince. Zwischen Vince und mir ist wieder alles gut. Besser als gut, perfekt sogar. Bin ich wirklich froh darüber, denn ohne Vince macht's weniger Spaß. Zumal ohne Vince und Prechtl zusammen. Zwar hatte Prechtl wegen meiner Mathe-Nummer keinen Aufstand gemacht, er strafte mich nicht mit Schweigen oder so, aber wenn wir in der Pause in der Cafeteria saßen, redete er vor allem mit Vince. Blödes Gefühl, wie aussätzig neben den Freunden zu sitzen, aber egal. Alles wieder bestens seit heute – und dabei deutete erstmal nichts darauf hin.

Als wir mittags in den Schulvan stiegen und Heckmann uns nach Grafenwöhr kutschierte, erstes Mannschaftsspiel der Saison, saß ich allein auf der hinteren Bank. Vor mir Vince und Prechtl, ganz vorne Jiří und Heckmann, nur Bartels saß nirgends, der hatte Magen-Darm. Ich schaute raus in die Landschaft, Französisch noch in den Knochen, schaute ins Grün der Nadelwälder, darüber ein tiefer, bleierner Himmel, und als wir hinter Schwarzenbach nach Grafenwöhr abbogen, fiel mir auf, dass wir dieselbe Strecke schon einmal gefahren waren. Am ersten Schultag. Im Nebel. Und wie super das damals war. Sagte ich auch. Ich beugte mich vor und legte Vince und Prechtl die Hände auf die Schultern.

»Jungs«, sagte ich, »wisst ihr noch, die Ballonfahrt!«, Prechtl drehte sich zu mir um, »Käpt'n Jack war schon geil«, sagte er, Vince gab nur ein Brummen von sich und starrte weiter in sein Physikbuch.

So richtig reagierte im Grunde nur Heckmann. Der setzte spontan zum Pep Talk an. Er laberte was von Höhenflügen und dass man sie sich immer wieder von Neuem verdienen müsse, vor allem im Sport, wo die Titel von gestern keinen Pfifferling zählten, und auch wenn wir jetzt nur zum Kreisentscheid führen und haushohe Favoriten seien, sollten wir das Match seriös angehen.

»Respekt vor dem Gegner«, rief er nach hinten, »Respekt und Gier, das sind die Schlüssel zum Erfolg.«

»Jawoll, Herr Heckmann«, brüllte Prechtl, »bin immer gierig.«

Vince und ich lachten, dann kamen wir schon am Grafenwöhrer Ortsschild vorbei, und der Sperrzaun der Army Base lief links an der Straße entlang. Alle paar Hundert Meter gelbe Schilder, die vor *Schusswaffengebrauch. Achtung Lebensgefahr!* warnten, dahinter das Rollfeld des Militärflughafens, auf dem Hubschrauber und eine Transportmaschine standen, ein Trupp GIs in Kampfmontur schrubbte die Tragflächen blank, Heckmann setzte den Blinker, und wir bogen nach rechts in ein Wohngebiet.

Grau verputzte Häuser mit winzigen Fenstern säumten die Straße, in den Vorgärten grinsten die Gartenzwerge, auffällig viele Fahnenmasten mit deutschen und amerikanischen Flaggen, hier, dachte ich, wohnt bestimmt irgendwo der Sensen-Marko. Die Straße machte einen Knick, wurde zur Schotterpiste und führte auf die Grafenwöhrer Kläranlage zu. Und an der Kläranlage, gleich neben dem betonierten Klärbecken, nur durch einen Zaun getrennt: die Tennishalle. Eine längliche Röhre aus zusammengeschraubten Wellblechplatten (oder Eternit oder wie auch immer die Dinger heißen), über und über von Moos überzogen und mit Vogeldreck zugekleistert.

An der Hallenfront setzte ein flacher Vorbau an, hatte was von einem Baucontainer, schien aber das Vereinsheim zu sein. Über der Eingangstür stand in roten Lettern: *WILL-KOMMEN bei TUS GRAFENWÖHR*.

Der Van rollte aus, Kies knirschte unter den Reifen, Heckmann würgte den Motor ab. Wir sprangen ins Freie, hinein in den Mief der Kläranlage, und schulterten unsere Bags.

»Alter Schwede«, sagte Prechtl, »wenn's drinnen genauso stinkt, reiher ich auf den Platz.«

Vince fuhr sich durch die Locken und sah sich auf dem Parkplatz um.

»Scheint aber gut was los zu sein«, sagte er, und damit hatte er recht.

Außer unserem Van parkten noch ein Dutzend andere Autos vor der Halle, die Gelände-Quads und die Cross-Maschinen und die ganzen Fahrräder gar nicht erst mitgezählt.

»Wenn der FC Bayern kommt«, rief Prechtl, »ist die Bude halt voll.«

Heckmann, der schon an der Eingangstür stand, drehte sich um.

»Respekt, Timo«, sagte er, »was habe ich über Respekt gesagt?«, dann drückte er die Klinke und ging hinein.

Jiří folgte ihm auf den Fersen, dahinter Vince, Prechtl und ich, und noch ehe die Tür ins Schloss fiel, fing ich an zu grinsen. Zum einen wegen Helene Fischer. *Atemlos durch die Nacht* schallte uns in Disco-Lautstärke entgegen, und das passte perfekt. Draußen der Gestank der Kläranlage, drinnen der Gesang von Helene Fischer, quasi hollywoodreifer Schnitt. Vor allem aber grinste ich wegen der Aussicht. Die Aussicht war einfach nur groß. Ich meine jetzt nicht das Vereinsheim. Das sah wie jedes Vereinsheim aus: Tische, Stühle, ein Tresen, Teamfotos an den Wänden, ein paar Pokale, wen juckt's. ABER. Gegenüber, hinter der blitzblank polierten Panoramascheibe, durch die man in die Halle sah: Himmel auf Erden. Auf dem hinteren der beiden Teppichplätze spielten sich unsere Gegner warm, aber auf dem vorderen Platz … da performte eine Cheerleader-Squad. Sechs, nein, acht Cheerleaderinnen in einem Nichts von rot-goldenem Röckchen wirbelten über den grünen Belag. Zwei schlugen Flickflacks von der Grundlinie vor zum Netz und wieder zurück, ein Feuerwerk aus Schenkeln und Armen und Zöpfen, so schnell blinzelst du nicht. Vier andere drehten sich rund ums T-Kreuz im Kreis, und auf ihren Schultern, mit Beinen zum Sterben, schwebten die kleinen Schwestern von Rihanna und Britney. Die schwebten da im perfektesten Spagat dieser Erde und wedelten goldene Puschel in die Luft.

»Gott«, rief Prechtl und stürmte zur Scheibe, »Grafenwöhr forever!«

»Yesss«, rief ich und stürmte hinterher. Vince rief nix, klebte aber auch mit der Stirn an der Scheibe und nickte grinsend den Fischer-Beat mit. Nur Jiří blieb einen Schritt zurück und betrieb Blasphemie.

»Alter Teppich«, sagte er, »sehr schneller Belag.«

Jiří, ich schwöre, der wird mal Profi – und dann kam das Beste überhaupt. Der beste Teil der Performance. Als Helene Fischer ihr letztes »Atemlos« hauchte und die Musik abbrach, drehten die Cheerleaderinnen sich zu uns um. Sie formierten sich vor der Scheibe zum V, Klein Britney vorn an der Spitze, sie warf ihre blonden Haare zurück und schrie: »Hornets! Gebt mir ein KA!«

Und die Squad dahinter mit wedelnden Puscheln: »KAA!«

»Gebt mir ein E!«

»EEE!«

»Gebt mir ein PE!«

»PEE!«

»Gebt mir ein EL!«

»ELL!«

»Gebt mir ein E!«

»EEE!«

»Gebt mir ein ER!«

»ERR!«

»KEPLER«, schrien sie wie aus einer Kehle, 180-Grad-Drehsprung tief in die Hocke: »BUUUUUUUUUH!«

Wir sahen nur noch uns entgegenwackelnde Ärsche, rotglänzende Hotpants und vibrierende Schenkel, und mit ihren goldenen Puscheln, da wischten sie sich ihre Hintern ab.

Gott, wie wir jubelten.

»Zugabe«, brüllten wir gegen die Scheibe, selbst Heckmann klatschte wild in die Hände … Und wir waren nicht die Einzigen. Applaus donnerte durch die Halle, alle Leute, die über die ganze Länge des Platzes an der Wand gesessen hatten, sprangen auf und johlten. Vierzig waren das mindestens.

»Go, Hornets«, johlten sie, »BUUUUH«, schrien sie, einer in schwarzer Bomberjacke pfiff wie gestört in seine Trillerpfeife, ein paar Mädchen wirbelten Schals durch die Luft – eine Stimmung da in der Halle, als hätten sie eben das entscheidende Doppel gewonnen und als wäre das hier nicht Schul-Kreisentscheid, sondern Davis Cup.

»Wow«, sagte ich, »endlich mal was los beim Tennis.«

Prechtl nickte, dann scharwenzelte ein Typ an uns ran. Kleiner Typ mit Glatze und Schnauzer, fünfzig bestimmt. Er trug Jeans und eine rote Trainingsjacke, *Mittelschule Grafenwöhr Hr. Strocka* war links auf die Brust gedruckt, und noch ehe er richtig vor uns stand, rief er: »Ah, die Landesmeister, die Landesmeister, verzeihts uns den lauten Empfang, aber Besuch von den Profis kriegn wir ned oft.«

Er schüttelte uns reihum die Hände … und zog den Schleimregler bis zum Anschlag hoch. Quatschte was von der *Speed*-Initiative und dass wir genauso fit aussahen wie auf den Plakaten und wie sehr seine Jungs sich freuten, endlich gegen die Champions anzutreten, und dass wir auch bei einem 4:0 nach den Einzeln hoffentlich noch die Doppel spielen würden. Selbst als wir in der Kabine standen und in unsere Tennisshorts schlüpften, hörte er nicht auf. Die Hornets, sagte er, würden hinterher für uns Burger grillen, und die Getränke im Vereinsheim, die seien alle umsonst für uns, »als kleins Dankeschön für die Trainerstunden, die ihr Cracks uns erteilts« – und, keine Frage: Das machte er gut, der Herr Strocka. Spitzenmäßig sogar.

Keiner von uns hegte auch nur den geringsten Verdacht. Ich jedenfalls nicht. Die anderen aber auch nicht. Wir dachten, der kriecht so übel zu Kreuze, damit wir seine Jungs nicht völlig verhauen. Nicht arrogant mit Stop-Lob anfangen oder mit Trick Shots durch die Beine und so. Dass aber tatsächlich Brad »ugly« Gilbert vor uns stand, dass die Halle eine einzige Brad-Gilbert-Brutstätte war, fiel uns im Traum nicht ein. Wir brauchten auch noch eine ganze Weile, bis wir es schnallten. Eine halbe Stunde, knapp. So lange spielten nämlich Jiří und ich, aber darüber will ich nichts sagen. Das war schlimm. Ich gewinne gern, wirklich. Aber bitte nicht so. Keine Ahnung, was mein Gegner glaubte, für einen Sport auszuüben, Tennis war's definitiv nicht. Ich brauchte sechsundzwanzig Minuten und gab fünf Punkte ab. Alle im zweiten Satz. Im zweiten schielte ich ein bisschen zu oft zu den Hornets rüber, die neben Platz 1 an der Hallenwand ihren Schönheitsschlaf hielten. Oder sich in Schockstarre befanden. Jiří reichten nämlich einundzwanzig Minuten, und sein Gegner machte genau einen Punkt. Bei 6:0, 5:0, 40:0 schlug Jiří einen Return ins Aus, Gnaden-Return, und das war's.

Ja, so lief das in der *ersten* halben Stunde, und dann ging's los. Dann fingen Vince und Prechtl an, und schon beim Einspielen wurde etwas deutlich. Und zwar, dass die Grafenwöhrer falsch herum aufgestellt hatten. Ihre Eins und Zwei, die spielten glasklar an Drei und Vier. Waren jetzt keine Cracks, die beiden, aber sie schlugen die Bälle nicht sofort ins Netz. Und der Gegner von Vince, 1,90-Schrank mit einem Bizeps wie annähernd Rafa, kaum zu glauben, dass der noch sechzehn sein sollte, der hatte sogar einen gefährlichen Schlag. Seinen Aufschlag. Er servierte ohne Kick oder Schnitt und alles, aber er servierte schnell. 170 km/h schätzte Jiří, und der weiß, was er sagt. Auf Sand wären diese geraden Geschosse trotzdem kein großes Problem gewesen, da hätte Vince sicher jedes zweite Spiel gebreakt. Aber auf stumpfem, bretthartem Teppich – wenn dir da Kugeln mit 170 Sachen entgegenkrachen: musst du erstmal retournieren! Zumal der Typ hop oder top servierte. Erster oder zweiter Aufschlag, das kratzte den nicht. Der knüppelte immer Vollrohr drauf. Service Winner oder

Doppelfehler, das war seine Taktik, und, muss man sagen, er fuhr gut damit. Bestimmt sechs von zehn Teilen explodierten im Feld.

Und die Halle, die explodierte auch. Als der Typ sein Aufschlagspiel zum 1:1 durchbrachte, erstes Spiel für die Mittelschule, drehte die Meute durch. Allen voran die Hornets. Die griffen nach ihren Puscheln, wedelten Gold in die Luft und schrien: »RO-RO-RO-ROBTOR ... RRUUUULES!« Ein Johlen, ein Klatschen, als sei das eben der Matchball gewesen, die Trillerpfeife schrillte mitten hindurch, jemand brüllte: »JETZ ZEIG MAS DEN LU-SCHEN!«, und der Robtor selbst, der stand in seinem roten Stretch-Shirt zwei Meter vor der Grundlinie, hielt sein Racket wie ein Gewehr in der Rechten und feuerte damit in die Menge.

Wow. Wirklich. Davis-Cup-Atmosphäre, wie gesagt. USA gegen den Iran oder so. Fand ich erstmal total klasse. Weil, zum einen waren die Hornets wieder aktiv. Und zum anderen blieb's vorerst positiv. Zwar beklatschten die Grafenwöhrer nicht nur die Winner vom Robtor, sondern genauso die Fehler von Vince, aber was soll's. Wenn wir gegen die Regensburger spielten oder gegen die Schanzler natürlich, hielten wir's nicht anders. Geschenkt auch, dass der Robtor fast alle engen Bälle aus gab. War halt Teppich – kein Abdruck, nirgends –, da gehört ein bisschen Schummeln dazu.

Bloß: Es blieb nicht so. So positiv, meine ich. Bei 5:4, nach einem knappen Einstand-Vorteil-Spiel, schaffte Vince das Break und holte sich den ersten Satz. Dann fing der Zweite an ... und so was hab ich noch nie erlebt. War's, ich weiß nicht, der Hass der Underdogs auf die Champions? Das bis ins Mark hinein verrottete Vorbild (Strocka!)? Oder einfach nur eine kaputte Truppe? Was immer es war: Mental warfare trifft's nicht im Ansatz. Ugliest brainfuck seit Erfindung des Sports. Das ist der richtige Ausdruck dafür.

Ging los damit, dass der Robtor zu spucken anfing. Er hatte auch im ersten Satz schon paarmal gespuckt, aber mehr so verstohlen. Ganz hinten, wenn er die Bälle aufhob, hatte er kurz den Vorhang gehoben und gegen die Wand gespuckt. Aber jetzt spuckte er offensiv. Zog geräuschvoll den Rotz hoch und verteilte ihn auf dem Court. Draußen, auf Sand, kein Thema. Einmal mit der Sohle drübergewischt, und gut. Aber auf Teppich. Hallo! Als er zum ungefähr vierten Mal spuckte, genau dorthin, wo beim Aufschlag die Bälle auftippen, schaute ich zu Herrn Strocka, aber der verzog keine Miene. Der guckte, genau wie der Rest der Halle, seelenruhig zu, wie der Typ seine Pfützen verteilte. Als sei's das Normalste der Welt. Und wer weiß: Vielleicht war es das auch. Vielleicht war es tatsächlich keine Taktik, um Vince aus dem Konzept zu bringen, sondern eine Art Defekt. So wie andere sich in Drucksituationen die Nägel abkauen müssen, musste der Robtor vielleicht spucken. Ich kann es wirklich nicht sagen, ich fand es einfach nur eklig. Und im Gegensatz zu Vince stand ich nicht mal auf dem Platz.

Was aber eindeutig Taktik war, war die andere Sache, die er von Beginn des zweiten Satzes an machte. Alle Bälle, die weniger als einen halben Meter vor der Linie aufsprangen, Grundlinie, Seitenlinie, völlig egal, die gab er aus.

Wortlos.

Er deutete nur mit der Hand zur Seite und zählte den Punkt für sich.

»Sicher?«, rief Vince beim ersten Beschiss übers Netz.

»Willstn Abdruck sehen!«, schrie der Robtor zurück.

»Ganz sicher?«, rief Vince nur eine halbe Minute später.

Diesmal kam die Antwort von der Bomberjacke: »Brauchst a Brille, du Lockendepp!«

Beim dritten Mal, Rückhand-Winner die Linie runter, sagte Vince nur noch: »Schiedsrichter, bitte.«

Die Hornets buhten, als hätte er ihre Mütter beleidigt, und dann, weil Heckmann schon auf Platz 2 bei Prechtl schiedste, trat Herr Strocka auf.

Er postierte sich am Netzpfosten und hob die Hände.

»Jungs«, rief er, »Jungs, vertragt's euch, is bloß a Tennismatch.«

Rief's … und gab Vince die Bälle aus. Nicht die Halb-Meter-Bälle, aber alles, was eine Handbreit vor der Linie aufkam. »Out«, rief er wieder und wieder, und als ich irgendwann »Schiebung« brüllte, drehte er seinen Kopf zu mir und sagte: »Bist kurz vorm Platzverbot, Freundchen.« Die Trillerpfeife dagegen, die in jede zweite Aufschlagbewegung von Vince reinschrillte, die ignorierte er. Nur beim allerersten Pfiff sagte er: »Quiet please. Fair Play.«

Hart. So hammerhart, der Herr Strocka.

Aber das Allerhärteste kam erst noch. Das hatte er sich für die heißeste Phase des Matchs aufgehoben. Bei 4:4, 40:40, als der Robtor das erste und einzige Mal an einem Breakpoint schnupperte und Vince ihm ein Ass durch die Mitte servierte, rief er: »Fußfehler. Zweiter Aufschlag.«

Vince sah ihn an: »Entschuldigung?«

»Fußfehler«, sagte Strocka und strich sich über den

Schnauzer, »des is, wenn der Fuß beim Aufschlag die Linie berührt. Kennst du als Crack doch bestimmt.«

Sagte er in demselben schleimigen Tonfall wie zuvor in der Kabine – und wie Vince es schaffte, ruhig zu bleiben: absolutes Mysterium! Hätten Prechtl oder ich auf dem Platz gestanden, es wäre garantiert schlecht ausgegangen. Prechtl hätte ihm vermutlich mit dem Racket die Glatze zerbeult, und ich … ich hätte den zweiten ins Netz gezimmert und das Break kassiert. Vince dagegen zupfte eine Weile an seinen Saiten rum, dann trat er einen Schritt hinter die Grundlinie und slicte einen Servicewinner ins Feld. Danach einen Kick-Aufschlag auf die Rückhand vom Robtor, der drosch die Kugel an die Hallendecke, es schepperte: 5:4.

Statt wie sonst beim Seitenwechsel zur Bank zu gehen und sich zu setzen, wechselte Vince sofort die Seite. Er lief nach hinten zur Grundlinie und schaute rüber auf Platz 2. Dort war, war mir in dem Irrsinn völlig entgangen, das Match schon vorbei. Er sah fragend zu Prechtl und Heckmann hin, die mit offenen Mündern hinterm Trennnetz standen, und die spreizten ihre Finger zum V: Sieg Prechtl, 3:0, hieß das. Vince nickte, wartete, bis sein Gegner auf den Platz zurückkam … Und, ehrlich: Ich liebe Vince. Grundsätzlich. Aber ganz besonders für den nächsten Moment. Als der Robtor sich zum Aufschlag hinstellte und den Ball auftippte, hob Vince die Hand: »Sekunde bitte.«

Er ließ seinen Blick über die Menge schweifen, über Strocka, die Hornets, die Bomberjacke, bis er schließlich wieder beim Robtor ankam.

»Herr Heckmann«, sagte er, »ich breake jetzt den Ro-Ro-Ro-Robtor. Wär toll, wir könnten danach sofort fahren. In dem Rattenloch spiel ich kein Doppel.«

Sagte er laut und deutlich in die Stille hinein – halbe Sekunde, dann flog das Dach in die Luft. Ein Schreien und Toben, als regneten Blendgranaten in die Halle. »Fuck the pretty boy bloody«, kreischte eine der Hornets, andere riefen Übleres, und über allem dröhnte die Stimme von Strocka: »Punktabzug Kepler wegen Unsportlichkeit! 15:0 Grafenwöhr!«

Vince stellte sich ohne Proteste auf die Rückhandseite, stellte sich bis auf einen halben Meter an die T-Linie ran.

»Kannst aufschlagen«, rief er übers Netz – und dann war's ruckzuck vorbei. Der Robtor servierte mit 250, ich weiß nicht, wohin. Keine Ahnung, ob er überhaupt noch das Feld treffen wollte oder nur Vinces Körper oder beides zugleich. Ihm gelang nichts davon. Er schlug zwei Doppelfehler, ein Ass, einen Doppelfehler, und beim Matchball, o großes, gerechtes Tennis, erwischte Vince das Geschoss mit dem Rahmen, und der Return tropfte als Netzroller in die richtige Hälfte des Felds.

»YESSS«, schrie ich und riss die Arme in die Luft, »YESSSS!«

Drüben auf Platz 2 tat Prechtl das Gleiche, selbst Jiří sprang auf und jubelte. Er jubelte direkt neben mir, bloß: Ich hörte ihn nicht. Nicht lange, heißt das. Denn die Bomberjacke, die verfluchte, hielt mir im Vorbeigehen seine Pfeife ans Ohr und blies hinein. Presste seinen ganzen Hass ins Mundstück, ein Trillern, ein Schrillen, ein Stechen im Ohr, dann fiepte es. Ein hoher, vibrierender Ton, der alles andere überdeckte, so als hätte jemand *in* meinem Schädel eine Stimmgabel zum Klingen gebracht. Ich wankte wie ein getroffener Boxer über den Teppich, seltsam wattiges Gefühl in den Beinen, rempelte zwei Hornets an, eine schrie was, die andere versetzte mir einen Arschtritt, ich wankte weiter, raus, nur raus aus der Halle, durch den Kabinengang ins Vereinsheim rein.

Ich steuerte erstmal den Tresen an und setzte mich. Schraubte eine der Thermoskannen auf und goss mir eine Tasse Kaffee ein. Kurzer Blick über die Schulter, und, weil keiner hersah, kippte ich kräftig Jack Daniel's drauf. Die Flasche stand gleich hinter der Theke, Einladung quasi, und überhaupt: Kaffee mit Schuss für die angegriffenen Nerven, genau das Richtige jetzt. Ich nahm einen Schluck von der heißen Plörre und hielt Ausschau nach Vince. Ich hatte noch gesehen, wie er gleich nach dem Matchball zur Bank gelaufen war und seine Bag geschultert hatte, dann hatte es getrillert, und ich hatte die Orientierung verloren. Ich guckte durch die Panoramascheibe in die Halle, wo nach wie vor Aufruhr herrschte. Heckmann und Strocka brüllten sich übers Netz hinweg an, ein paar Hornets keiften auf Prechtl ein, der grinste über beide Ohren, keine Spur von Vince. Ich überlegte kurz, in der Kabine nachzusehen, aber dann entschied ich mich für den Parkplatz. Hätte ich so ein Match in den Knochen, ich hätte schleunigst das Weite gesucht.

Ich drückte die Tür des Vereinsheims auf und trat ins Freie. Sprühregen wehte mir ins Gesicht, aus meiner Tasse stieg Dampf in die kühle Luft, Vince sah ich nirgends. Dafür hörte ich was. Stimmen. Aufgebracht und gedämpft zugleich. Sie kamen aus Richtung unseres Vans, der weiter links vor der Halle parkte. Durch die feuchten Scheiben hindurch war nichts zu erkennen, ich lief die paar Meter über den Kies, umkurvte den Van – und da stand Vince. Er lehnte mit dem Rücken an der Seitentür, seine Bag lag daneben am Boden, und drei Grafenwöhrer umringten ihn. Der Robtor stand direkt vor ihm, die Fäuste in die Hüften gestemmt, rechts davon hatte sich ein Typ aufgebaut, der aussah wie sein großer Bruder, nur, dass er kein Tennisshirt, sondern schwarze Motorradkluft trug, und links vom Robtor stand Klein Britney.

»Noch so a Luschen«, sagte der Moto-Robtor, als ich um die Kurve bog.

Mehr sagte er nicht, der nahm mich überhaupt nicht ernst.

Genauso wenig wie Klein Britney.

»Wie hast uns genannt«, zischte sie Vince entgegen, »sag, wie?!«

Ihre Finger schwebten Zentimeter vor seinem Gesicht, mit einer schnelle Bewegung hätte sie ihm die Augen auskratzen können.

»Wie, pretty boy, sag, wie!«

»Ratten«, half ihr der Robtor, »Ratten hat er gesagt.«

»Von ihm will ich's hören!«

»Ist doch Quatsch«, sagte Vince und sah zu mir her: »Benedikt, holst du mal schnell Herrn Heckmann.«

Seine Miene war ziemlich beherrscht, aber aus seiner Stimme sprach echte Erleichterung.

»Mach ich«, sagte ich, »steht eh schon an der Tür.«

»Genau, du Schwuchtel«, rief der Moto-Robtor, »renn zum Drecksmann und plärr!«

Ich trat einen Schritt auf ihn zu.

»Kollege«, sagte ich, »bleib mal locker.«

»Abflug, sonst Aua«, erwiderte er.

Und der Robtor, ohne Provokation und nix, rief: »Locker kannst haben«, zog Rotz hoch und spie Vince auf die Brust. War ein richtig fetter, gelber Batzen, der ihm da plötzlich auf der Jacke klebte. Vince zögerte keine Sekunde und langte ihm eine. Die Ohrfeige klatschte auf die rechte Wange, der Robtor zuckte nicht mal.

»Woah«, rief er, »des hättst jetz ned machen solln«, packte Vince mit der Linken am Kragen und holte mit der Rechten aus. Keine Ahnung, wo er hinschlagen wollte, Bauch oder Brust oder Gesicht sogar, definitiv wär's ein Faustschlag geworden, bloß …

»Hey, Rattenface!«

Drei Köpfe zuckten zu mir, und ich … ich schlug den geilsten Rückhand-Topspin meines Lebens. Nur nicht mit dem Racket. Sondern mit der Tasse. Die hielt ich ja noch in der Hand. Ich riss den Unterarm steil nach oben, von der Hüfte her hoch über die rechte Schulter, das Handgelenk dabei schräg nach vorn gekippt – und aus der Tasse, da spritzte der Kaffee. Braune Schlieren flirrten durch die Luft und trafen beide Robtoren voll im Gesicht. Auf die Lippen, die Nasen, die Augen. Einfach überallhin. War nicht mehr brühend heiß, die Plörre (allein die zwei Fingerbreit Jacky!), aber kalt ist jetzt auch nicht das passende Wort.

»WRRROOAHH«, ein Urschrei zerfetzte die Luft, die Typen knickten wie die Marionetten ein, Vince stieß die kreischende Britney zu Boden, und dann, ohne es lang bequatschen zu müssen, rannten wir. Aber wie. Wir preschten über den Parkplatz, als sei uns die SS auf den Fersen, jagten über die Schotterpiste auf das Wohngebiet zu, und als in unserem Rücken Motoren aufheulten, Gelände-Quads, Cross-Maschinen, was weiß ich, flankten wir in die Gärten. Wir nahmen Zäune im Vollsprint, flogen nur so drüber hinweg, surften auf unseren glatten Hallenschuhsohlen über die feuchten Rasenflächen, brachen Schulter voran durch Hecken, rappelten uns hoch und rannten weiter, vorbei an Schuppen und Hundezwingern, in denen die Köter anschlugen, als hätten sie seit Wochen nix zu fressen gekriegt. Unsere Herzen pumpten, unsere Lungen stachen, einem Opi, der seinen Fahnenmast strich, fielen Eimer und Pinsel aus der Hand, als wir *aus* seinem Garten in seine Einfahrt sprangen, »HOLLA«, rief er, aber da waren wir schon über die Straße, segelten über den nächsten Zaun, zertrampelten Sträucher und Beete, zwängten uns durch eine Thujenhecke, Thujen mit Dornen, falls es das gibt – und, ganz plötzlich, hinter der Hecke, zum Spucken nah: das schönste Gebäude auf Erden.

Schöner als alle Paläste der Welt.

Ein Rohbau.

Ein geziegelter Rohbau ohne Türen und Fenster – also, die Türen und Fenster waren Löcher, durch die man einsteigen konnte –, und Bauarbeiter waren auch keine da. Wir huschten über das Grundstück, schlüpften in den Schutz der Mauern und zogen unsere Handys aus der Tasche. Ich öffnete keuchend die Karten-App und ortete unseren Standpunkt, Vince wählte Prechtls Nummer. »Come on«, japste er, »come on«, und, als Prechtl ranging: »Timo. Keine Fragen. Kein … Gelaber jetzt. Müsst SOFORT … kommen. Stress.« Er guckte auf mein Display, auf den blau pulsierenden Punkt auf der Karte und gab die Straße durch. Lauschte. »NEIN! Nicht Gründer … Grün-Hund-Weg. Grün wie Gras. Hund … wie Hund. Vorm Rohbau … halten. SCHNELL.«

Japste er alles ins Handy, dann drückte er auf die rote Taste, sah zu mir und hob den Daumen. Ich nickte, zu ausgepumpt, um was zu sagen, stützte die Hände auf die Oberschenkel und saugte Luft in die Lungen. Vince tat genau dasselbe, und so standen wir da im Rohbau, keuchend, vornübergebeugt, mit knallroten Köpfen – wie zwei Cross-Country-Champions kurz vorm Kollaps. Eine Weile war nichts als unser pfeifender Atem zu hören. Schweiß rann uns die Wangen hinunter und tropfte auf den Zement, und dann, als hätten wir es abgesprochen, fingen wir zu kichern an. Von null auf hundert. Es sprudelte nur so aus uns raus. Also, wir lauschten schon noch, ob Motorräder oder Quads oder sonstige Höllenmaschinen näher kamen, um uns zu vernichten, aber vor allem kicherten wir. »Ro-Ro-Ro-Robtor« und »Ka-Ka-Ka-Kaffee« prusteten wir hinter vorgehaltenen Händen. Die Wände warfen unsere Stimmen zurück, ein Gackern hallte durch die nackten Räume, als hätten wir uns in eine Horde 13-jähriger Mädels verwandelt, die gerade den ersten Joint ihres Lebens rauchte.

Ich ließ mich auf die Zementsäcke fallen, die neben dem Betonmischer auf dem Boden lagen, und wischte mir Lachtränen aus den Augen. Meine Muskeln brannten, meine Seiten stachen, aber ich fühlte mich gut. Ich fühlte mich wie früher. Wie in den Sommerferien vor zwei Jahren, als wir nachts die Schrebergärten am Flutkanal geplündert hatten. Also, wir stahlen damals Bierkästen aus den Lauben, die wir dann ins Stadtbad schleppten, wo Party war, und einmal, da überraschten uns zwei Rentner, die in ihren Lauben übernachteten, obwohl das ja gesetzlich verboten ist, jedenfalls hinkten die plötzlich hinter uns her, und Prechtl zischte: »Das Bier, gebt bloß das Bier nicht auf«, wendete, wetzte an den Rentnern vorbei wieder auf die Lauben zu, »Jetzt zünd ich die Scheiße an«, brüllte er, U-Turn Rentner, und Vince und ich stolperten mit dem klirrenden Kasten in die Dunkelheit und klappten halb zusammen vor Lachen. Wir schafften es aber trotzdem ins Stadtbad, wo Prechtl schon auf uns wartete, und dort, unter den funkelnden Sternen, die nackten Füße im Ufersand, soffen wir unseren Kasten leer.

Ja, so fühlte ich mich hier im Rohbau. Ziemlich genau so. Und als wir uns allmählich beruhigten und Sprechen wieder möglich war, fühlte ich mich noch besser. Weil, es kam der beste Moment des Tages. Der beste Moment seit Wochen sogar. Vince setzte sich neben mich auf die Säcke und sah mich an. Er grinste noch immer übers ganze Gesicht, aber sein Blick war fest und klar.

»Der Typ«, sagte er mit ruhiger Stimme, »der hätte mich fertiggemacht. Danke. Wirklich. Danke, Benedikt.«

Er legte mir die Hand auf die Schulter. Drückte. Zögerte kurz, sagte was von wegen »In letzter Zeit …«, aber da winkte ich schon ab. »Kein Ding«, rief ich, und »Alles gut« und so weiter – und obwohl die Mathesache damit glasklar aus der Welt und erledigt war, entschuldigte ich mich nochmal dafür. Und ich tat um ein Haar mehr als das. Ich weiß nicht – war's das Adrenalin in den Adern, die Erleichterung, dass wir entkommen waren, oder dieses irre Sommergefühl –, jedenfalls war ich drauf und dran, ihm alles zu sagen. Alle Gründe und die ganze Wahrheit, weshalb ich ihm nach Mathe so blöd in den Rücken gefallen war. Also, klar wusste Vince, dass ich zu Hause nicht jede einzelne Note vorzeigte und ein bisschen trickste. Allein wegen ESIS wusste er das. Aber dass meine Eltern *überhaupt* keinen Schimmer hatten, dass sie, was die Schule betraf, komplett auf der dunklen Seite des Mondes lebten oder in der Matrix oder wo auch immer, das wusste er nicht. Das wusste niemand. In der innersten Kammer des Herzens, da bist du als Fälscher allein. Ist einfach so. Bei mir zumindest. Und das blieb es auch. Obwohl mein Bedürfnis, auszupacken, gewaltig war, hielt ich den Mund.

Ich legte Vince nur den Arm um die Schultern und sagte Entschuldigung. Und dann, bevor wir uns irgendwie abknutschen konnten, hörten wir was. Ein Motorengeräusch. Ein Auto kam langsam die Straße runter. Wir spähten vorsichtig aus dem Fensterloch, lachten, und im nächsten Moment liefen wir auf den Van zu, der direkt vor dem Rohbau hielt. Vince zog die Schiebetür auf, wir warfen uns in die Sitze, und ehrlich, Heckmann, der wird auch immer cooler. Er drehte den Kopf nach hinten und fragte, ob alles in Ordnung sei, und als wir nickten, sagte er, dass wir bitte mal zwei Sekunden vergessen sollten, dass er unser Lehrer sei.

»Was auch immer passiert ist«, sagte er, »ich will's nicht wissen. Aber ich hoffe, ihr habt diesen Arschlöchern eins mitgegeben.«

»Haben wir«, riefen Vince und ich wie aus einem Mund.

»Gut«, sagte Heckmann, »das habt ihr gut gemacht.«

Dann, ohne weitere Fragen zu stellen, legte er den ersten Gang ein und gab Gas. Er bretterte mit fast achtzig Sachen raus aus Grafenwöhr und kutschierte uns nach Weiden zurück. Ins grandiose, zivilisierte Weiden. Weiden: echt eine super Stadt.

PS

Ja, und in Weiden, im Hopfenweg, abends im Bett, um genau zu sein ... Ich lag schön kuschlig unter der Decke und guckte *The Walking Dead*, da passierte sogar noch was Gutes. Oder Mittelgutes. Oder vielleicht auch nicht ganz so Gutes. Hat mit Marietta zu tun, daher die Unsicherheit. Bei Marietta bin ich mir nie ganz sicher, ob ich's falsch oder richtig mache, die verdreht mir immer den Kopf. Sie rief mich kurz nach zehn an, und weil wir bisher immer alles per Whatsapp geregelt hatten, dachte ich, sie wolle Schluss machen. Waren inzwischen ja volle sechs Wochen, und anfangs hatte sie vier gesagt. Jedenfalls klickte ich die Zombies auf Pause und ging ran, und kaum dass ich mich gemeldet hatte, zirpte Marietta los.

»Benni«, zirpte sie mit Zuckerstimme, »hi, mein Süßer, du, klitzeklein bisschen blöde Sache. Tut mir echt megaleid.«

»Okay«, sagte ich, »was …«

»Kann sein, dass dich die Juliana anruft.«

»Die Juliana?«

»Ja, geh einfach nicht ran.«

»Okay. Was …«

»Und wenn sie dich morgen vor der Schule oder irgendwo in der Stadt erwischt, dann …«

»Wart mal, wieso denn *erwischt*?«

»Ach, bescheuert«, ein Zögern, ein hauchfeines Zittern im Zucker, »aber … die ist sauer auf dich.«

»Sauer. Auf *mich*?«

»Ziemlich, leider.«

»Aber. Ich hab der doch nix … fuck«, mir schwante Übles. »Kommt die aus Grafenwöhr?«

»Was? Nein, aus Weiden. Wieso?«

Ich atmete durch: »Bloß so eine Idee.«

Wir schwiegen beide kurz in den Hörer, dann sagte Marietta: »Jedenfalls, wenn sie dir … die Meinung sagt, du könntest mir einen Riesengefallen tun. Vielleicht passiert's gar nicht, bloß wenn, dann wär's soo lieb, du …«

»Ja.«

»Also, die glaubt, du hast mir Ecstasy gegeben.«

»Was?«

»Nur eine winzige, halbe Tablette.«

»Eine winzige …«

»Ja, und danach hatten wir's auch *richtig* schick miteinander, wir wollen's aber trotzdem nicht wiederholen,
und du bist auch kein Dealer, das hab ich ihr klipp und …«

»DEALER!«

Ich saß plötzlich senkrecht im Bett. Ich bekam gerade
noch den Laptop zu fassen, bevor er auf den Boden knallte.

»Hör mal«, bellte ich ins Telefon, aber Marietta war
nicht zu stoppen. Sie redete einfach über mich hinweg.
Weniger zirpend jetzt allerdings. Eher gehetzt. *Richtig* gehetzt und gestresst. Sie sagte nochmal, wie megaleid usw.
und dass es ihr ganz dumm rausgerutscht sei, wegen dem
Salsa-Contest am Wochenende, weil Juliana, die Zicke,
mit Silvio auf dem Contest in Leipzig war, und da habe es
hinterher einen Empfang im Hotel gegeben, mit Cham-
pagner, und Silvio habe sie dann im Fahrstuhl geküsst,
angeblich, und da sei es ihr irgendwie rausgerutscht. Also,
dass sie auch einen fantastischen Samstag hatte, mit mir,
und sie habe nie, niemals im Leben gedacht, dass die Juliana so an die Decke gehen würde, dass die so völlig
schlimm gegen Drogen sei.

»Hätt ich's gewusst«, rief sie, »ich hätte kein Wort gesagt. Benni, glaub mir, kein Wort … bloß jetzt, wo, also wo
sie's eh schon glaubt …«

Sie brach ab, schnaufte ins Telefon, und dann, mit ganz
dünner Stimme: »Würdest du's … weißt schon … bestäti-
gen … für mich?«

Wahnsinn. Wirklich. Die Marietta. Gegen die ist selbst
meine Mutter ein Lamm. Zumindest fragt die vorher.
Und kriminalisiert mich auch nicht, wenn sie so was
macht. Ich sank erschöpft ins Kissen und hielt das Handy

auf Armlänge von mir weg. Starrte aufs Display, wo *Marietta* stand und die Sekunden hochzählten, 04:57, 04:58, ganz leise war auch ihr gehetzter Atem zu hören – und dann, Himmel, dann sagte ich mir: Fuck it! Also, ich war schon noch *sauer* auf sie, aber ich war zugleich so viel mehr. Schwer zu erklären, aber es hatte was mit dem Tag zu tun. Mit dem Französisch-Irrsinn am Vormittag und den Assos aus Grafenwöhr und der glücklichen Flucht mit Vince natürlich, und dazu sprangen Milliarden Spiegelneuronen an – den Stress, den Marietta gerade hatte, den kenne ich ja allzu gut –, und außerdem: Ich lag hier kuschlig unter der Decke und streamte mir irgendeinen Zombiemüll rein, während ringsherum die Welt in Stücke flog. Was machte da schon ein Anpfiff von Juliana, der schönen, schönen Juliana aus – und das alles dachte ich auch gar nicht, das empfand ich vielmehr, alles im selben Moment irgendwie … Jedenfalls: Fuck it, wie gesagt.

Ich drückte das Handy an meine Wange und fragte: »Wo?«
    »Was?«
    »Die Ecstasy, wo haben wir die geschluckt?«
    »Im … im *Hashtag*«, sagte Marietta.
    »Am Samstag? Bloß damit ich nix Falsches sag.«
    »Jaaa. Oh, Benni … oh danke, mein Süßer, danke, du bist der Beste, du …« – und sorry, aber hier blende ich mal aus. Sonst würde es pilchern auf Teufel komm raus. So richtig *Sturm der Gefühle*-mäßig. Weil: Marietta war *wirklich* dankbar. Als hätte ich ihr mindestens das Leben gerettet. Ich schwöre, ich habe noch nie so viele Komplimente auf einmal gekriegt. Ich glaube, keiner hat jemals so viele Komplimente auf einmal gekriegt. Aber darüber spreche ich nicht. Das ist mir peinlich. Und es lenkt auch nur ab. Von dem, ich sage mal: Mittelguten, was dann noch kam.

Als Marietta sich irgendwann fertig bedankt hatte, sagte sie nämlich noch was. Was über die Zukunft. Sie sagte, dass sie Anfang der Weihnachtsferien zusammen mit, kein Witz, Juliana ihren 16. Geburtstag feiere, ganz groß, und dass ich mir den 23. unbedingt freihalten müsse. »Das wird schick«, rief sie, »total schick«, und davon bin ich auch überzeugt. Also, dass bei der Party alle Superlaune haben und schick abdancen werden und so. Bloß: ohne mich. Bis zum 23. Dezember ist noch fast ein Monat, und das ist mir einfach zu hart. Hätte Marietta dasselbe vor zwei Wochen gesagt: Juhu. Aber nach der Aktion eben, und insgesamt nach der letzten Zeit: Faken und Fälschen und Schwindeln und Lügen und überhaupt alles, was damit zusammenhängt … Ich hab die Schnauze voll davon.

Aber – letzter kleiner Schwindel – das behielt ich erstmal für mich. Weil, eins will ich doch noch von Marietta. Bevor wir uns Adiós sagen, will ich noch einmal *richtig* knutschen mit ihr. Auch nicht gerade Gentleman-like, aber ich finde, ich hab's mir verdient.

»Party«, sagte ich deshalb, »cool, geht klar.«

Und, bevor wir auflegten: »Ich hoffe, wir sehen uns bald.«

»Süßer, versprochen«, zirpte Marietta, »ganz bald.«

Dann legten wir auf, und noch ehe ich irgendwas anderes machte, stellte ich mein Handy auf Flugmodus. Keine Anrufe mehr heute, auf gar keinen Fall. Einfach nur friedlich Zombiedreck gucken und alles andere vergessen, kein besseres Ende für diesen Tag. Ich rückte mir das Kissen im Rücken zurecht und kuschelte mich in die Decke. Dann zog ich mir den Laptop ran und klickte auf *Play*.

Kapitel 11

1. Dezember

HOLY FUUUUUUUUCK!

Kepler-Gymnasium Weiden
Sonderrundschreiben für die Jgst. 5–12

Betreff: Auszeichnung Umweltschule und
MINT-Intensivierungsstunden

Sehr geehrte Eltern,

aus gegebenem Anlass möchte ich Ihnen noch vor
unserem nächsten planmäßigen Rundschreiben im
Januar zwei wichtige Mitteilungen machen:

1) Erneute Auszeichnung *Umweltschule in Europa*
Am vergangenen Mittwoch wurde unserer Schule
durch Staatsministerin Ulrike Lorenz zum nunmehr
dritten Mal die Auszeichnung *Umweltschule in
Europa / Internationale Agenda-21-Schule* verliehen.
Unter der Leitung von Frau OStRin Lex hat das
Kepler-Gymnasium sich dieses Mal mit dem Projekt
»Gymi ohne Gummi« im Bereich ökologische Nach-
haltigkeit und mit dem Konzept »Schule ohne Gren-
zen« im sozialen Bereich erfolgreich um die Auszeich-

nung beworben. Die erneute Auszeichnung würdigt unser Engagement und ist zugleich frischer Ansporn für ökologisch und sozial verantwortungsvolles Handeln in der Zukunft.

2) MINT-Intensivierungsstunden
Wie Sie dem letzten Rundschreiben entnehmen konnten, schließt im Mai kommenden Jahres das Auswahlverfahren zur Aufnahme in das nationale *Excellence-Schulnetzwerk MINT-EC*, das ein hochkarätiges Angebot an Förderprogrammen für unsere SchülerInnen bereithält.
Es ist daher bedauerlich, dass das Leistungsniveau in den MINT-Fächern derzeit nicht ganz den selbst gesteckten Erwartungen entspricht. Eine schulweite Notenprüfung durch unser MINT-Evaluationsteam hat – vor allem in den Klassen 8–10 – beträchtliche Defizite in den Fächern Mathematik, Physik und Chemie offenbart.
Um diesen Defiziten frühzeitig zu begegnen, treten ab Januar Fördermaßnahmen in Kraft, die wir gemäß Anlage 2 (9) der GSO in Form zusätzlicher Intensivierungsstunden gestalten werden. In einvernehmlichem Beschluss haben sich Schulleitung, Lehrerkonferenz und Elternbeirat darauf verständigt, dass der Besuch dieser Intensivierungsstunden für alle SchülerInnen verpflichtend ist, die zum 22.12. in einem der genannten Fächer einen Notenschnitt von 4,3 oder schlechter aufweisen.
Sollte Ihr Kind zum Schülerkreis mit zusätzlichem Förderbedarf zählen, werden Sie im neuen Jahr von unseren MINT-Beauftragten Herr Heckel (Unterstufe), Frau Oswald (Mittelstufe) oder Herr Dr. Kalb (Ober-

stufe) persönlich kontaktiert. In einem vertrauens-
vollen Gespräch informieren Sie unsere Fachkräfte
ausführlich über die geplante Maßnahme und den je
individuellen Förderbedarf Ihres Kindes.

Der Erfolg unserer Bemühungen, verehrte Eltern,
hängt entscheidend von Ihrer Mitarbeit ab. Die
Motivation, sich auch mit ungeliebtem Lernstoff
hinreichend zu beschäftigen, kann die Schule oft nicht
allein vermitteln. Ich bitte Sie daher herzlich um Ihre
Unterstützung – und bedanke mich schon im Voraus
für die konstruktiven Gespräche, die Sie mit Ihren
Kindern führen werden!

Abschließend möchte ich dieses Sonderrundschreiben dazu nutzen, Ihnen von Herzen eine besinnliche
und friedvolle Adventszeit zu wünschen.

Mit freundlichen Grüßen

Dr. Gloria Fürstenberg, OStDin
Schulleiterin

I'M DEAD!

Weil: Nach der 5, die Sargnagel mir für die Abfrage verpasst hat, brauche ich schriftlich eine 3 in Physik, um das
vertrauensvolle Benedikt-Jäger-EXISTENZ-VERNICH-
TUNGSGESPRÄCH zu verhindern.

Eine 3!
In Physik!
Bei der Schulaufgabe!
In drei Tagen!

In! Drei! Gott! Verfluchten! Tagen!
Bei Sargnagel!

I'M SOOO DEAD!

PS
Jedenfalls so gut wie. Meine letzte Hoffnung: das Heinrich-Manöver. Das hat Heinrich – der gute Heinrich – erfunden. Ende der Achten, als er kurz vorm Durchfallen war. Hat ihm zwar auf lange Sicht nichts gebracht, weil er in der Neunten dann den Feuerlöscher vom Schuldach schmiss und trotzdem flog, aber erstmal war er erfolgreich damit. Das Heinrich-Manöver … Dafür braucht's: zwei Schüler (einer davon Spitzenschüler), zwei Handys, ein Klo. Schüler Nummer eins fotografiert sofort nach Austeilen der Klausur das Aufgabenblatt ab und sendet es raus. Und der Spitzenschüler, der das Foto empfängt, löst den Irrsinn und hinterlegt die Arbeit auf dem Klo. Schon riskant, keine Frage, aber bei Heinrich hat's geklappt. Zwei Mal sogar. In Mathe und Chemie. Er schrieb auf dem Klo auch nur so viel ab, dass es für eine 4 reichte, mehr brauchte er nicht, und nach ein paar Minuten saß er schon wieder auf seinem Platz. Keine Ahnung, wen Heinrich dafür rekrutiert hat – ich weiß nur noch, dass er 250 Euro löhnte. Aber wer das war, ist auch völlig egal. Weil, ich weiß, wen *ich* rekrutiere. Zumindest zu rekrutieren versuche: Jiří. Der ist erstens: in der Hochbegabtenklasse. Zweitens: mein Tenniskamerad. Und drittens: arm. Richtig arm, glaube ich. So arm jedenfalls, dass er uns allen die Schläger bespannt. Nicht nur Vince und Prechtl und mir, sondern auch den Losern aus der Zweiten Mannschaft

und sogar den Mädchen. Seit Jahren macht er das, und ehrlich: Ich komme mir jedes Mal schäbig vor, wenn ich ihm mein gerissenes Racket samt der 15 Euro in die Hand drücke, die er verlangt – und dabei 10 Euro für mich selbst einstreiche, weil meine Mutter glaubt, dass ich noch immer bei Sport Fehr bespannen lasse, wo es 25 kostet. Mach ich nie wieder, hochheilig geschworen!

Jedenfalls würde ich für Jiřís Hilfe grade alles tun. Ihm zehntausend Schläger umsonst bespannen oder ihn mit der Rikscha zur tschechischen Grenze kutschieren, nach Rozvadov rüber, wo er irgendwo wohnt … Aber das muss ich nicht. Ich muss erstmal nur zum Kepler strampeln. Und wie ich strample, bin fast schon da! Wahnsinn, eigentlich. Vorhin, als ich das Fürstenberg-Terrorschreiben auf dem Fake-Account las, dachte ich erst, ich könne nie wieder einen Muskel rühren. In meinem Kopf überschlugen sich die Horrorbilder – meine Mutter, wie sie ans Telefon geht … wie Frau Oswald »Guten Tag, Frau Jäger« sagt … wie das Gesicht meiner Mutter auseinanderbricht … wie mein Vater abends nach Hause kommt … wie seine Schritte auf meine Tür zukommen … SEIN Gesichtsausdruck, als er mein Zimmer betritt –, aber körperlich: die totale Lähmung. Ich saß da wie zu Fels erstarrt. Lauschte dem Sirren der Laptoplüftung und der Stille, die es umgab. Eine Stille wie in einer Totenkammer, sie dröhnte in meinen Ohren.

Keine Ahnung, wie lange ich so am Schreibtisch saß, fünf, sechs Minuten vielleicht, irgendwann sprang der Screensaver an, Farbbänder flimmerten durch die Schwärze, und mir fiel Heinrich ein.

Heinrich – und im selben Moment Jiří.

Jiří wo bist du? Muss mit dir reden!, tippte ich ins Handy.

Und wartete.

Eine halbe Stunde lang.

Die längste halbe Stunde meines Lebens, in der ich wie gestört Physik reinpaukte, Newton, irgendwas mit fucking Newton, dann ein Vibrieren: *Worüber?*

Unter 4 Augen, wo bist du? Mein Freund!!

Kepler. Mein Bus fährt um 15:48.

Das schrieb Jiří vor einer Viertelstunde. Und die Hälfte der Zeit ist rum. Gleich düst er nach Tschechien ab. Mit dem Bus nach Waidhaus, dann über die Grenze. Fort. Ins verfluchte Wochenende. Und am Montag ist Physik. Meine Manöver-Anfrage per Telefon? No way! Manches geht nur direkt. Zumal ich ihm am Telefon meine Argumente nicht *zeigen* kann. Die knistern nämlich in meiner Tasche, 295 davon. So viel Kohle hab ich im Haus zusammengerafft. Alles, was meine Eltern mir dagelassen haben, bevor sie nach Boston sind. Alles, was übrig ist. Fress ich halt zehn Tage Dreck aus der Dose, Hundefutter meinetwegen … wenn Jiří bloß die Scheine nimmt. Ich hoffe, ich bete dafür … und steige in die Pedale. Strample gegen den Wind an, der mir, klar, entgegenpfeift. Bin auch schon fast an der Schule, rechts, hinter den kahlen Bäumen, trotzt der graue Kepler-Klotz, und da vorn, auf der anderen Straßenseite, keinen Steinwurf entfernt: die Bushaltestelle. Die, an der mal unser Speed-Plakat hing, Millionen Jahre ist's her. Ich quere die Straße zwischen hupenden Autos hindurch, brettere den Bordstein hoch, am Bistro Bobur vorbei, auf das Grüppchen zu, das sich unter dem Haltestellendach zusammendrängt. Ein halbes Dutzend Schüler, vermummt in Jacken und Schals und Mützen, und ganz hinten – einen Kopf größer als alle anderen und so bleich wie das Blut, das durch meine Adern fließt: Jiří.

Er steht da in seiner Trainingshose und dem dunklen Anorak, den er winters tagein, tagaus trägt, und schaut mir entgegen, hat mich längst entdeckt.

Das heißt, alle haben mich längst entdeckt.

»ALTER«, brüllt einer mit roter Mütze, zwei Mädchen springen kreischend zur Seite, dabei brems ich doch. Der Reifen schleift Gummi auf den Asphalt, ich werfe das Rad gegen die Haltestellenwand und dränge an den Leuten vorbei auf Jiří zu.

»Jiří«, rufe ich, »wie steht's, mein Bester!«

Ich boxe ihm gegen die Schulter. Er mustert mich aus schmalen Augen, dann bleibt sein Blick an meinen Füßen hängen.

»Benedikt, was ist mit dir?«

»Was«, sage ich und folge seinem Blick.

Mann. Ich steh da in Filzpantoffeln auf dem Asphalt.

Ich lache hysterisch und packe Jiří am Ärmel. Ziehe ihn hinter die Haltestellenwand, weg von den ganzen Lauschern ringsum.

»Hör mal«, sage ich, »ich hab Stress.«

»Das ist offensichtlich«, sagt Jiří.

Sagt er wirklich so. Meint er aber null ironisch. Er spricht immer so superkorrekt, weil Deutsch ja nicht seine Muttersprache ist.

»Ja«, sage ich, und »Kacke« und so weiter, und dann texte ich los. Fifty-fifty-Mix Wahrheit und Schwindel, naja, forty-sixty vielleicht. Ich erzähle ihm, dass meine Eltern Terror machen, da ich in Mathe und Physik auf 3– stehe, und sie mir, sollte ich im Zwischenzeugnis auch nur eine einzige 4 haben, Tennis verbieten wollen. Training, Schulmannschaft, Medenspiele, sage ich, alles gestrichen bis zum Sommer – und das sage ich, weil es, außer dem Geld, der einzige, winzige Trumpf ist, den ich habe. Jiří weiß so gut wie ich, dass wir ohne mich keine Titel holen, und er ist verbissen ehrgeizig. Kein Dunst, ob's was nutzt, aber irgendwas muss ich erzählen. Ich kann ihm ja nicht sofort die Taschen mit Scheinen vollstopfen und rufen: »Bitte werde illegal!«

Lange warte ich aber nicht damit. Weil: A) Die Zeit tickt weg. B) Ist Jiří nicht doof. Der weiß, dass hier was faul ist. Spätestens seit den Pantoffeln weiß er das. Und C) Mein Selbstvertrauen. Das schwindet von Satz zu Satz. Hat nicht *nur* mit meinem Anliegen zu tun. Sondern auch damit, dass Jiří mich um einen halben Kopf überragt. Ich stehe ziemlich dicht vor ihm, so dicht, wie Mädchen sich vor einen stellen, wenn sie bald knutschen wollen, bloß hab ich keinerlei Knutschgefühl. Im Gegenteil. Wie ich so den Kopf in den Nacken biege und zu Jiřís Kinngrübchen spreche, habe ich ein irres Unterwerfungsgefühl.

Dazu kriecht die Kälte durch die Pantoffeln, meine Füße sind richtig klamm, und Jiří, Gott … der verzieht keine Miene. Er fixiert mich aus seinen blassblauen Augen so, wie er seine Gegner auf dem Platz fixiert. Wachsam. Abwartend. Gnadenlos.

Wie auch immer.

Ich packe aus. Erzähle ihm von Physik am Montag und dass ich Newton einfach nicht checke, und dann erkläre ich ihm das Heinrich-Manöver. Gebe ihm mein Wort, dass ich, sobald ich das Foto versendet hätte, die Nachricht löschen und das Lösungsblatt nach dem Abschreiben im Klo runterspülen würde. Keine Nummer. Keine Beweise. Alles safe, sage ich. Dass ich aber nie erwarten würde, dass er die Klausur umsonst für mich löst.

Ich klopfe auf meine Hosentasche.

»Dreihundert Euro. Cash.«

Und was macht Jiří?

Jiří schweigt.

Dreht bloß den Kopf und schaut rüber zur Schule. Betrachtet den grauen Elendsklotz, als sehe er ihn zum ersten Mal, dann ruckt sein Kinn von rechts nach links.

»Es tut mir leid«, sagt er, »ich kann es nicht machen.«

»Jiří! Bitte!«

»Nein. Ich müsste Unterricht schwänzen.«

»Ein mickriges Stündchen nur.«

»Ich ...«

»Bauchweh, Kopfweh, irgendwas.«

»Das ...«

»Vierhundert Euro!«

»Es ...«

»Fünfhundert!«

»Ich ...«

»Sechshundert Euro! Come on!«

Die letzten Worte brülle ich fast, und tatsächlich passiert jetzt was. Jiřís Miene bleibt undurchdringlich, aber er zieht die Hände aus den Taschen. Die ganze Zeit, die ich ihn vollgequatscht habe, steckten seine Hände in den Anoraktaschen, und jetzt sind sie an der Luft. In der Linken hält er sein Handy, mit der Rechten knetet er einen Tennisball. Er knetet die Kugel, als sei sie aus Watte, Training für die Schlaghandmuskeln, dann sagt er ein Wort.

»Njutten«, sagt er – also, sein Akzent macht aus Newton Njutten –, und das ist für mich gerade das schönste Wort der Welt.

»Ja«, rufe ich, »genau.«

»Hatten wir vergangenes Jahr.«

»Jiří, du Champ.«

»Trotzdem. Schwierig.«

»WIESO?«

Er hält mir sein zerschrammtes China-Handy unter die Nase.

»Sehr schlechte Bildauflösung«, sagt er, »und siehst du. Hier. Und hier. Schlieren.«

»Handy«, rufe ich, »besorg ich dir.«

»iPhone«, sagt er wie aus der Pistole geschossen.

»Klar.«

»Das Neue.«

»Immer.«

»Das iPhone X.«

»Ist deins, mein Guter.«

Ich strahle ihn an.

»Wann treffen wir uns am Montag?«

Er öffnet den Mund und sagt irgendwas, aber seine Antwort geht im Motorenlärm unter. Ein Bus bremst an der Haltestelle und kommt mit ächzender Hydraulik zum Stehen. Die Türen schnappen auf, Jiří läuft darauf zu, ich greife nach seinem Arm.

»Jiří, wann?«

»Ich sagte, um halb acht vor der Schule.«

»Halb acht. Perfekt.«

Er steigt in den Bus, und als er sich hinsetzt, schaut er nochmal zu mir. Wirft mir einen Blick zu, als sei ich ein nicht gänzlich harmloser Irrer, aber egal.

»Montag«, rufe ich, dann schnappt die Tür zu, und der Bus fährt los. Dieseldunst hüllt mich ein, meine Zehen kribbeln vor Kälte, aber ich grinse. Ich grinse rüber zur Schule, ziehe mein Eisen und feuere eine Salve Blei in den Bunker. Nein, leider nicht. Ich zücke bloß mein Handy und öffne die Media-Markt-Page. Tippe *iPhone X* ins Suchfeld und scrolle die Produktleiste runter. Halbe Sekunde, dann zerplatzt mein Grinsen. *1349 Euro*, lese ich. So viel kostet das Gerät. Halt, nein. Die Version mit 56 GB Speicher gibt's schon für 1149. 1149 Euro! Ich habe rund ein Viertel davon in der Tasche. Das ist alles. 295 Euro. Mehr habe ich einfach nicht.

Kapitel 12

2. Dezember

Sorry, ich weiß: Eigenlob stinkt und alles. Trotzdem: YO, DSCHÄGGA! You the Man! Ehrlich. Ich bin ein klein wenig stolz auf mich. Weil: Auf die Schnelle einen Tausender aufzutreiben, mit fünfzehn, ohne irgendwem *wirklich* zu schaden, sondern, im Gegenteil, alle glücklich zu machen – Tschechen, Deutsche, Vietnamesen –, das war gar nicht so leicht. Hätte ich mir nie träumen lassen. Dass ich das schaffe, meine ich. Sah zunächst auch nicht danach aus. Als ich gestern von der Bushalte nach Hause kam, stellte ich sofort unsere Bude auf den Kopf. Vom Keller bis unters Dach. Ich riss jede Schublade in jedem Möbelstück auf, durchwühlte alle Regale, kroch hinter Schränke, durchforstete jeden Raum. Allein im Arbeitszimmer meines Vaters verbrachte ich fast zwei Stunden. Dort vermutete ich nämlich das meiste Geld. Und in gewisser Weise war da auch Geld. Aus den ganzen Aktenordnern, die ich nach Scheinen durchkämmte, grinsten mich obszöne Summen an. Die grinsten von Fonds- und Investmentpapieren, und wäre ich in der Lage gewesen, auch nur eine davon flüssig zu machen, ich hätte Jiří ein iPhone X aus purem Gold kaufen können. War ich aber nicht. Keine Chance. Und an den Safe traute ich mich nicht ran. Zwar suchte ich eine Ewigkeit nach dem Schlüssel und dachte auch kurz an die Bohrmaschine, an die aber wirklich nur kurz. Mein Vater kommt ja irgendwann aus Boston zurück, und ein aufgebohrter Safe ist schwer zu erklären. Ich wüsste zumindest nicht, wie. Das Einzige, was ich tat: Ich knackte ein Sparschwein. Das stöberte ich in Bettis Zimmer auf, und da waren 27 Euro drin. Dazu die zwei Fünfer, die ich aus der Schmutzwäsche fischte, hier und da ein paar Münzen ... und ich war bei 350 Euro. Hipp, hipp, hurra! Und die ganze Zeit, die ich so verzweifelt suchte, wisperten mir böse Stimmen ins Ohr. Die eine wisperte dauernd: Du kriegst die Kohle eh nicht zusammen, lern lieber Physik! Und die andere: In Physik kriegst du eh keine 3, treib besser die Kohle auf! Machten mich ganz kirre die Stimmen, und schließlich gab ich auf.

Also, die Suche nach Geld gab ich auf. Nicht die Hoffnung. Die niemals. Nein. Ich aktivierte Plan B. Der war mir beim Suchen gekommen, völlig spontan. Ich nahm mein Handy und wischte die Kontakte runter. Nicht zu V wie Vince oder P wie Prechtl, obwohl ich die lieber angepumpt hätte. Bloß konnten die mir nicht helfen. Achthundert Euro über Nacht? Nie und nimmer. Die einzige Person, die jetzt noch helfen konnte, war unter *M* gespeichert.

M wie Mäx.

Ich drückte mit schwitzigem Daumen auf seinen Namen und sprach meine Nachricht auf die Box. Mein Angebot, um genau zu sein. An offer he can't refuse, hoffte ich. Ich quatschte wie ein Versicherungsvertreter, quatschte, bis mich der Piepton abwürgte – und tatsächlich rief Mäx zurück. Kurz vor Mitternacht vibrierte mein Handy, ich ließ Newton Newton sein und ging ran.

»Jäger«, meldete ich mich mit tiefer Stimme.

»Amigo, gut zuhören, bin eilig.«

»…«

»Was'd mir draufgestammelt hast. Gilt oder nicht?«

»Gilt.«

»Sicher?«

»Todsicher.«

»Werd grantig, wenn ich komm und es floppt.«

»Floppt auf gar keinen Fall.«

Ein Rauschen im Hörer, Wind, die Autobahn oder der BND vielleicht, dann wieder Mäx' heisere Stimme: »Deine Eltern?«

»Sind in Amerika.«

Er lachte.

»Du Sauhund. Sehen uns morgen um zwei.«

Sprach's und legte auf.

Ja. So weit mal mein Telefonat mit Mäx. Und was immer man gegen ihn sagen kann – gegen das, was er alles so treibt, meine ich –, seine Verabredungen hält er ein. Er kam pünktlich wie der Gerichtsvollzieher. Und er kam nicht allein. Als es um zwei Uhr klingelte und ich die Haustür öffnete – bisschen nervös, aber vor allem erleichtert –, marschierten fünf Leute in unseren Windfang. Vorneweg Mäx, der mir zur Begrüßung in die Rippen boxte: »Jäger, business time!« Dahinter Berhane mit breitem Grinsen. Breit jetzt im doppelten Sinn zu verstehen. Hinter Berhane der Dreadlock-Typ, der Ratten-in-der-Tonne-Versenker. Errol heißt der, wie ich inzwischen weiß. Dass die beiden mitkamen, überraschte mich auch nicht. Das hatte ich Mäx ja quasi auf die Box gesprochen. Also, dass die zum Verkauf stehenden Antiquitäten im Keller lagern und höllisch was wiegen und wir auf jeden Fall noch wen brauchen, um sie aus dem Haus zu schleppen. Berhane und Errol, alright.

Bloß hörte die Prozession hier nicht auf: Es kamen noch zwei Leute rein. Die Schöne und das Biest. Kann ich nicht anders sagen, die sahen wirklich so aus. Das Biest war ein uralter Typ mit Buckel, der auf einen Gehstock gestützt in den Windfang hinkte. Der war neunzig, bestimmt. Sein Atem rasselte, und seine knochige Rechte, die den silbernen Stockknauf umfasste, war von Altersflecken übersät. An seiner Seite ging die Schöne: eine zierliche Asiatin mit porzellanglatter Haut und dunkel geschminkten Augen. Sie reichte mir kaum bis ans Kinn, kam mir aber viel größer vor. Ihre Haltung hatte was von einer Balletttänzerin: kerzengerade und bis in die letzte Muskelfaser gespannt.

Ich lächelte beide an, weil das ja offenbar meine Kunden waren, die Mäx, weiß der Himmel wo, aufgetrieben hatte, aber sie lächelten nicht zurück. Der Alte lehnte sich an die Wand und taxierte mich mit milchigem Blick, die Asiatin schloss die Tür hinter sich. Das machte mich dann doch nervös. Diese Nullreaktion. Wäre bestimmt nicht so schlimm gewesen, hätte *irgend*wer was gesagt. Aber alle schwiegen. Standen im Halbkreis um mich herum und guckten mich an wie ein Tier im Zoo. Die warteten glasklar, dass ich was sagte, bloß fiel mir nichts ein. Ich musste nur dauernd an Buntes Weiden denken, und dass hier jetzt *echt* Buntes Weiden war. Buntes Weiden, die Street-Version.

»Jäger!«
Mäx' Stimme riss mich aus meinen Gedanken.
»Die Möbel!«
Ich blinzelte ihn dankbar an.
»Im Keller«, sagte ich, »bitte, mir nach.«
Ich lief die Treppe runter, verfolgt von den Stockge-

räuschen des Alten – Pock machte es jedes Mal, wenn sein Stock auf die Stufen traf, Pock, Pock –, und öffnete die Tür zur Notfallpraxis. Sah alles noch genauso aus wie im Oktober, als ich hier unten abgeklebt hatte: ein Meter Freifläche hinter der Tür, dann das braune Antikgebirge, das sich bis zur jenseitigen Wand erstreckte. In der Luft hing der Geruch nach Politur und Lacken, richtig herbes Gebräu, einzig Spinnen entdeckte ich keine, aber das wollte nichts heißen. Wegen der Alufolie vor den Fenstern war es ziemlich düster im Raum.

Ich knipste das Licht an, wartete, bis sich alle um mich geschart hatten, dann wandte ich mich an den Alten.

»Alles, was Sie hier …«

Mäx packte mich am Arm.

»You speak to Mrs Hoang«, sagte er scharf.

Er sagte es zu mir, aber er nickte dabei in Richtung der Asiatin. Verbeugte sich halb vor ihr, und in dem Moment kapierte ich was. Und zwar, dass ich das Pärchen falsch eingeschätzt hatte. Ich hatte den Alten für den Käufer gehalten und sie für seine Frau. Katalogfrau aus Thailand oder so. Weil sie ja schön war und jung. Und er hässlich und alt. Außerdem trug er einen langen Mantel mit goldenen Knöpfen, der irgendwie adlig wirkte, und sie stand in Jeans und Daunenjacke da. Ein Blick auf Mäx genügte, um mir meinen Irrtum aufzuzeigen. Da war nichts mehr mit »Amigo!« und Rippenboxen. Er nahm eine fast militärisch stramme Haltung ein. Keine Ahnung, wer Mrs Hoang in Wirklichkeit ist und was die beiden sonst so für Geschäfte machen, jedenfalls hatte Mäx teuflisch Respekt vor ihr.

Und ich plötzlich auch.

Ich verbeugte mich ebenfalls und sagte: »Sorry, I'm very sorry, please.«

»No sorry«, sagte sie mit heller Stimme, »now talk!«

Ich nickte und setzte von Neuem an.

»Everything you see here«, sagte ich, »is for sale.«

Ich legte meine Hand auf eine brusthohe Kommode: »Everything that is not higher than this.«

»Why only low piece?«, schnappte Mrs Hoang. Sie deutete auf die Standuhr mit dem goldenen Zifferblatt. »Why not this?«

»Because …«, ich überlegte fieberhaft, aber mir fiel nichts als die Wahrheit ein, »because there are *many* low pieces in the room.«

Mrs Hoangs Blick glitt über die Möbel. Über die sieben, acht hohen und die vielleicht zwei Dutzend flachen Stücke, die eine deutlich unauffälligere Lücke hinterlassen würden.

»I see«, sagte sie, »how many for sale?«

»It … depends.«

»On what?«

»The … you know, the price.«

»Eh eh eh.« Ihre Augen bohrten sich in mich rein. »Before we talk price, always, we check.«

Sie schnippte mit den Fingern, und jetzt trat der Alte in Aktion. Der stand nicht nur zum Spaß hier im Keller, sondern kannte sich offenbar mit Antiquitäten aus. War, keine Frage, angekarrt worden, um Mrs Hoang die Filetstücke rauszupicken. Und wie er das tat! Er hinkte nach vorn und schloss die Augen. Die brauchte er nicht. Er verrichtete sein Werk mit den Händen. Seine knochigen Finger streichelten über die Möbel wie über Körper junger Mädchen. Fuhren behutsam Rundungen nach, strichen zart über Ecken und Kanten, liebkosten die Maserung. Hier und da zog er Schubladen auf, klopfte gegen das

Holz, betastete Schlösser und Beschläge. Und bald, ja bald schon fing er zu schnüffeln an. Bei manchen Stücken schnüffelte er am Holz. Als lägen auf den spiegelnden Oberflächen ellenlange Lines, die er sich in die Nase ziehen wollte. In seine großen, haarigen Nasenlöcher. Wahnsinnseffekt, der davon ausging. Während ich zusah, wie seine Nase über Kommoden, Vitrinen und Schränke glitt, verstärkten sich plötzlich die Dämpfe in der Luft. Als setzte er sie durch sein Schnüffeln erst frei. Ich schmeckte einzelne Aromen heraus, Terpentin, Lavendel, die schwere Süße des Leims. Ich wurde regelrecht high. Und auch den anderen setzte es zu. Allen voran Berhane. Der stand noch dichter beim Alten. Gemeinsam mit Errol rückte er ihm Pfade durchs Möbelgebirge, schob ihm immer neue Wege frei – und irgendwann fasste er sich an den Kopf.

»Man«, sagte er, »the fumes are *hea*vy. I feel dizzy.« Er sah betäubt in die Runde. »Think I'm gonna throw up.«

»Not here«, bellte Mäx, »upstairs!«

»Awright.«

Berhane schwankte zur Tür.

»The toilet …«, rief ich.

»Don't worry … outside.«

Und schon war er aus dem Raum.

Den Alten dagegen, den störten die Dämpfe nicht. Der gab sich die volle Dröhnung und machte weiter, bis er alle Möbel durchgecheckt hatte. Alle, die er erreichen konnte. Erst dann stellte er das Schnüffeln ein. Hinkte zu Mrs Hoang zurück und senkte sein Kinn. Minimale Bewegung nur, aber eindeutig ein Nicken.

Auswahl getroffen, so verstand ich das.

Mrs Hoang nickte ebenfalls, dann weiteten sich ihre Augen.

»Karel«, sagte sie. Und noch was, das wie »Nebranit-sche« klang.

Der Alte fror ein, sie griff ihm ins Haar.

Ich dachte erst, sie wolle ihn tätscheln, weil er so gut gearbeitet hatte, doch im selben Moment sah ich die Spinne. Fettes, schwarzes Teil. Sie krabbelte durch seine schlohweißen Strähnen, kämpfte sich dem Ohr entgegen, wollte bestimmt in die Ohrmuschel rein. Einen Wimpernschlag später war sie weg.

Mrs Hoang hielt sie jetzt in der Hand.

Zwischen Daumen und Zeigefinger.

Pinzettengriff.

»Pavuk«, sagte sie.

Zeigte sie dem Alten, der verächtlich die Lippen verzog.

»Nice catch«, sagte Mäx.

»Real quick«, sagte Errol.

»Pavuk, I hate«, sagte Mrs Hoang und ließ die Spinne zu Boden fallen, stellte ihren Schuh drauf, der Körper knackte unter der Sohle. Dann richtete sie ihren Blick auf mich.

»Now. Check is over. We talk price.«

»Right«, sagte ich, »alright.«

Ich nahm meinen Mut zusammen, allen Mut, den ich noch übrig hatte, und schaute ihr in die Augen.

»Each piece, any piece«, ich schluckte, »thousand euro.«

»Eh eh eh.« Mrs Hoang streckte drei Finger in die Luft.

»Nine hundred.«

Weiter standen nur drei Finger in der Luft.

»Mrs Hoang, please, this is really old stuff.« Ich klopfte aufs Holz. »Hear. No fake. It comes from castles and everything.« Ich deutete auf den Alten. »I'm sure, Mr Karel can tell you. Eight hundred.«

»Four.«

»Seven hundred.«

»Four fifty.«

»Six hundred.«

»Five.«

»Okay, five!«

Ich schnaufte durch. Erleichtert wie sonst was. Obwohl ich hier abgezogen wurde. Gewaltig sogar. Ich hatte mich mittags ja noch durch die Homepage von Kunst & Antiquitäten Petzold geklickt, und da ging's bei 3000 Euro erst los. Andererseits: Bei uns vergammelte das Zeugs eh im Keller, diente als High-End-Spinnenbrutstätte, und meinen Vater, Gott, dem tat ich ja fast schon einen Gefallen damit. Noch ein paar Auktionen dieser Art, und er konnte hier wieder operieren. Und alle Steuerprüfer der Welt reinführen.

»So«, sagte Mrs Hoang, »how many for sale?«

Ich lächelte sie an.

»Two pieces.«

»Only two?« Ihre Augen wurden hart wie Knöpfe. »I come with transporter. Space for five.«

»I understand you, but ...«

Mäx baute sich vor mir auf.

»Jäger. Unter Freunden. Was glaubst'n, hier einzustecken?«

»Naja«, sagte ich, »tausend Euro.«

Er schüttelte den Kopf.

»Meine Provision nicht vergessen. Dreißig Prozent.«

»Was?«

»Weil ich dich mag. Sonst vierzig.«

»Aber ...«

»Plus Fuffi für die Träger.«

Ich starrte ihn an.

Mäx starrte zurück.

Gar nicht mal unfreundlich.

Aber schon so, dass ich keine Sekunde ans Diskutieren dachte.

»Actually«, sagte ich zu Mrs Hoang, »I want to sell three.«

»Three better.«

Sie schob ihre Hand in die Jackentasche.

»Not four?«

»Sorry. Three.«

»Oke«, sagte sie, »oke.«

Dann, ohne ein weiteres Wort, zog sie ein Bündel Scheine aus der Tasche. Dickes, hellgrünes Bündel, die Hunderter wie frisch gepresst. Sie befeuchtete ihre Fingerkuppe, zählte fünfzehn Stück ab und drückte sie mir in die Hand. Mäx zupfte sich seinen Anteil raus, und ich stand mit tausend Euro da. Zwar bös gelinkt und gedisst und alles – ich bin der Erste, der das zugibt –, aber egal. Ich fühlte mich super. Weil: Ich hielt tausend Euro in der Hand. Und tausend Euro sind super. Besonders, wenn man sie braucht. Ich schloss meine Faust um die Scheine, stopfte sie in die Hosentasche, und als Mäx mir auf die Schulter klopfte und sagte, ich solle mit anpacken, weil Berhane noch immer den Speivogel mache, packte ich mit an. Zusammen mit Mäx und Errol schleppte ich zwei Kommoden und eine Vitrine aus dem Keller und lud sie in Mrs Hoangs Transporter. Einen weißen Transporter mit tschechischem Kennzeichen. *Hoang Dao – Import & Export Ltd.* stand auf der Heckklappe, und darunter klebte eine rote Flagge mit gelbem Stern. Sozialistische Republik Vietnam, hab ich später bei Google gelernt. Wobei mich das Adjektiv überraschte. Sozialistisch, ich weiß nicht so recht.

Wie auch immer. Zum Abschied schüttelte mir Mrs Hoang jedenfalls die Hand und sagte: »Auf Wiedersehen.« Das sagte sie tatsächlich auf Deutsch, völlig akzentfrei sogar, dann setzte sie sich hinters Steuer und fuhr mit dem Alten davon.

Die anderen blieben noch kurz. Geschäftsabschluss feiern, Butterhof-Style. Mäx steuerte zielsicher auf den Spirituosenschrank im Wohnzimmer zu und holte eine Flasche Marillengeist raus. Errol zündete einen Joint an, richtig feiner Pur-Joint, den ich trotzdem nach drei Zügen weitergab, weil ich später noch Physik lernen wollte. »Na zdrowie«, rief Mäx, wir stießen die Gläser aneinander und kippten uns das Zeug in den Rachen. »Auf Vegas«, rief er wenig später … und bevor die drei dann endlich in seinen Alfa stiegen und den Hopfenweg runterbrausten, schenkte Berhane mir noch ein Tütchen Gras. Wegen der Rosen tat er das. In die hatte er sich nämlich erbrochen, der Gute. In die Princess of Wales gleich neben dem Pool.

PS

Ja, und am besten wäre es gewesen, ich wäre dann ebenfalls sofort losgeradelt und hätte das iPhone klargemacht. Habe ich aber nicht. Ich Idiot. Ich fälschte mir erstmal eine Vollmacht zurecht. Weil ich ja nur beschränkt geschäftsfähig bin. Kostete mich fast zehn Minuten, und als ich den Wisch endlich fertig hatte, hübsch mit Arztstempel meines Vaters, putzte ich mir die Zähne. Danach zog ich ein weißes Hemd an und darüber ein Jackett, und als ich in den Spiegel schaute, erkannte ich mich kaum. Zwar sah ich sehr seriös aus, aber zugleich wie der letzte Arsch von der Jungen Union. »Fuck you«, sagte ich zu dem Kerl im Spiegel, und im nächsten Moment klingelte es. Erst dachte ich an Mäx und dass er vielleicht was vergessen hatte und dann an die Zeugen Jehovas. Die ziehen samstags oft durchs Viertel und gruseln mich. Die haben immer so starre Augen, wenn sie ihre Sprüche rausleiern, und ich krieg sie nur sehr schwer abgewimmelt, weil ich nicht gut Nein sagen kann.

Statt ihnen blind in die Falle zu laufen, spähte ich aus dem Badfenster. Die Haustür lag im toten Winkel, aber ich konnte unsere Einfahrt sehen. Dort stand tatsächlich ein Fahrzeug, aber es war nicht Mäx' Alfa, sondern das braune Wurstmobil meiner Oma. Mobiler Verkaufswagen oder wie man das nennt. Mit dem fährt meine Oma an den Wochenenden zu allen möglichen Bauernmärkten in der Oberpfalz und verkauft ihre Wurst. *Stempfhuber. Frische Fleisch- und Wurstwaren aus eigener Schlachtung* steht an der Seite des Wagens, und während ich den Schriftzug las, dankte ich dem Himmel. Dafür, dass meine Oma erst jetzt ankam. Zehn Minuten früher, Mannomann!

Und, mein Ehrenwort: Ich hätte ihr gern die Tür aufgemacht. Sie wollte mir ja nichts Böses. Im Gegenteil. Nach ihrem langen Markttag war sie extra noch bis hierher nach Weiden gefahren, um mir Essen für eine Woche zu bringen, meine Wäsche zu waschen und die Küche zu putzen und was sie sonst noch alles tut, wenn sie weiß, dass ich allein zu Hause bin. Und das sind eh fast die einzigen Momente, in denen wir uns sehen: wenn ich allein zu Hause bin. Sonst kommt meine Oma praktisch nie vorbei, weil sie und meine Mutter leider kein so tolles Verhältnis haben. Die langen Schatten der Kindheit und alles, aber da kann ich ja nix dafür. Zu mir ist sie immer nett gewesen, und ich fühlte mich richtig schäbig, sie draußen in der Kälte klingeln zu lassen, ohne auch nur eine Zehe zu rühren. Half aber nichts. Musste jetzt sein. Weil, im Wohnzimmer stank es nach Gras wie in einem Coffee-Shop, und selbst wenn sie nicht gleich ins Schwarze tippen würde … dass was faul war, witterte sie bestimmt. Und ihr irgendeine Story über Duftkerzen und Räucherstäbchen auf die Nase zu binden, nie im Leben. Dafür hatte ich zu viel Respekt vor ihr. In Sachen Lügen und Täuschen und Fälschen ist sie nämlich die krasseste Person, die ich kenne. Nochmal ganz andere Liga als ich. Den guten Schüler mimen und Schulaufgaben und Zeugnisse fälschen … Das ist das eine. Aber meine Oma. Die hat sich ein Kind weggefälscht. Als sie siebzehn war. 1969. Da wurde sie mit meiner Mutter schwanger. Unehelich. Und was das zur damaligen Zeit bedeutete, in Steinlohe, mit erzkatholischen Bauerneltern, für die die Hölle so real war wie für mich das Netz, mit einem Vater vor allem, der seine Kinder *aus Prinzip* einmal die Woche zum Verprügeln antreten ließ … fragt nicht. Das übersteigt meine Vorstellungskraft.

Leider kenne ich auch nicht die ganze Geschichte, weil keiner in unserer Familie darüber spricht. Ich weiß nur, was meine Großtante Zenzi mir auf dem 60. Geburtstag meiner Oma ins Ohr geraunt hat, als sie ein paar Gläschen Eierlikör zu viel intus hatte. Das werde ich allerdings nie vergessen. Wie meine Oma sich den anschwellenden Bauch mit einem Kälberstrick zusammenschnürte. Woche für Woche straffer. Wie sie nach dem Schlachten Schweineblut beiseiteschaffte und damit ihre Stoffbinden beträufelte, sodass es nach Periode aussah. Wie sie sonntags in der Kirchbank kniete und dem Pfarrer zuhörte,

»Gott sieht alles!«, und innen trat ihr das Kind in den Bauch. Und die ganze Zeit, die ganzen Monate lang lebte sie in dem tödlichen Wissen, dass es rauskommen würde. Das Kind. Die Lüge. Die Schande. Und trotzdem zog sie es durch. Bis zum Ende. Bis in einer eisigen Februarnacht die Wehen einsetzten, sie vom Hof schlich und nach Waldmünchen ins Krankenhaus fuhr. Zwölf Kilometer auf verschneiten Pisten. Schmerzgekrümmt. Mit dem Rad.

Unfassbar harte Nummer – und das Einzige, was ich nicht ganz verstehe: Wieso sie es dann nicht anders machte? Erzieherisch. Mit Ausnahme der Prügel *aus Prinzip* drillte sie meine Mutter ja genauso, wie sie selbst gedrillt worden war. Immerzu Beten und Buckeln und Büßen und alles und überall die Bravste und Beste und Makelloseste sein. Also, irgendwie verstehe ich es schon. Das hatte man ihr halt so eingetrichtert. So war das eben damals in Steinlohe. Aber zugleich hatte sie doch am eigenen Leib erfahren, dass der Ansatz die Hölle auf Erden war. Und ein Rohrkrepierer obendrein. Ich meine, sie brachte meine Mutter ja nicht als Jungfrau zur Welt.

Wie auch immer. Jedenfalls habe ich einen Riesenrespekt vor meiner Oma und wünsche ihr nur das Beste. Mir aber auch. Ich blieb reglos im Bad stehen, und als das Klingeln erstarb, duckte ich mich. Ging auf alle viere wie ein räudiger Köter, weil das Fenster fast bodentief ist. Ein Silberfischchen huschte über die Fliesen, draußen klappte eine Wagentür auf – wurde aber nicht wieder zugeschlagen. Auch der Motor des Wurstmobils startete nicht. Ich lauschte … lauschte länger … Schritte kamen wieder auf die Haustür zu. Unmöglich, dachte ich, meine Oma *kann* keinen Schlüssel haben, das würde meine Mutter *nie* erlauben, die Sekunden verstrichen, abermals Schritte, jetzt in die Gegenrichtung, und dann schlug die Wagentür zu. Unmittelbar darauf ein Knattern und Spotzen, der Motor sprang an, und meine Oma tuckerte davon. Ich wartete mit klopfendem Herzen, wartete, bis es totenstill war, erst dann lief ich die Treppe runter und öffnete die Tür. An der Klinke baumelte eine Plastiktüte. Randvoll mit Bierschinken, Knackern und Leberkäs. Einen Zettel entdeckte ich auch.

Lieber Benedikt, stand darauf, *leider warst ned daheim, aber ich hab dir a Wurscht dalassen. Lass dir's nur schmecken.*

Alles Liebe von der Oma

Mann. Meine Oma. So nett von ihr. Ich packte die Würste sofort in den Kühlschrank, damit sie nicht vergammelten. Dann kippte ich die Wohnzimmerfenster und radelte zu Media Markt, und darüber gibt's zum Glück wenig zu sagen. So gut wie nichts eigentlich. Der Verkäufer, der mich bediente, wollte nicht mal die Vollmacht sehen, die mir den ganzen Stress eingebrockt hatte. Der stellte mir nur eine Frage: Ob ich das iPhone in Space-Grau oder Silber erwerben wolle. »Space-Grau«, sagte ich. Passt besser zu Jiří, finde ich. Und die Frau an der Kasse, der ich die Scheine hinblätterte, nahm sie, ohne mit der Wimper zu zucken. Als sie mir mein Wechselgeld gab, eine blitzblanke Euromünze, lächelte sie sogar. Als sei ich ein völlig normaler Kunde. Und obwohl ich mich absolut nicht so fühlte: Objektiv gesehen war ich das ja.

Kapitel 13

4. Dezember

ICH SCHWÖRE! Bei meinem Leben! Wenn das hier gut ausgeht, höre ich zu fälschen auf. Ich büffele zehn Stunden am Tag und führe das erbärmlichste Streberleben à la Frank Gruber oder Poschenstreber ... alles egal. Alles besser als dieser Horrorkram, der heute passiert ist. So was stehe ich nicht nochmal durch. Ein Grauen bereits die Physik-Klausur, als Sargnagel mich nicht aufs Klo gehen ließ. Das heißt, er ließ mich schon. Bloß nicht auf das Klo, auf dem Jiří das Lösungsblatt für mich deponiert hatte. Als ich zur Tür lief, vertrat er mir den Weg und hielt mir den Schlüssel zur Lehrertoilette hin. Schnarrte was von wegen »bemerkenswerte Leistung in Mathematik« und »Sonderbehandlung verdient«. Er blieb sogar im Türrahmen stehen, ein Auge in der Klasse, das andere im Flur, und kontrollierte jeden Schritt von mir – die Schritte einer wandelnden Leiche, deren Welt gerade in Flammen aufging.

Aber: kein Wort über diesen Moment. So schlimm er war ... der wirkliche Schrecken kam erst noch. Und für den bin ich nicht gemacht. Weil, ich bin kein Schwerkrimineller. Und Vince und Prechtl – die besten Freunde, die es auf der Welt gibt – sind es ebenso wenig. Aber jetzt hängen sie mit drin. Jetzt sind wir alle am Arsch. So krass am Arsch. Wenn's rauskommt, heißt das. Und das DARF es nicht. NIE. NIE NIE NIE! Und im Moment ... im Moment sieht's auch nicht so aus. Jedenfalls wenn man den Meldungen auf *Onetz.de* glaubt. Den aktuellen Polizeimeldungen dort. Und ich glaube daran. Mit jeder Faser meines Wesens. Und hoffe und bete, dass die Polizei keine Fake News postet. Und dass Sargnagel ... Und dass ... GOTT ... wo fang ich an?

Vielleicht ... mit den Glocken. Mit dem Geläut der Glocken, das der Wind zu uns herübertrug. Die vier kurzen, hellen Schläge für die volle Stunde gingen im Rauschen des Regens fast unter, aber die vier dumpfen, langen, die darauf folgten, konnten wir deutlich hören.

»Gleich fängt die Zehnte an«, murmelte Vince, der neben mir im Gestrüpp der Bahnböschung lag und durch die tropfenden Büsche zum Haus hinspähte.

»Fünfzig Minuten«, gab ich zurück.

Prechtl scharrte mit den Füßen im Schotter.

»Dann los«, sagte er, »ist schummrig genug.«

Ich starrte auf die Rückseite des Hauses, die dunklen Fenster, den grauen Putz – starrte mit einer Inbrunst dorthin, als könne ich mich kraft meines Willens durch die Mauern beamen, dann nickte ich. »Aber ...«

»Schon klar«, schnitt Prechtl mich ab, »immer entlang der Nachbarhecke, bin ja nicht blöd.«

Sprach's und spurtete los. Ein Schatten im diesigen Dämmerlicht. Vince und ich folgten ihm. Wir huschten über den Streifen Brachland, der zwischen Bahndamm und Garten lag, flankten über den Zaun, liefen im Schutz der Hecke über den Rasen und drückten uns an die Wand. Atemgeräusche. Regenrauschen. Das Müffeln der Parkas, die ich aus dem Kleidercontainer beim Butterhof gefischt hatte. Auf dem Nachbargrundstück rührte sich nichts.

»Terrassentür?«, flüsterte Prechtl und zupfte an seiner Skimaske rum.

Ich schüttelte den Kopf.

»Erstmal die Lichtschächte checken«, wisperte ich.

Vince hob den Daumen und ging voran. Watschelte
im Entengang an der Hauswand entlang, seine Sohlen
schmatzten auf den feuchten Fliesen, er stoppte. Rüttelte
am Gitterrost. Schüttelte den Kopf.

»Sitzt bombenfest.«

Ein paar Schritte weiter genau dasselbe. Beim dritten
Schacht aber, keinen Meter mehr von der Hausecke entfernt, ertönte ein leises Klappern.

»Hat Spiel«, sagte Vince.

Zu dritt beugten wir uns über das Gitter. Zerrten und
zogen. Hoben es aus der Verankerung und schauten in
den Schacht. Modriges Laub bedeckte den Boden, das
Fenster war kaum größer als eine Ofenklappe. Unter der
Scheibe ein weißer Tank, grüne Lichter blinkten aus dem
Dunkel, der Heizkeller offenbar.

Ich nahm den Rucksack vom Rücken, zippte den Reißverschluss auf und tastete nach dem Feldstein. Meine Finger streiften die Klarsichthülle, in der Jiřís Lösungsblatt
steckte, dann bekam ich den Stein zu fassen und legte ihn
neben mich ins Gras. Griff abermals in den Rucksack und
zog die OP-Handschuhe raus.

»Hab doch schon Handschuhe an«, flüsterte Prechtl, als
ich sie ihm entgegenhielt.

»Mit denen kannst du aber nicht schreiben«, erwiderte
ich.

»Mann«, sagte er, »hast recht.«

Er nahm mir zwei Paar ab, reichte eins davon weiter an
Vince, und in dem Moment, als sich unsere Finger in das

Latex dehnten und wie in Bleichmittel getaucht über der Schachtöffnung schwebten, verlangsamte sich die Zeit. Vince sog geräuschvoll Luft in die Lungen, Prechtl starrte auf seine Hände, als hätte sie ihm jemand frisch angenäht – und ich … ich fixierte die Lichter im Keller und dachte: Scheiße, ich muss allein reingehen.

Weil, dass *ich* reingehen würde, wusste ich. Seit Prechtl mich auf die Idee gebracht hatte, wusste ich das. Anfang der sechsten Stunde war das gewesen. Auf dem Schulklo. Gleich nach Physik. Da hatten mich die beiden gefunden. Zusammengesackt in einer Klokabine. Kopf an der Schüssel. Jiřís Lösungsblatt in der Hand. Sie waren mir nachgelaufen, weil ich ausgesehen hatte wie einer, der Gift schlucken wollte. Hat Vince hinterher gesagt. Er ging neben mir in die Hocke und legte mir die Hand auf die Schulter. Prechtl, den Heulen nervös macht, blieb an der Wand stehen und sah mich verunsichert an. Beide sahen mich an. Warteten. Schwiegen. Und ich packte aus. Erzählte ihnen alles. Vom gescheiterten Heinrich-Manöver. Vom Lügen und Fälschen. Dem Horror, der über mich hereinbrechen würde, sobald die Oswald bei meinen Eltern anrief. Wie unter Zwang leierte ich alles raus, sah mein Entsetzen in ihren Gesichtern gespiegelt, und dann, als ich fertig war, herrschte Stille. So still war's noch nie auf einem Schulklo. War auch kein Schulklo mehr. War eine Todeszelle. Meine Todeszelle. Zwei Quadratmeter verpisste Keramik – und keine Hoffnung, nirgendwo.

Bis Prechtl was sagte. »Da läuft das Gerippe«, sagte er leise, den Kopf Richtung Fenster gewandt. Er spuckte gegen die Scheibe, dann wanderte sein Blick zu mir. Zu Jiřís Lösungsblatt, das ich noch immer umklammert hielt, und in seinem Blick lag die ganze Verzweiflung von einem, der in Mathe und Physik auf Sechs stand und ohne ein Wunder durchrasseln würde. Im nächsten Moment war die Verzweiflung weg. Ausgelöscht. Durch Tollwut ersetzt. Kontrollierte Tollwut, falls es das gibt. Er sprang in die Kabine, zog mich hoch und zerrte mich ans Fenster. Deutete raus in den Regen. Zum Lehrerparkplatz. Wo Sargnagel sein Auto aufsperrte und den Aktenkoffer auf den Beifahrersitz warf.

»Unsere Blätter«, zischte er, »wenn wir an unsere Blätter kommen, *bevor* er zu korrigieren anfängt ...« – ich begriff sofort, was er meinte. Komplett, meine ich. War wie Telepathie oder so. Reanimation durch Gedankenübertragung. Eine irre Hitze im Körper und dazu ALLES, ALLES vor Augen, was Prechtl vor Augen stand: Bartels, der montags nie zum Training kam, weil er Neunte und Zehnte Physik bei Sargnagel hatte ... Sargnagel, der jetzt nach Hause fuhr ... Die Klausuren im Schreibtisch oder sonst wo verstaute ... Ab Viertel nach drei die 9c terrorisierte ... Geschieden, der Mann, keine Frau ... Ich starrte Prechtl an. Seine Augen blitzten.

»YES«, rief er, »wir legen der Krähe ein Ei ins Nest!«

Prechtl. Ehrlich. Manchmal wünsche ich mir sein Gemüt. Ich schaute zu Vince. Der grinste nicht. Er wiegte den Kopf hin und her. Verständlich, finde ich. Bei ihm ging's ja nicht ums nackte Leben. Sondern nur um ein halbes Jahr Kalifornien.

»Schon heavy«, sagte er, und: »Weiß nicht so recht«, und tatsächlich wusste er es eine ganze Weile nicht. Zwar schlug er selbst den Kontrollanruf vor – Anruf bei Sargnagel mittags, um sicherzugehen, dass er wirklich nach Hause gefahren war –, aber endgültig entschied er sich erst Anfang der Neunten. Als Sargnagel die 9c betrat. Das beobachteten wir durch die Scheiben. Von der Haltestelle gegenüber, und als irgendein armer Tropf zur Abfrage vor ans Board schlich, sagte Vince: »Ihr spinnt, ihr beiden.« Und dann: »Lass hintenrum fahren. Am Flutkanal lang.«

Ja – und jetzt kauerten wir hier vor dem Schacht, verkleidet, vermummt, mit kalkbleichen Händen, und ich dachte: scheiße, doch allein.

Ein paar lange, zähe Sekunden verstrichen, dann pfiff ein metallischer Ton durch die Luft, Lichtschemen zuckten durch die Büsche, ein Zug donnerte über die Gleise – und Prechtls Fuß steckte im Glas. Der rechte. Doc Martens. Bis hoch zum Schaft.

»Krass«, sagte er wie von sich selbst überrascht, »voll der Reflex.«

»Umso besser«, sagte ich, »hab kaum das Splittern gehört.«

»Und jetzt zieh den Schuh wieder raus!«, zischte Vince. Er fasste an Prechtls Bein vorbei durch das Loch, drehte den Griff und schubste das Fenster auf. Holte Luft. Und kletterte rein. Dahinter Prechtl. Zuletzt ich. Als ich fest auf dem Heiztank stand, streckte ich mich nach dem Gitter, das wir oben ins Gras gelegt hatten, und rückte es über den Schacht. Dann sprang ich auf den Boden, Scherben knackten, Vince zog die Metalltür auf, und wir pirschten wie das SEK die Treppe hoch.

Essensgeruch schlug uns entgegen, Kohl oder Lauch oder sonst was Bitteres, drei Türen gingen von der Diele ab. Prechtl öffnete die rechte, »Windfang«, murmelte er. Ich spähte durch das Schlüsselloch der mittleren und blickte auf einen Herd. Schob die Tür einen Spaltbreit auf und scannte den Küchentisch: *Der neue Tag*, ein leeres Wasserglas, Sargnagels schnurloses Telefon, auf dem er sich zuvor noch gemeldet hatte, sonst nichts. Vince neben mir sagte: »Der hat sein Arbeitszimmer bestimmt oben.«

Ich deutete die Diele runter: »Lass trotzdem noch das Wohnzimmer checken.«

Er nickte, lief auf die offen stehende Tür zu … und zuckte zusammen.

»FUUH«, machte er.

Ich fletschte die Zähne.

»Was?«, flüsterte Prechtl, »was geht ab.«

Vince antwortete nicht. Stand da wie festgenagelt.

»Sag was«, flüsterte ich.

Prechtl drängte an mir vorbei … und lachte.

»Glaub ich jetzt nicht«, sagte er, »Sargnagel hat eine Pussy.«

Drei Schritte und ich stand hinter den beiden. Mein Blick glitt durch den Raum – und tatsächlich: Auf der Lehne des schwarzen Fernsehsessels saß eine Katze. Eine echte, lebendige Katze. Grau getigert, mit weißen Pfoten, sie bewegte sich keinen Zentimeter, fauchte nicht und griff uns nicht an. Hatte aber auch keinerlei Angst vor uns. Ließ sich null davon irritieren, dass da drei Typen in Skimasken standen und sie anglotzten wie das achte Weltwunder. Sie starrte einfach zurück aus ihren grünen Augen, und dann, kein Witz, dann gähnte sie. Riss ihr Maul richtig weit auf, ich konnte bis runter in den Rachen sehen, und als sie fertig gegähnt hatte, leckte sie sich die Pfoten. Ihre Zunge fuhr in schnellen Schlägen über das Fell, und so seltsam es klingen mag: Das entspannte mich. Vielleicht, keine Ahnung, der überwundene Schreck oder dass die Katze sich so völlig *normal* verhielt … Jedenfalls fuhr mein Stresslevel runter. Zwar fühlte ich mich nicht gleich wie der Hausbesitzer und fand es auch gruslig, dass wir nicht allein hier waren. Trotzdem: Die Anspannung ließ nach.

Bei Vince dauerte es länger. Er hatte allerdings auch Erst-kontakt gehabt. Den Schreck abgefedert. Einen fürs Team eingesteckt.

»Gott«, sagte er schließlich, »immerhin kein Köter.«

»Zum Glück«, sagte ich, warf einen letzten Blick ins Zimmer – nichts, was im Entferntesten auf Schule oder Klausuren hinwies –, dann liefen wir die Treppe hoch. Anders als bei der Kellertreppe waren die Stufen aus Holz und knarzten alle paar Schritte. Dunkler wurde es auch. Unten war durch die Wohnzimmertür Licht in die Diele gefallen, aber hier oben im Flur waren alle Türen geschlossen. Vier Stück zählte ich. Ich öffnete die erste rechts. Sie führte ins Schlafzimmer. Unendlich trister Raum. Zwar stand ein Doppelbett darin, aber nur die linke Seite war gemacht. Auf der rechten gab's weder Decke noch Kissen. Die Matratze lag ohne Betttuch im Rahmen, das rechte Nachtschränkchen fehlte auch. Keine Bilder an den Wänden. Kein Spiegel. Nichts. Ich musste an Prechtls Vater denken und dass er Sargnagel ausgequetscht hatte bis aufs Blut. War keine Übertreibung gewesen. Jeder Mönch schlief mit mehr Komfort.

Ich drückte die nächste Klinke. Das Bad. Braun gekachelte Wände, Arzneimittelgeruch in der Luft, die Klobrille war hochgeklappt.

»Der pinkelt im Stehen«, sagte Vince und schob die Tür wieder zu. Prechtl war schon ein Zimmer weiter und machte sich an einem Sekretär zu schaffen. Er hatte die Schubladen unter der Schreibplatte aufgezogen und hielt ein Album in der Hand. Ein Münzalbum. Sargnagel sammelte offenbar Münzen. Richtig professionell. Das Album, das Prechtl rausgeholt hatte, war nicht das einzige. Sechs weitere lagen in den Schubladen rum. Dazu entdeckten wir Pinzetten, Poliertücher und ein Reinigungsmittel extra für Silber. Einen Stapel Magazine, *MünzenRevue* und *Der Numismatiker*, in denen Post-its klebten. Und oben, in den kleinen Ziehfächern, befanden sich mehrere Schatullen mit den vermutlich wertvollsten Stücken.

»Perfekt«, sagte Prechtl, »stecken wir alles ein.«

Vince schüttelte den Kopf. Ich überlegte hin und her. Weil, es war ursprünglich meine Idee gewesen, einen Einbruch zu faken. Einen echten, bei dem was geklaut wird, meine ich. Zwar konnte ich mir kaum vorstellen, dass irgendein Lehrer bei einer zertrümmerten Scheibe daran dachte, dass Schüler bei ihm eingestiegen waren, um bei ihm vor Ort ihre Noten aufzubessern. Aber Sargnagel war nicht irgendein Lehrer. Das war ein Bluthund. Dem traute ich alles zu. Jeden noch so verdorbenen Gedanken, und hätten wir die Terrassentür einschlagen müssen, ich hätte Prechtl zugestimmt. Bloß jetzt … mit dem Lichtschacht. Wer weiß, wann er das nächste Mal in den Heizkeller ging. Wenn wir das Gitter wieder sauber auf den Schacht bekamen, konnten Tage oder Wochen vergehen, bis er was merkte. Dann wäre die Klausur längst Schnee von gestern, und nicht mal Sherlock Holmes käme uns noch auf die Spur.

»Entscheiden wir später«, sagte ich, »erstmal suchen wir weiter.«

Vince nickte und drückte die Schubladen zu, ich lief zurück in den Flur. Spähte den Treppenaufgang zum Dachgeschoss hoch, braune Kartons auf den Stufen, und öffnete die letzte Tür. Das Arbeitszimmer. Gar keine Frage. Links und rechts an den Wänden brechend volle Bücherregale, und direkt gegenüber, unter dem Fenster, da stand Sargnagels Schreibtisch.

»Bingo«, sagte Prechtl und trat in den Raum.

Vince zog ihn an der Schulter zurück: »Bescheuert, oder was! Schuhe aus!« Seine Stimme ein halbes Fauchen, und das zu Recht. Grauer Teppich bedeckte den Boden, und wir waren ja nicht mit dem Taxi gekommen, sondern von hinten über die nassen Wiesen. In unseren Sohlenprofilen steckte sicher noch Dreck, und wenn es ausgerechnet hier so aussah, als seien die Handwerker dagewesen … fatal.

»Alter«, murmelte Prechtl, »bin mit den Profis unterwegs.«

Wir warteten, bis er seine Docs aufgeschnürt hatte, dann schlichen wir auf Socken ins Zimmer. Mit den Regalen hielten wir uns gar nicht erst auf, sondern steuerten direkt den Schreibtisch an. Schwarzes Metallteil, bestimmt zentnerschwer. Darauf ein Monitor aus antiker Zeit, davor ein Drehstuhl mit Kopfstütze, und als wir uns um den Stuhl gruppierten, sank mir das Herz in die Hose. Auf dem Schreibtisch lagen Klausurblätter. Der rechte Stapel noch unkorrigiert, der linke jedoch mit Rot befleckt. Eine 5 stach mir ins Auge.

»Nur die 7 a«, sagte Vince, »ganz ruhig.«

Er zog die mittlere der drei Schubladen auf. Spiralblöcke, Hefte, irgendein Kram. Er zog die unterste Schublade auf, mein Puls schnellte in die Höhe. Hängemappen. Ein halbes Dutzend oder mehr. Hingen da an ihren Bügeln. Mit Steckschildchen obendrauf. *7a*, las ich auf den Schildchen, *8c*, *9c*, und dann: *10b*. Und die *10b*-Mappe war gefüllt. Mit karierten Blättern. Im DIN-A4-Format. Ich musste mich irre beherrschen, nicht reinzugrapschen, aber ich schaffte es. Wartete, bis Vince sein Handy gezückt und die Schublade fotografiert hatte. Erst dann zog ich die Blätter raus. Ein Blick darauf... und Glückskapseln explodierten in meinem Körper. Millionen davon. Mit Skimaske auf dem Schädel, als Einbrecher im Haus meines Mathelehrers, war ich der glücklichste Mensch der Welt. Umringt von den glücklichsten Freunden der Welt.

»Sargnagel«, rief Prechtl, »ich liebe dich!«

Vince zog seine Maske hoch und strahlte uns an. Wir strahlten zurück. Strahlten wie die Sterne am Himmel. Ein solches Strahlen, eine solche Freude ... das hat's in diesem Haus noch nie gegeben. Das weiß ich mit Sicherheit.

Vince fing sich als Erster wieder.

»Okay«, sagte er, »und jetzt los.«

Er nahm mir die Klausuren ab und legte sie auf den Teppich. Ich holte Jiřís Lösungszettel raus, Prechtl rieb sich fickrig die Hände. Vince und ich sahen ihn an.

»Timo ...«, sagte ich.

»Mein Wort«, sagte Prechtl, »alles genau nach Plan.«

Zwar grinste er über beide Ohren – aber er hielt sich dran. Wir alle hielten uns dran. Hielten uns an den besten, klügsten und leider verheerendsten Plan, den ein Schüler nur aushecken kann. Mein Plan, um ehrlich zu sein. Abschreiben, lautete der, aber seriös! Bedeutete: keine 1. Für niemanden von uns. Obwohl Jiří alles gelöst hatte. Von der 1a bis zur 5c. Trotzdem. Sosehr es uns in den Fingern juckte, wir übernahmen nur Teile. Verschiedene Teile, soweit es ging. In verschiedener Reihenfolge. Und: Wir copy & pasteten nicht nur. Nein. Wir gingen die Extrameile. Besonders bei den Aufgaben, die wir vormittags gar nicht bearbeitet hatten. Die schrieben wir zunächst bei unseren Klassenkameraden ab. Pausten Durchgestrichenes ab. Kopierten abbrechende Lösungswege. Strichen sie wieder. Setzten von Neuem an. Und Vince, der die beste Physik-Peilung hat, wich sogar einmal von Jiřís Vorlage ab. Er folgte dem Ansatz von Poschenstreber. Gruppe B, genau wie wir.

Wäre ich allein gewesen, ich hätte nie einen solchen Aufwand betrieben. Aber wir waren ja zu dritt. Toll fürs Gefühl. Zugleich ein Riesenproblem. Weil: Würden wir drei – beste Freunde, Tenniskumpane – alle mit denselben perfekten, aalglatt runtergerechneten Toplösungen glänzen … Sargnagel würde stutzig werden. Garantiert. Und wer weiß, was er dann machte! Was ihm die Schulordnung für Spielräume bot! Vielleicht, mein Albtraum, gab's sogar einen extra Paragrafen dafür. So was wie: Bei akutem Betrugsverdacht kann die Lehrkraft die Klausur wiederholen. Indizienbeweis genügt oder so. Kein Dunst, ob's so einen Paragrafen gibt. Ich kenn die verfluchte Ordnung ja nicht. Aber ich fürchtete sie. Und Sargnagel fürchte ich noch viel mehr. Deshalb die Extrameile. Damit uns keiner so leicht was am Zeug flicken konnte. Damit es maximal echt aussah. Und, ohne mich groß loben zu wollen: Als wir zum Ende hin unsere Blätter verglichen … klasse. Optisch grundverschieden. Und, das Beste: Es standen tatsächlich verschiedene Dinge darauf.

Ja. Spitzenplan, wie gesagt. Und das Verheerende daran? Er kostete Zeit. Schon verrückt irgendwie: in ein Haus einbrechen und einen Stapel Blätter finden … Eine Sache von wenigen Minuten. Seriös abschreiben dagegen? Zumal bei schwindendem Licht? Das dauerte eine Ewigkeit. 16:33 zeigte Vinces Handy an, als er seinen Stift wegsteckte. Als Erster. Prechtl und ich schrieben noch.

»Leute«, sagte er, »gongt bald.«

»Gleich fertig«, sagte ich.

Prechtl schnaufte: »Drei Minuten.«

Vince hielt mir sein Display hin. Das Foto von der Schublade.

»Die Blätter«, sagte er, »Faltkante nach unten in die Mappe.«

»Faltkante nach unten«, wiederholte ich.

»Vorn der A-Stapel«, sagte er, »dann so.« Er tippte auf den Zettel, auf dem er die Namensreihenfolge des B-Stapels notiert hatte. »Kein Pfusch«, sagte er, »am Schluss hat der ein fotografisches Gedächtnis.«

Ich nickte, Prechtl hob den Kopf: »Haust du ab, oder was? Find ich voll kameradensaumäßig.«

»Depp«, sagte Vince, »ich schau nach dem Gitter.« Er sah mich an. »Die Münzen ... Ich würd sagen, wir lassen das.«

Ich hob den Daumen. Richtig erleichtert. Ich hatte überhaupt keine Lust, Sargnagel zu beklauen.

»Bisschen Tempo«, sagte Vince und lief aus dem Zimmer. Er schlüpfte in seine Schuhe, dann verschwand er im Flur. Schritte knarzten auf den Stufen, brachen ab. »Benedikt?«

»Was?«

»Schuhe erst unten anziehen.«

»Okay«, sagte ich. Hörte ihn mit dem Ärmel über die Stufen wischen, dann beugte ich mich wieder über mein Blatt. Machte fertig. Wartete auf Prechtl, der immer noch schrieb. Sortierte dabei die Blätter. Prüfte die Reihenfolge.

»Come on«, sagte ich und warf einen Blick aus dem Fenster: Regen. Gelbe Lichter jenseits der Wiesen. Der Bahndamm von der Dunkelheit halb verschluckt.

»Geschafft«, sagte Prechtl endlich und gab mir seine Klausur. Ich ordnete sie zwischen *Dressler* und *Nirschl*, dann legte ich den Stapel in die Mappe zurück. Drückte die Schublade zu. Lief zur Tür und schaute ein letztes Mal in den Raum. Alles genau wie zuvor. Nur eine Spur Farbe auf kariertem Papier würden wir zurücklassen. Sonst nichts.

Ich schloss die Tür des Arbeitszimmers, Prechtl schlug mir auf die Schulter.

»Dschägga«, rief er, »jetzt feiern wir.«

»Erstmal raus hier«, sagte ich und bückte mich nach den Schuhen. Hielt ihm seine stinkenden Docs hin, er nahm sie mir ab.

»Eins schwör ich dir«, sagte er ... und verstummte.

In der Diele miaute die Katze.

Irgendwie aufgekratzt.

Miaute ein zweites Mal.

Pfoten schabten auf Holz.

»Was hat'n das V...?«

»Still«, zischte ich.

Lauschte mit angehaltenem Atem.

Zückte mein Handy.

16:39. Sechs Minuten bis Ende der zehnten Stunde. Dazu der Fahrtweg. Nie! Niemals würde Sargnagel früher Schluss machen! Es sei denn, er fiele tot um. Und dann wäre er auch nicht hier. Ich atmete aus, unten ging die Haustür auf. Völlig unspektakulär. Mit einem leisen Schnappen. Das mir wie ein Stromstoß in den Leib fuhr. Im selben Moment lag ich auf dem Boden. Im Münzzimmer. Von Prechtl reingeschubst. Hörte Schritte. Und Stimmen. Mehrere. Ein Mädchen: »Durch die Theoretische, die Pia?« Ein Typ: »Hast aber nicht von mir.« Zweiter Typ, wuchtiger Bass: »Wer die Theoretische ned packt, ghört sich eingeliefert.« Sie öffneten die Dielentür, die Katze miaute, eine vierte Stimme sagte auch noch was. »Minki, du Liebe«, sagte sie, »hat der Papa wieder dein Futter vergessen. Na komm!«

Trotz rasendem Puls und schockstarrem Körper ... mir klappte der Kiefer runter. PAPA! Hatte sie wirklich gesagt. Alles. Alles nehme ich auf meine Kappe. Aber nicht, dass Sargnagel eine Tochter hat. Die bei ihm wohnt! Und auch noch Freunde hat! Masochisten-Tochter, Samariter-Tochter, wieso bist du mit der Mama nicht auf und davon ... die Mädchen lachten, ich presste Prechtl die Lippen aufs Ohr.

»Fenster«, hauchte ich.

Wir zogen unsere Schuhe an. In Superzeitlupe. Streiften die Skimasken über. Und krochen los. Auf allen vieren. Wie Soldaten durch ein Minenfeld. Unterarm auf den Boden gesetzt, Gewicht allmählich darauf verlagert, Knie gehoben, Bein nachgerückt. Wieder. Pause. Und wieder. Pause. Und wieder. Nie kroch jemand leiser durch ein Zimmer. Nie jemand langsamer auch. Trotzdem. Unser Atem, das Reiben des Stoffs auf dem Teppich, sogar unser Schlucken ... alles wie durch den Verstärker gejagt. Genauso die Stimmen unten. Ich hörte jeden Satz, den sie sagten. Jedes einzelne Wort. Über die ach so tolle Pia mit ihren inzwischen achtundvierzig Fahrstunden, über den Fahrlehrer von Sargnagels Tochter, der ihr bei jedem Schulterblick in den Ausschnitt gaffe, Spanner reihenweise auch in der Thermenwelt, der Bass-Typ zog über seinen Bruder her, der seit Neustem tindere, ohne jeden Erfolg ... und das alles wäre sogar spannend gewesen – Leute belauschen, immer spannend –, wären wir hier oben nicht halb verreckt.

Und dann verreckten wir gleich noch mehr: fünf Kilometer Minenfeld … und das Fenster erwies sich als Sackgasse. Als wir nämlich durch die Scheibe spähten, sahen wir auf die Terrasse. Durch die Wohnzimmerfenster fiel Licht auf die Fliesen, Regentropfen zerplatzten darauf wie Geschosse. Drei Meter ging's sicher runter. Vom Fenstersims eher vier. Knöchelbruch. Bestenfalls. Und die Nachbarhecke, die unseren Sturz hätte auffangen können, war viel zu weit weg.

»Fuck«, knirschte Prechtl, »was jetzt?«

Meine Schläfen pochten, ich wusste es nicht.

»Auf jeden …«, flüsterte ich, der Rest blieb mir in der Kehle stecken.

Draußen im Flur ging Licht an. Ohne Warnung und nix. Keiner, der sagte: Achtung, ich geh jetzt nach oben, wie das im *Tatort* so üblich ist. Null. Die unterhielten sich einfach weiter, und irgendwer hatte das Licht angeknipst. Durchs Schlüsselloch gleißte es rein. Stufen knarrten, Prechtl ballte die Hände zu Fäusten, ich zerbiss mir die Zunge, die Schritte trampelten an der Tür vorbei. Weiter die Treppe zum Dachgeschoss hoch.

»Mareike«, rief Sargnagels Tochter von oben, »Handtuch?« – »Glaub's oder nicht«, rief Mareike zurück, »hab heut selbst eins dabei.« Pause. »Aber Föhn wär super, die Wanddinger sind immer so heiß.« – »Okay«, rief Sargnagels Tochter und ging in ihr Zimmer.

Prechtl und ich starrten uns an.

»Die wollen in die Thermenwelt«, flüsterte ich.

»Bloß wann«, flüsterte er, »wann verflucht?«

Ich zog mein Handy raus. 16:47. Seit zwei Minuten war die zehnte Stunde aus.

Und, klar, ab dem Moment stand der Gedanke im Raum. Der stand da nicht nur. Der explodierte richtig. Besonders bei Prechtl. Während oben Schubladen geöffnet wurden, machte er sich an meinem Rucksack zu schaffen. Zog millimeterweise den Reißverschluss auf, und als ich ihn ansah, raunte er: »Stein.«

»Krank oder was?«

»Nur Einschüchterung.«

Ich drückte seine Hand weg, aber vielleicht – vielleicht hätten wir es so machen sollen: Augen zu und durch. Bloß, die waren zu viert. Zwei Typen dabei. Wenn einer, keine Ahnung, den Helden spielen wollte? Beschützer der Mädchen, Robtor-Statur. Was dann? Plus: Die hörten uns kommen. Zimmer, Flur, dann die Stufen runter. Das Knarzen, das Poltern … allein bei der Vorstellung schiss ich mich ein. Und *wenn* wir es nach draußen schafften: Die würden sofort die 110 wählen. Unsere Fluchtrichtung kannten sie auch. Außerdem: Vince? Wo zum Teufel war Vince eigentlich? Und das alles … dieser Gedankentornado … sogar die treppabwärts trampelnden Schritte wenig später … das alles war nur Hintergrundrauschen. Weil, ich hoffte wieder. Die Hoffnung TOBTE in mir. Dass sie gleich die Kurve kratzten. Sich in die Thermenwelt verpissten, bevor Sargnagel nach Hause kam. Der vielleicht gar nicht so schnell kam. Vielleicht musste er nach der Schule noch zum Arzt. Oder Einkaufen. Oder Münzen sammeln oder was weiß ich.

Ja, das alles hoffte ich. Und dann krepierte die Hoffnung. Weil ich pausenlos auf mein Display starrte, kann ich sogar den Zeitpunkt nennen. *16:55*. Da sagte Mareike was. »Ah, blöd«, sagte sie, »hab die Einfahrt zugeparkt.« Der erste Typ erwiderte: »Ne, er kommt schon vorbei.« Und

der Bass-Typ, der die ganze Zeit einen auf dicke Hose gemacht hatte, Riesenfresse und Meinung zu allem … der
hatte es plötzlich eilig. »Auf geht's«, rief er und klatschte
in die Hände – und ich wusste genau, weshalb. War fast so,
als sähe ich es mit eigenen Augen: die Scheinwerfer, die in
die Küche strahlten, der Wagen, der in die Einfahrt rollte,
der ersterbende Motor und das bleiche Gesicht hinter
der Windschutzscheibe … *Tatort*, von wegen, *Night of the
Living Dead* war das.

Und falls wer denkt, *ich* hätte panisch reagiert. Der hat
Prechtl nicht erlebt. Während unten Stühle gerückt wurden, packte er mich am Kragen.

»Der spürt's«, zischte er mir ins Ohr.

»Was?«, flüsterte ich.

»Dass wer im Haus ist, der *spürt's*, sag ich dir.«

Jetzt packte ich ihn am Kragen. Richtig brutal.

»Keiner. Spürt. Irgendwas«, zischte ich zurück. Wehrte
mich mit aller Kraft gegen die okkulte Scheiße, die er da
verbreitete. Hochinfektiös fühlte sich die an. Ratata-tat,
Ratata-tat, ein Güterzug rollte über die Gleise und radierte die Stimmen im Windfang aus, ich ließ Prechtl
los. Mit zwei schnellen Schritten war ich beim Sekretär.
Während die Waggons vorüberratterten, riss ich die Fächer über der Schreibplatte auf. Pflückte wie besessen die
Schatullen raus und stopfte sie in den Rucksack. Weil, die
Hoffnung, hier *unbemerkt* rauszukommen, war tot. Das
Einzige, was ich noch hoffte: dass Sargnagel zuerst ins Arbeitszimmer ging. Dann wäre der Weg zur Treppe frei und
wir konnten sprinten. Besser, es würde … nein, es *musste*
wie ein Einbruch wirken.

Und Prechtl? Was machte Prechtl, während ich die Kohlen aus dem Feuer holte? Der sah mir tatenlos zu. Stand wie ein Götze am Fenster, dann huschte er zur Tür. Erst dachte ich, er wolle die Klinke drücken, aber nein. Er legte nur seine Hand darauf. Brachte sich in die bestmögliche Startposition. Die ich nicht mehr erreichte. Auch Güterzüge haben ein Ende. Als das Rattern in der Ferne verklang, schulterte ich den Rucksack und verharrte vorm Sekretär. Verfluchte vier Meter hinter ihm. Starrte auf seine zitternde Hand. Lauschte. Nichts. Doch. Ganz leise. Eine Mädchenstimme. Was sie sagte, konnte ich nicht verstehen. Aber die Antwort hörte ich. Sargnagels Stimme, sein Schnarren. Er stand schon im Windfang und sprach ins Freie: »Sie wissen, Frau Bösl, auch Winterreifen schützen vor überfrierender Nässe nicht.« Genervter Ausruf: »Papa!« Mareike murmelte irgendwas. »Ihnen ebenso«, sagte Sargnagel, eine Autotür schlug zu. Eine zweite. Dann fiel die Haustür ins Schloss.

Ein Rascheln, ein Pocken ... Mantel ausziehen, Koffer abstellen oder was auch immer ... Jetzt, wohin jetzt ... Küche. Eindeutig Küche. Er griff nach was, nach ... dem Telefon. Tasten piepten, Stecknadelstille, offenbar hörte er den Anrufbeantworter ab. Plötzlich, wie aus dem Nichts: »Abstrus!« Es piepte abermals, er hustete, dann ging's los. Die Stufen knarrten, Adrenalin jagte durch meine Adern, jede Nervenfaser ein Starkstromkabel, und trotzdem: Ich stand da wie aus Fels gehauen. Atmete nicht mal mehr. Nur in meinem Kopf, da dröhnte es im Takt seiner Schritte: Arbeitszimmer, Arbeitszimmer ... Sargnagel jetzt ganz oben ... Er trat in den Flur und ... öffnete die Tür zum Bad. Zippte den Reißverschluss auf. Schnaufte durch. Und pinkelte.

Direkt hinter der Wand pinkelte er. Erst war's nur ein Plätschern, dann baute er Druck auf, dass der Urin nur so in die Schüssel prasselte, und in das Prasseln hinein ... drückt Prechtl die Klinke. Kein Vorwurf an ihn. Wer pisst, kann nicht rennen, klar ... Bloß: Prechtl, das Panikbündel, stemmt sich gegen die Tür. Versucht sie aufzudrücken ... dabei geht die Tür doch nach innen auf ... alle Flurtüren immer nach innen ... das Holz knirscht im Rahmen, das Prasseln bricht ab ...»Cornelia?« ... Jetzt, jetzt reißt Prechtl die Tür auf ... Licht gleißt ins Zimmer, er stürzt in den Flur ... jeder Schritt ein Donnern ... schon bin ich ihm auf den Fersen ... explodiere ins Licht ... und da, im Badtürrahmen, Hand am offenen Hosenschlitz ... Sargnagel ... Prechtl die Stufen hinab, Sargnagels Kopf zuckt zu mir ... Gott, was TUT er da ... Was tut jeder normale Mensch, der zwei Maskierte im Haus überrascht? ... Er verbarrikadiert sich ... Nur Sargnagel nicht ... Nein ... Der macht einen Satz zur Treppe, schnappt nach mir ... seine Finger erwischen was ... die Schulterklappe des Parkas ... krallen sich daran fest ... aber, der Schub, der Antritt, die Newton'schen Kräfte ... alles auf meiner Seite ... Ich fliege den Treppenabgang runter ... zurückgezerrt von seiner Klaue ... ein Reißen ... die Klappe ...»KCHR-RAÄH« ... Sargnagels Schrei fräst durch die Luft ... ein Krachen und Poltern hinter mir ... ich stürze in die Diele ... knalle gegen die Wand ... beißender Schmerz in der Schulter ... rapple mich hoch ... kein Laut außer meinem Keuchen ... Ich spähe nach oben, hinter vorgehaltenen Fingern ... Und da, in der Treppenbiegung, über die Stufen hingestreckt ... Sargnagel. Er liegt da wie eine zusammengeklappte Marionette, seltsam hochgewinkelter Arm, wie zum Gruß erhoben, Augen geschlossen, Cut auf der Stirn. Tot ... Genick gebrochen ... Tot ... Ich hab ihn umgebracht, umgebracht, um … Nein … Ein Heben und Senken des Brustkorbs … Atemgeräusche … eindeutig Atemgeräusche, als ich mein Keuchen einstelle … Sargnagel atmet … Sargnagel lebt.

GOTT … NIE. NIEMALS im Leben war ich so erleichtert wie in diesem Moment. Keine Worte, die das beschreiben können. Diese Erleichterung. Diese Dankbarkeit. Diese Panik. Aber vor allem: diese Dankbarkeit. Ich war so unendlich dankbar, dass ich etwas Unglaubliches tat. Etwas unglaublich Gutes. Obwohl alles in mir FLUCHT schrie … ich flüchtete nicht. Nein. Ich rief den Krankenwagen. Selbstverständlich? Von wegen. ALLES andere als das. Weil, ich konnte ja nicht von *meinem* Handy anrufen. Da hätte ich gleich zur Polizei laufen und betteln können: Sperrt mich ein! Nein, so gut bin ich auch wieder nicht. Ich brauchte Sargnagels Telefon. Das hatte zuvor auf dem Tisch gelegen, und noch während ich auf die blanke Tischplatte starrte, wusste ich, wo es war. Am schrecklichsten Ort des Universums. In seiner Hosentasche. Da hatte er es nach dem Abhören des Anrufbeantworters reingesteckt. Das wusste ich einfach, und so war es auch. Und keiner, der nicht schon einer schlafenden Viper ins Maul gefasst hat, kann das ermessen: dieses totale Grauen im Körper, als ich die Stufen hoch auf Sargnagel zukroch. Der jederzeit die Augen öffnen konnte. Jederzeit seine Hand nach mir ausstrecken konnte. Seine knochige, bleiche Hand. Aber ich tat es. Ich beugte mich über ihn und zerrte das Telefon hervor. Sprang die Stufen runter, hetzte auf die Terrasse und wählte die 3030. Nicht die 112. Die wird aufgezeichnet. Rettungsanrufe werden immer aufgezeichnet. Das weiß ich von meinem Vater. Aber die 3030, die Krankenhausrezeption, wohl kaum. Dort rief ich an.

»Herzfarkt«, krächzte ich mit verstellter Stimme, Araber-Stimme zugegeben, die kann ich wegen Abdul am besten imitieren. »Herzfarkt« und: »Sperlingstrass Elf« und: »Scharnackl.«

Ich wartete, bis die Frau mir versichert hatte, dass der Krankenwagen auf dem Weg sei, aber selbst da machte ich mich noch nicht davon. Nein. Ich öffnete erst noch die Haustür. Stellte einen Schuh rein, damit sie sicher nicht zufallen würde. Erst dann rannte ich. Rannte durchs Wohnzimmer raus in den Garten. Über den Bahndamm und über die Wiesen. Auf das Wäldchen zu, wo wir unsere Räder versteckt hatten. Weiter, immer weiter, durch den Regen, den Dunst und die Dunkelheit.

PS

Ja. So war das heute Nachmittag, und es war schlimm. Und schlimm blieb es auch noch eine Weile. Aber darüber will ich nichts groß sagen. Nichts über die Fahrt in den Hopfenweg – jeder für sich, auf eigener Route, in der eigenen Jacke, und trotzdem panisch wie Sau. Nichts darüber, wie wir die Parkas zerschnitten und zusammen mit den Skimasken und Handschuhen im Kachelofen verbrannten. Nichts über die Viertelstunde, als wir hinten beim Kompost die Schatullen vergruben. Und schon gar nichts über das Gefühl der Ungewissheit: Was mit Sargnagel war. Und noch quälender: Ob er uns trotz allem nicht doch irgendwie erkannt hatte. Nein, nichts über all diese Dinge. Sondern: nur noch das Gute. Die Meldung auf *Onetz.de.* Um neun wurde die gepostet. Hässliche Überschrift zwar – *Einbruch mit Körperverletzung in der Sperlingstraße* –, aber trotzdem: Als ich die Zeilen las (allein, Vince und Prechtl waren schon heimgefahren), jubelte ich beinah. Zum einen stand da nämlich: *Wie der 54-jährige Mann der Polizei mitteilte, überraschte er die Einbrecher, als er gegen 17 Uhr von der Arbeit nach Hause kam.* Mitteilte! Sargnagel konnte schon wieder etwas mitteilen. Korrekt und schlüssig und alles, er war bereits wieder auf dem Damm. Zwar war noch die Rede von einem gebrochenen Schlüsselbein und einer Gehirnerschütterung, und das tut mir wirklich leid. Bloß: Er hätte sich ja auch das Genick brechen können. Schlüsselbein, ein Witz dagegen. Paar Wochen Ruhe, und fein. Und, das Beste: Es stand da schwarz auf weiß, dass er uns NICHT erkannt hatte. Das Einzige, was er über uns sagen konnte, war, dass die *zwei* (!) *Männer* (!) *etwa 1,80 Meter groß sind und olivfarbene Parkas und Sturmhauben trugen.* Mann, war ich froh, als ich das las. Ich hatte ein richtiges Prickeln im Bauch. Das, klar, bald wieder verschwand. Und einer Restfurcht wich. Dass doch irgendwer was gesehen haben könnte und man uns irgendwie auf die Schliche käme. Aber, besser kein Wort darüber. Kein Wort mehr über Furcht und Schrecken und dergleichen. Ehrlich. War genug Horror für einen Tag. Für ein ganzes Leben sogar.

7. Dezember

YEEES! Neunundneunzig Prozent. Nicht hundert. Aber neunundneunzig. Zu gefühlt neunundneunzig Prozent sind wir aus dem Schneider. DANKE! Danke, Butterhof-Kleidercontainer! Danke, unbekannter Parka-Spender! Danke, Sargnagel! Danke, Krankenhausrezeptionsfrau! Danke, Polizei! Einfach nur: DANKE! DANKE! DANKE! Weil, nach drei üblen Tagen ohne Informationen kam heute ein Artikel im *Neuen Tag.* Überschrift: *Münzräuber mit Gewissensbissen.* Eine halbe Seite wird über den Einbruch berichtet, und manches wurde auch richtig rekonstruiert. Dass wir durchs Kellerfenster eingestiegen sind. Dass wir schon vor Ort gewesen sein mussten, als der Hausbesitzer kam. Dass wir nicht nur Hauben, sondern auch Handschuhe trugen, da *im Zuge der Tatbestandsaufnahme keine Fingerabdrücke gesichert werden konnten.* Dass einer der Täter den Notarzt rief. Richtig. Alles richtig. Aber: Das Wichtige … ist das Falsche. Die Spur nach Osten. Die Fährte rüber nach Tschechien. Zwar wird in dem Artikel nirgends gesagt, dass zwei Tschechen Sargnagel die Münzen geklaut haben. Das nicht. Aber es steht darin, dass ich einen tschechischen Armeeparka trug. *Modell M85.* Das hat die Polizei anhand der abgerissenen Schulterklappe festgestellt. Und die Krankenhausfrau gibt an, mit einem *ausländisch klingenden Mann* gesprochen zu haben. Und Kurt Leitl, der Polizeisprecher, sagt, dass den Kollegen jenseits der Grenze eine genaue Beschreibung des Raubguts übermittelt wurde. Und, klar: Ist jetzt nicht die feine englische Art, dass ich mich so freue. Die Tschechen haben hier eh nicht den besten Ruf. Aber, ich freu mich trotzdem. Wie ein kleines Kind sogar. Weil: Neunundneunzig Prozent. Tendenz steigend. Von Tag zu Tag. Und: Wenn irgendwann die hundert voll werden und das Schuljahr vorbei ist … dann buddel ich die Münzen wieder aus. Steck sie in ein Kuvert und schick sie Sargnagel zurück. Mach ich wirklich. Das schwöre ich.

Epilog

23. Dezember

Es duftet nach Zimt und Kerzen, die *Domspatzen* schmet-
tern Weihnachtslieder, meine Mutter und ich schmücken
den Baum. Baumschmücken immer am Dreiundzwan-
zigsten abends, nur dieses Jahr ohne Hanna und Betti. Die
trudeln erst morgen aus Boston ein. Mein Vater ist auch
nicht dabei. Er musste zum Operieren. Besser so. Obwohl
er die feinsten Finger von uns allen hat, ist er beim Schmücken ein Totalausfall. Er hängt die Kugeln blind an die
Zweige, grad so, wie er sie aus den Schachteln greift, das
macht meine Mutter wild. Von Heiligabend bis Drei Kö-
nig ist bei uns Open House, da muss alles perfekt aussehen.

Ich bin ihr heute allerdings auch keine Riesenhilfe. Auf
meiner Seite des Baums – Bio-Tanne aus dem Schranner-
wald, eigenhändig rausgehackt – schaut's wüst aus. Über-
ladene Äste, Kugelnester, vier goldene hier, drei silberne
dort. Dazwischen klaffen Lücken, meine Mutter muss
dauernd korrigieren. Die Aufhängefäden machen mir zu
schaffen, sie rutschen an den weichen Nadeln ab, zwei
Glöckchen sind mir schon auf dem Parkett zersplittert.
Beim zweiten hat meine Mutter gesagt: »Benni, du bist ja
beschwipst.« Hat sie völlig recht. Als wir vorhin gemeinsam *Sissi* guckten, hab ich sicher vier Tassen Glühwein ge-

kippt. Meine Nase leuchtet wie die vom Nikolaus, ebenso meine Wangen, die Kugeln spiegeln das. Mein Grinsen spiegeln sie auch. Dauergrinsen seit heute Mittag, wie in die Haut geritzt.

Heute Mittag? War die beste Schulstunde ever. Frau Krause, die wieder Mathe und Physik bei uns gibt, hat uns die frohe Botschaft überbracht. Die *frohen Botschaften* sogar. Erstens: Sargnagel. Der kommt frühestens zum Halbjahr zurück. Er geht nämlich auf Kur. Sechs Wochen nach Bad Tölz offenbar. Therme, Sauna, Winterwandern, keiner hat es sich mehr verdient. Zweitens: Physik. Ich habe eine 1– rausgekriegt. Genauso Vince und Prechtl. Eigentlich wären's Zweien gewesen, aber die Noten wurden nachgebessert. Offiziell, meine ich. Und nicht nur die Noten in Physik. Die Fürstenberg ... so genial, die Frau. In Sargnagels Abwesenheit hat sie ihr Evaluationsteam auf ihn angesetzt und den Schwierigkeitsgrad seiner Klausuren geprüft. Resultat? Er hat uns überfordert. Nicht nur uns, die 10b. Sondern alle seine Klassen. Alle haben 0,7 abgezogen gekriegt – und schon klar, wieso. Weil sich das im Notenspiegel bemerkbar macht und der MINT-Exzellenz-Bewerbung dient. Pervers irgendwie. Also, dass nicht nur ich, sondern zugleich hundert andere Schüler und sogar die Schule selbst von seinem Unfall profitieren. Vor allem aber ich. Weil, drittens und bestens: Am Ende der Stunde hat Frau Krause unsere Schnitte verlesen und gesagt, wer nächstes Jahr zum Intensivierungsunterricht muss. Als sie das tat – »Jäger, Mathe drei Komma null, Physik zwei Komma vier« –, wär ich um ein Haar aufgesprungen und hätte Margarete auf die Stirn geküsst.

Und, klar: Es ist nicht vorbei. Nie ist irgendwas je vorbei. Alles geht immer weiter. Da ist das Zwischenzeugnis, das ich im Februar fälschen muss, da sind die Klausuren, die kommen, und manchmal, ganz plötzlich – nicht nur, wenn ich eine Treppe runterlaufe –, zuckt dieses Bild durch meinen Kopf: Sargnagel, wie er auf den Stufen liegt und sich nicht regt. Und die Angst, aufzufliegen, ehe ich das Fälschen endlich aufgeben kann, die ist sowieso immer da. Aber wer glaubt, dass mich das heute auch nur einen Funken juckt, der spinnt. Es juckt mich nullkommanichts. Nein. Heute feiere ich. Erst auf Mariettas Party – schräg, aber wir sind noch immer ein Pärchen – und später beim *Christmäx-Clubbing* am Butterhof. Natürlich mit Vince und Prechtl zusammen. Die beiden warten schon in der Stadt auf mich. Nicht mehr lange. Der Baum ist fast fertig geschmückt. Nur eins fehlt noch: der Weihnachtsstern an der Spitze. Ein großer, fünfzackiger Strohstern mit einem Kometenschweif aus kleinen Sternchen. Echte Handarbeit. Von meiner Oma selbst gebastelt, als sie ein Mädchen war. Vor einem halben Jahrhundert, in Steinlohe.

Meine Mutter nimmt den Stern jetzt aus der Schachtel und gibt ihn mir. Die Halme sind glatt und glänzen, das Garn schimmert golden im Kerzenlicht, und während sie die Äste beiseitebiegt, strecke ich mich und hänge ihn an die Spitze. Binde ihn mit einer Schleife sorgfältig fest, dann trete ich zwei Schritte zurück. Seite an Seite stehen meine Mutter und ich vor dem Christbaum, und für einen Moment lehnt sie ihren Kopf an meine Schulter. »Danke«, sagt sie, »bist ein Schatz.« Ich winke ab und gebe ihr einen Kuss auf die Wange. Dann schlüpfe ich in meine Jacke, gehe zur Haustür und trete hinaus in die sternenklare Dezembernacht.

Dank

Ich bedanke mich ganz herzlich: bei Petra Zimmermann für ihre Walshausener Tage, bei Martin Zimmermann für seine Anti-Panik-Maßnahmen, bei meinen Eltern für ihre Gelassenheit, bei Andreas Paschedag für sein Vertrauen und beim ganzen Berlin Verlag für die Geduld.

Vor allem und aus tiefstem Herzen bedanke ich mich bei Katrin Zimmermann.